ro
ro
ro

ro ro ro

Benedetta Cibrario wurde in Florenz geboren, wuchs in Turin auf und lebte lange Jahre in England. Sie hat Kinogeschichte studiert. Heute lebt sie mit ihrem Mann, vier Kindern und ihrem Hund Basilico in der Toskana – der Region Italiens, der sie sich am meisten verbunden fühlt. «Das Fest der Contessa» ist ihr erster Roman. Er war in Italien wochenlang unter den Top Ten der Bestsellerliste und wurde mit dem Premio Campiello, Italiens zweitwichtigstem Literaturpreis, ausgezeichnet.

«Eine Liebesgeschichte mit Klasse.»
(Corriere della Sera)

«Ein ergreifender Debütroman.»
(TV-Star)

BENEDETTA CIBRARIO

DAS FEST der Contessa

ROMAN

Deutsch von
Annette Kopetzki

Rowohlt Taschenbuch Verlag

Die Originalausgabe erschien 2007
unter dem Titel «Rossovermiglio»
bei Giangiacomo Feltrinelli Editore, Milano.

Veröffentlicht im Rowohlt Taschenbuch Verlag,
Reinbek bei Hamburg, April 2011

Redaktion Sabine Seifert
Umschlaggestaltung any.way Barbara Hanke/Cordula Schmidt
(Abbildung: WIN-Initiative/Getty Images)
Satz ITC New Baskerville PostScript (InDesign)
bei Pinkuin Satz und Datentechnik, Berlin
Druck und Bindung Druckerei C. H. Beck, Nördlingen
Printed in Germany
ISBN 978 3 499 24828 3

Für meinen Vater

«Und er war zugegen, ungesehen – ich erfuhr es später –, im Schatten des Wipfels einer Platane, draußen in der Kälte; so sah er die Fenster im Lichterglanz, die festlich hergerichteten, ihm wohlbekannten Räume, die tanzenden Menschen mit ihren Perücken. Was für Gedanken sind ihm da wohl durch den Kopf gegangen? Trauerte er nicht doch ein wenig unserem Leben nach? Überlegte er sich, wie kurz der Schritt war, der ihn von der Rückkehr in unsere Welt trennte, wie kurz und wie einfach? Ich weiß nicht, was er damals dachte und erwog. Ich weiß nur, dass er während des ganzen Festes dort verweilte, und auch noch länger; bis ein Kandelaber nach dem anderen erlosch und kein einziges Fenster mehr erleuchtet blieb.»

Italo Calvino, *Der Baron auf den Bäumen*

«Seid getrost, König und Königin,
eure Tochter soll nicht daran sterben.»

Charles Perrault, *Die Schöne, die im Walde schlief*

1.
1928

I

Heute weiß ich, dass es verschiedene Arten von Schönheit gibt, und das gilt auch für Orte, nicht nur für Menschen. Hier gibt es keine vom Wind geprägten Wüsten oder Berge, die auf Seen blicken, Buchten, die das Meer umarmen, und Inseln am Horizont, hier gibt es nur eine ruhige Abfolge regelmäßig bepflanzter Weinberge, Senken und Anhöhen. Und manchmal hört man Musik, die sich mit dem Regenduft des Waldes mischt. Wer hier die Erde bearbeitet, ignoriert diese Schönheit einfach: Ihm gilt es als Laster der Faulheit, stillzustehen, um das Tal zu betrachten, wenn die Schatten es überfluten oder das Sonnenlicht durch den Wald dringt und sich einen Pfad bahnt. Das ist keine Verachtung oder Unaufmerksamkeit, nur Gewohnheit. Die Erde ist die Erde, der Wald ist der Wald und der Weinberg ist der Weinberg. Und niemand vergeudet seine Zeit damit, sich zu erinnern, wer den Turm von San Biagio gebaut hat und seit wann er dort steht, ganz nach Norden gewandt, mit seinen vom Moos zerfressenen Steinen. Manche nennen ihn Torre della Vedetta, obwohl man dort von oben wegen des Dunstes fast nichts sieht. Eigentlich müsste er Torre della Vendetta heißen, habe ich mir immer gesagt. Eine milde Vendetta natürlich; vielleicht ist nicht einmal das Wort «Rache» richtig, man müsste eher Revanche oder Vergeltung sagen, und es wäre nicht nur meine persönliche, sondern die aller Menschen, die im Laufe der Jahre an diesem Ort geboren und gestorben sind und dem Wald Meter für Meter Ackerboden abgetrotzt haben, den sie mit dem Spaten Scholle um Scholle ausgruben, während sie versuchten, nicht zu der endlosen Reihe dicht bewaldeter Hügel aufzublicken, endlos wie die Wellen des Meeres.

Kehrt man von einem Ausflug nach Siena oder San Gimignano zurück und verlässt die sanften Kurven der Chiantigiana, um in die abschüssige Straße nach San Biagio einzubiegen, fragt man sich unwillkürlich, wie verzweifelt diese Ärmsten der Armen gewesen sein müssen, die den Ort gründeten, denn schon wenige Kilometer weiter bietet die Natur dem Auge ein atemberaubend schönes Panorama. Hier dagegen scheint es, als hätte die Sonne an manchen Herbst- oder Wintermorgen keine Kraft zum Wärmen oder als könnte der Regen nichts mehr durchnässen, sondern grabe nur nutzlose Gitter aus Furchen in den lehmigen Boden. Eine ungewöhnliche Lage für ein mittelalterliches Dorf – und es Dorf zu nennen, ist schon fast übertrieben –, umso ungewöhnlicher, als man ringsumher, sobald die Hügel flacher werden, liebliche Weinberge und Olivenhaine erblickt. Die Legenden um seinen Ursprung bilden ein verworrenes Geflecht, wie immer, wenn es nichts Interessantes zu erzählen gibt: Es sei aus einer Einsiedelei entstanden, und man habe hier im 17. Jahrhundert Hexensabbat gehalten. Die winterlichen Dunst- und Nebelschwaden, die der Landschaft einen unheimlichen Anstrich geben, würden dieser Geschichte Glaubwürdigkeit verleihen, käme dann nicht, von klaren Tagen Ende März angekündigt, der herrliche Frühling mit Licht, Farben, Düften und Klängen, die gewiss nichts von düsterem Hexenzauber haben.

Es heißt auch, dass dieses Grüppchen Häuser um die Kirche und den Turm herum durch verwickelte Erbschaftsangelegenheiten in den Besitz einer reichen Abtei aus dem Norden geraten war, der die Pächter drückende Steuern zahlen mussten, sodass sie nach und nach aushungerten und allesamt zu Räubern wurden. Das verlassene Dorf verfiel, bis jemand aus dem Geschlecht der Chighi es in Besitz nahm, um es seinen Ländereien einzuverleiben und dort ein Herrenhaus zu bauen. Er riss Mauern ab, hob Keller aus, deckte Dächer neu und bezog den Turm mit ein. Wer von der Schotterstraße aus durch das Tor kommt, wundert sich über den Anblick. Ein Hof aus gestampfter Erde, auf vier Seiten von Mauern umgeben wie eine Festung, doch voller Löcher und Buckel, Treppen, die ins Nichts führen, und mit scheinbar willkürlich in die Mauern gebrochenen Fenstern. Das Haus allein ist nichts wert; schon als es noch den Mönchen gehörte, zählte nur der Grundbesitz, zweihundert Hektar dichter Wald, der lediglich zur Jagd taugt. Chighi ließ Bäume schlagen, verkaufte das Holz und brannte, wo das Unterholz undurchdringlich war, alles nieder. So bezwang er Steilhänge und machte Ackerboden daraus, dann kaufte er Land hinzu, pflanzte Olivenbäume und ringsherum eine Reihe Zypressen, damit alle schon von weitem erkannten, dass dies sein Besitz war. Er war es, sagt man, der den Ort La Bandita taufte. Seither ist das Anwesen von Familie zu Familie durch die Verzweigungen der Geschichte geglitten wie ein fallendes Herbstblatt. Wenn man älter wird, versteht man das besser: Dinge wie Menschen werden im Grunde immer nur vom Zufall auf ihre Wege gelenkt. Ich bin hier nicht geboren, keiner hat mich hierhergebracht. Das Leben hätte mich woandershin führen sollen. Stattdessen habe ich mich hier niedergelassen.

II

Jedes Mal, wenn der Spediteur kommt, um die Weinkisten einzuladen, werde ich daran erinnert, wie diese Geschichte angefangen hat. Ich weiß nicht mehr, wie viel Zeit inzwischen vergangen ist. Dort steht Dino, der Verwalter, und wippt nervös mit dem Fuß, während er die Kartons kontrolliert, ein Tick, sagt er, aber ich weiß, dass es einen anderen Grund gibt. Es ärgert ihn, dass der Wein weggebracht wird, das ist alles. Seit ein paar Jahren ernten wir Preise und Anerkennung, es heißt, der Lunediante sei ein großer Rotwein, der Rossovermiglio sei hinreißend, auch wegen seines Namens. Der Ruhm unserer Weine hat sich verbreitet. Die besten Restaurants in Europa und Amerika kaufen wenige Kisten Rossovermiglio für viel Geld. Sammler hofieren uns monatelang für ein halbes Dutzend Flaschen. Wir bekommen begeisterte Besprechungen, die besten Önologen und die strengsten Kritiker loben uns. Ich selbst kann die Gründe für unseren Erfolg kaum nachvollziehen, wir sind im Grunde nur ein Familienbetrieb mit wenigen Angestellten, der sich Jahr um Jahr unbemerkt, mit geringen Mitteln, entwickelt hat. Heute verdienen wir nicht schlecht. Der Wert des Weinguts steigt von Ernte zu Ernte, und immer öfter erhalten wir Kaufangebote, deren Großzügigkeit uns schmeichelt. Doch ich bin alt, ich bin seit einem ganzen Menschenleben hier, und ein Leben verkauft man nicht. Dino lächelt und zuckt die Schultern. «Wein braucht Sonne und Wärme für die Trauben, Dunkelheit und Kühle für die Fässer, und hier in der Bandita bekommt er von uns sein Geheimnis dazu.» Er hat recht. Niemand darf unsere Keller besuchen, wir verkaufen nicht direkt an die Verbraucher. Wenn neugierige Touristen kommen, weist Dino sie ohne große Umschweife ab, und der Chor der Hunde, die beim Anblick von Fremden wütend bellen, erledigt den Rest. Sollen sie doch die großen Weingüter in der Gegend von Siena besichtigen, die nur ein paar Kilometer entfernt sind, Campo alle Cacce, San Giusto und San Sisto, mit ihren Zypressenalleen und großen Häusern aus hellem Stein, wo das ganze Leben sich seit eh und je nur um zwei Fragen dreht, nämlich ob das kommende Jahr gut für den Chianti und für die Jagd werden wird. Auch dort hat sich nie etwas geändert: Italien entstand immer wieder neu, nach den Großherzogen kamen die Savoyer und die Republik, dazwischen Kriege und Hunger. Doch die Jagd und den Wein vergisst man in dieser Gegend nicht. Diese Lehre hat sich mir tief ins Herz gebrannt.

III

In ihren letzten Lebensjahren, als sie von dem, was sie tagsüber getan hatte, abends kaum noch etwas wusste, schritt meine Mutter mit freudigen oder überraschten Ausrufen durch unsere Zimmer, als wäre sie eine Besucherin in einem fremden Haus. Sie erkannte fast nichts wieder, sie hatte sogar zwei Kriege und meinen Bruder Enrico vergessen, der mit vierundzwanzig Jahren von einer versehentlich ausgelösten Gewehrsalve zerfetzt worden war.

Damals sprach sie nur noch Englisch, mit jener perfekten Aussprache, die nur Töchter von Lords und große Shakespeare-Schauspielerinnen aus dem Westend haben. So erinnere ich mich auch an sie, eine kleine gebeugte Gestalt in einem bestickten Schal, die aus der Obstschale immer den angefaulten Apfel nimmt, weil ihr als Erster, der vom Kammerdiener serviert wird, dieses kleine Opfer gebührt.

Wir waren ungeheuer reich. Ein Urgroßvater war nach Südamerika ausgewandert, wo er sein Glück mit Silberminen oder Möwenmist gemacht hatte – über diesen Punkt gingen die Meinungen in der Familie ziemlich auseinander. Zurück in Turin, hatte er sich ein schönes, von einem Kastanienwald umgebenes Haus gekauft, das auf den Fluss blickte. Aus Paris ließ er die ersten maschinell bedruckten Tapeten kommen: mit kleinen Variationen überall dasselbe Motiv, Phantasielandschaften aus West- und Ostindien.

Die gemalten Palmen, die terrakottafarbenen Eingeborenen und das üppige Blattwerk, das Dunkelgrün der Urwälder und die türkisfarbenen Himmel sollten wohl sein Heimweh stillen. Außerdem gab es in allen Räumen schwere, mit grellbunten Mustern bestickte Vorhänge, in die fleischige Pflanzen, Papageien und andere in wirrem, phantastischem Flug dargestellte Vögel eingewebt waren. Die Gardinen waren immer zugezogen, und in allen Zimmern atmete man die stickige Luft geschlossener Räume, vermischt mit dem Geruch großer Büschel Eukalyptusblätter.

Es heißt, der Urgroßvater habe einige Schwierigkeiten gehabt, seine Töchter zu verheiraten, die von ihrer peruanischen Mutter die kupfergoldene Haut und rabenschwarzen Haare geerbt hatten. Den Reichtum konnte die Stadt ihm eben noch verzeihen, nicht aber, dass er in die Heimat zurückgekehrt war, um diesen zur Schau zu stellen, und in den Augen der strengen städtischen Aristokratie stellte er ihn mit seiner exzentrischen, kostspieligen Vorliebe für Exotik, gutes Essen und Kartenspiel auf die denkbar schlechteste Weise zur Schau.

Trotzdem glückte ihm sein Vorhaben, die beiden Töchter in Turin zu verheiraten, natürlich mit Hilfe seines Geldes, doch auch, aber das ist bloße Vermutung, weil die beiden Kreolinnen zwischen den blassen Wangen und hellen Augen ihrer Altersgenossinnen auffielen.

Eine der beiden Kreolinnen ist Lupe, meine Großmutter.

Ihr vollständiger Name hat einen musikalischen, magischen Klang für meine kindlichen Ohren, Maria Guadalupe Juana Isabel. Musikalisch wie der peruanische Nachname ihrer Mutter, Barrinechea de Winder, und magisch wie die geheimnisvolle Gestalt, die in einem Dreiviertelporträt den Salon meiner Eltern ziert: eine Frau mit strengen Gesichtszügen, in Schwarz gekleidet und nur mit einem goldenen Medaillon und einem Samtband um den Hals geschmückt. Aus den Ärmeln, die unterhalb des Ellenbogens enden, kommen Bausche eng gewebter, weißer Spitze hervor. In einer Hand hält sie ein Buch, und auf dem anderen Arm sitzt ein grünroter Papagei mit gelben Federn auf dem Kopf und einem spitzen, wie ein großes Komma gebogenen Schnabel. Sein Auge ist gläsern und böse, wenigstens erscheint es mir, dem kleinen Mädchen so, und ich verstehe nicht, warum der Maler meine Großmutter mit dieser furchterregenden Bestie porträtieren wollte, die ruhig auf ihrem Arm kauert.

Damals wusste ich nichts von Südamerika, von Wäldern voller bunter Vögel, von den Schätzen der Barrinechea de Winder, die, sobald sie den Ozean überquert hatten, zu legendären Reichtümern wurden, von ihren Häusern voller

Innenhöfe und von den dunklen, kühlen Kirchen, in denen man sich vor der Sonne schützt. Ich wusste auch nichts über meinen Urgroßvater, der ihre Erbin geheiratet hat. Und der sie, nach einem ganzen Leben, das er dort drüben verbrachte, überredet hat, mit den Töchtern Lupe und Maria Rosario in die Alte Welt überzusiedeln – auf die Hügel von Moncalieri, die auch schön sind. Die Anden freilich, nun ja, die Anden bleiben eine schmerzliche Erinnerung und liegen auf dem Grund des Herzens wie Ballast. Maria Rosario wird darüber so schwermütig, dass sie, so wird erzählt, an Hirnfieber stirbt, noch bevor sie ihr fünfundzwanzigstes Lebensjahr vollendet. Die liebevolle Pflege eines blassen, eifrigen Gatten hat nicht geholfen, er bleibt zurück, für viele Monate ein gebrochener und verstörter Mann.

Zu der Zeit, als ich geboren wurde, und ein paar Jahre länger, war der Anschein noch in allem gewahrt: Es gab die von Möbeln und Gemälden überquellenden Häuser in der Stadt und auf dem Land; es gab die Verwalter, die den Hut zogen, wenn sie die in Schönschrift kopierten Rechnungsbücher brachten; es gab die Juwelen, das gesellschaftliche Ansehen, die Ehrenämter. Alles war da, prächtig und glänzend, jedes Ding an seinem Platz wie bei einem Galaempfang, doch dahinter gab es nichts mehr, der Grundbesitz brachte nichts ein, und man konnte die Tagelöhner nicht Hungers sterben lassen, zumal man schon die Verwalter darben ließ. Die Steuern mussten bezahlt, die Palazzi unterhalten werden. Nach und nach wurde das Meiste zu Schleuderpreisen verkauft, doch das große Missverständnis blieb bestehen und trübte unseren Blick. Wir waren überzeugt, privilegiert zu sein – durch göttliche Gnade? –, und überzeugt, dass das Geld, weil es immer da gewesen war, immer da sein würde.

Dass ein Adeliger arbeiten könnte, fiel meinem Vater nicht ein, und die langen Aufenthalte auf dem Land, von Mai bis September, galten ihm nicht als Arbeit. Im Übrigen bestanden seine Pflichten darin, angetan mit seiner Uniform und den Medaillen, am gesellschaftlichen Leben von Turin und Florenz teilzunehmen, Whist zu spielen und meiner Mutter und seinen Kindern den Lebensstandard zu bieten, der sich gehörte. Auch wenn ihn der Besuch des Finanzverwalters, der einmal im Monat in die Stadt kam und sich mit ihm in seinem Arbeitszimmer einschloss, von Jahr zu Jahr mehr bestürzte.

IV

An jenem Abend gingen meine Eltern ins Theater. Es entstand immer ein gewisser Trubel im Haus, wenn sie in Abendkleidung ausgingen, und damals kleidete man sich für das Theater wie für einen Ball. Meine Mutter holte ihre weiße Straußenboa und den üblichen Schmuck hervor, ein *collier de chien* aus Flussperlen und Saphiren. Mein Vater trug den Frack mit gestärkter Hemdbrust und Platinknöpfen. Beide brauchten jemanden, der ihnen beim Anziehen half. Wenn dann das letzte Löckchen meiner Mutter mit der Brennschere aufgerollt war, kamen sie in den Salon herunter, um vor dem Weggehen ein Glas Champagner zu trinken.

Gelang es mir, der Aufsicht meiner Gouvernante Miss Woodruff zu entwischen, kam nun mein liebster Moment: hinter dem Vorhang versteckt, die Abendtoilette meiner Mutter zu bewundern. Sie erschien mir wie eine Königin, nein, tausendmal schöner als eine Königin, weil ihr Gesicht mir vertraut war und ich seine wunderbare Verwandlung genießen konnte. Die Juwelen, der Puder und die Straußenfedern machten dieses sanfte Gesicht zum Inbild erlesener Eleganz. In meinem Versteck erfreute ich mich heimlich an diesem Schauspiel, an den selbstverständlichen, gelassenen Bewegungen meiner Eltern, die nicht wussten, wie sehr ich darüber staunte, sie so unbefangen und gleichzeitig so aufgeputzt zu sehen, als wäre dies ihre wahre Natur, die endlich ans Licht kam.

An diesem Abend begann mein Vater, nachdem er den Diener fortgeschickt und meiner Mutter persönlich den Champagner eingegossen hatte – eine ungewöhnliche Geste, die ihm ein «Warum? Ist etwas nicht in Ordnung, Vittorio?» einbrachte –, mit müder, ernster Stimme zu sprechen, wie sie in letzter Zeit häufiger bei ihm zu hören war.

«Meine Liebe, wir müssen unsere Ausgaben reduzieren. Wir haben Probleme. Wenn du auf dem Land bist, zum Beispiel. Brauchst du wirklich einen Koch, einen Chauffeur, eine Kammerzofe und zwei Hausdiener?»

Meine Mutter seufzte.

«Nun … ich weiß nicht. Auf wen könnte man verzichten? Jeder von ihnen hat eine unentbehrliche Aufgabe für das Funktionieren eines Haushalts. Das ist keine Verschwendung, Vittorio. So zu leben ist … normal.»

Mein Vater erhob sich und begann, auf und ab zu gehen. Er schwankte ein wenig. Dann drehte er sich zu meiner Mutter um und sagte so liebenswürdig, wie er konnte:

«Elena, einen der Hausdiener vielleicht … Du hast zwei. Vielleicht könntest du einen entlassen und dem Tüchtigeren von beiden zusätzlich die Arbeit des anderen übertragen.»

Sie stand abrupt auf.

«Wie soll das gehen? Du weißt, dass ich das Haus verlasse, Besuche mache.»

«Du hast einen Chauffeur.»

«Ich kann auf keinen Fall allein mit dem Chauffeur fahren, das fehlte gerade noch, so etwas hat es noch nie gegeben. Der Diener begleitet mich.»

«Gut. Ein Diener begleitet dich. Den anderen können wir entlassen.»

Meine Mutter schlug die Hände vors Gesicht. Das tat sie sehr selten.

«Mein Gott, ich wusste nicht, dass die Lage so ernst ist. Verzeih mir. Es war mir nicht bewusst … Dann werden wir sagen müssen, dass wir keine Besuchskarten mehr entgegennehmen, jedenfalls nicht, wenn ich auf dem Land bin … oder unterwegs mit dem Automobil.»

«Das ist nicht nötig … Ich verlange keinen *buen retiro* von dir, keine erzwungene Isolation.»

«Aber Liebster, wer soll die Tür öffnen, wenn der Diener mit mir außer Haus ist?»

«Gut … Sagen wir … Ada, deine Kammerzofe. Sie heißt doch Ada?»

«O nein! Niemals! Dies ist ein herrschaftliches Haus, und auf keinen Fall darf es eine Frau sein, die die Tür aufmacht. Das werde ich nie akzeptieren. Es wundert mich, dass du so etwas von mir erwartest, es wundert und schmerzt mich.»

Wie viel Empörung sie in diese banalen, alltäglichen Wörter legen konnte. Es war ihre Form, ein Gespräch zu beenden. Sie drehte ihm ein wenig den Rücken zu, streckte die Hand aus und raffte mit einem jähen Ruck eine Handvoll Spitzen, Atlas und Ripsseide zusammen. Nie habe ich eine andere Frau ihre Schleppe so raffen sehen.

Sie hatte recht, in unserem Haus wurde nichts verschwendet. Wenn man keinen Butler in Frack und schwarzer Krawatte an die Tür schicken konnte, nun gut, was gab es da zu überlegen, dann wurde die Tür eben nicht geöffnet, oder? Wer eine Nachricht schicken oder sich für eine Einladung bedanken wollte, musste eben stunden- oder tagelang klopfen; oder sich, wenn er hartnäckig genug war, wie Fürst Monroy di Pandolfina, ein Zelt unter dem Portikus vor dem Eingang aufschlagen lassen, wo er in Erwartung der Rückkehr der Contessa ein frugales Mahl – gedämpfte Artischocken mit Trüffelcreme und ein wenig, aber nur ein wenig!, Champagner – zu sich nahm.

Ich wäre an jenem Abend nicht so ruhig schlafen gegangen, wenn ich geahnt hätte, dass die finanziellen Sorgen meines Vaters wie bestimmte Brisen im August waren, die anfangs mild sind, sich aber dann zum Sturm entwickeln.

Was meine Mutter betraf, so würde sie keinesfalls auf einen ihrer Diener verzichten. Sie war überzeugt, dass sie nur den Mund zu verziehen brauchte, damit die Welt sich ihren Wünschen beugte, und genauso kam es.

V

An dem Abend, als mein Vater in mein Leben eingriff, regnete es. Wir hatten uns soeben vom Tisch erhoben, meine Mutter, mein Vater und ich, um in den Salon zu gehen. Mein Bruder Enrico war wie üblich im Club, wie jeden Donnerstag.

«Ich habe eine kleine Liste vorbereitet, mein Liebes», sagte mein Vater und reichte mir ein Blatt hellblaues Papier, das mit seiner ausladenden Handschrift beschrieben war.

Meine Mutter lächelte und ließ das Glöckchen läuten. Der Kaffee und die Pralinen durften serviert werden.

«Was ist das, Papa, worum geht es?»

Ich war vollkommen unvorbereitet. Meine Welt waren damals Pferde, ich dachte an nichts anderes. Während der langen, stillen Abende, die ich zu Hause mit meinen Eltern verbrachte, verlor ich mich in meinen eigenen phantastischen, abenteuerlichen Welten, und weil ich in Gedanken meist weit entfernt war, zuckte ich zusammen und hielt den Atem an, als ich die Stimme meines Vaters hörte.

«Worum geht es?»

«Ums Heiraten. Ich habe mich mit deiner Mutter und der Großmama beraten. Deine Neigungen haben wir berücksichtigt. Hier ist eine Liste mit Namen. Denk darüber nach. Du hast die ganze Nacht zum Überlegen, wir können morgen beim Frühstück wieder darüber sprechen. Fünf hervorragende Männer, die zu unserer Familie passen. Es wird Zeit, dass du dich verlobst. Du darfst aussuchen, wer dir am besten gefällt. Denjenigen, der dir … der dich … Nun ja, den Ehemann, den du vorziehst. Du kennst sie alle, und ich will dich nicht beeinflussen. Ich werde deine Wahl respektieren und unterstützen.»

Noch heute klingt mir der schneidende Ton meiner Großmutter, der Großmama, wie wir sie zu Hause nannten, in den Ohren, wenn sie sagte: «Aus Liebe heiraten, wie vulgär!» Ein gelangweilter Kehrreim, von Zeit zu Zeit wiederholt, um die Geschichte eines Bekannten abzutun, eines Großneffen, dessen Augen vor Erregung glänzten, als er zu Besuch kam. «Wer weiß, ob dieses Mädchen aus Piacenza sich auch in Turin wohlfühlen wird, wir haben uns in diesem Winter kennengelernt, ihr Vater ist Anwalt, hat sich aus eigener Kraft hochgearbeitet, aber ich habe mich in sie verliebt», und die Großmama bebt und rutscht im Sessel hin und her, die Lorgnette fällt ihr herunter, dann läutet sie ungeduldig nach mehr Tee, und als der Neffe endlich geht, seufzt sie betrübt: «Verliebt … Was um alles in der Welt soll das bedeuten?»

Ich war neunzehn. Ich wollte nicht für einen Mann leben, für ein Haus voller Klatsch und Tratsch, für Kinder, die sich an meinen Rock klammern, ich wollte keinen Mann, den mein Vater aussucht, einen Namen unter fünf – fünf! Nur fünf Möglichkeiten gestand mein Vater mir zu! Und dieses Papier, das Papa mir hinhielt, was war es anderes als ein übereilter, willkürlicher Urteilsspruch, ein Gespenst aus einer durch Konventionen erstarrten Vergangenheit? Eine arrangierte Ehe. Und warum so schnell? Meinen Freundinnen war das nicht passiert: Olimpia Rignon hatte ihren Hauptmann der Kavallerie geheiratet, der ihr einen ganzen Winter lang den Hof gemacht hatte. Ich wusste, dass gewisse «moderne Erscheinungen» in meiner Familie nicht toleriert wurden, aber dass meine Eltern so weit gingen, hätte ich nie geglaubt. Ich war beunruhigt, verängstigt und wütend. Ich bin erst neunzehn, und wir leben im Jahr 1928, dies ist eine moderne Welt, schau aus dem Fenster, Papa, auf die Straße, da sausen neben den Heuwagen und Kutschen Automobile vorüber! Die Welt und die Sitten ändern sich, du kannst mich nicht einem ungerechten, sinnlosen, anachronistischen, grausamen Ritus opfern …

Stattdessen hörte ich mich, während ich die Liste mit den Augen überflog, mit meiner normalen Stimme sagen:

«Giuseppe Braquemond … ein Cousin … Ich möchte lieber, dass er es bleibt. Giovanni Bricherasio … der ist zu alt, Papa, ich möchte nicht … Enrico Bellardi … ein Bankier, er ist zu reich, das wäre ein Rummel wie auf dem Jahrmarkt … Und Francesco Villaforesta … den hab ich nur ein paar Mal gesehen … Er reitet gut, stimmt's?»

«Ja», sagte mein Vater, «er ist der einzige Sohn und muss sich um einen sehr großen Grundbesitz kümmern. Ein tüchtiger Junge, sagt man. Seine Mutter ist eine …»

Ich hörte nicht mehr zu. Dieser Villaforesta erschien mir wie die Begnadigung im letzten Moment. Villaforesta, dachte ich, wird mir vielleicht erlauben, meine Vollblutpferde zu züchten; er liebt Pferde und ein sportliches Leben wie ich, und die wenigen Male, die ich ihn gesehen hatte, war er mir elegant vorgekommen, dem mondänen Leben wenig zugeneigt, vielleicht etwas wortkarg. Als mein Blick auf den letzten Namen der Liste fiel, Eugenio della Torre, wusste ich, dass es sich wirklich um eine Begnadigung handelte. Der arme della Torre galt als der dümmste Mann der ganzen Stadt.

Ich habe in Turin geheiratet, am 10. Oktober 1928. Ich war noch keine zwanzig, als ich wegen der Dummheit della Torres, Bellardis Geld, der grauen Haare von Bricherasio und der Verwandtschaft mit Braquemond durch das Hauptschiff der Kapelle Santi Pietro e Paolo schritt, den Kopf von einem Schleier aus echter Brüsseler Spitze umhüllt. Da gehe ich nun: In der Hand trage ich einen Strauß Lilien, mit Seidenbändern umwunden, an den Füßen entzückende Schühchen aus weißem Kalbsleder mit Riemchen und Diaboloabsatz, und das von den Sorelle Gambino maßgeschneiderte Brautkleid ist ein Modell nach der neuesten Mode, kommt aus Paris und endet an den Knöcheln. Um den Hals trage ich eine Perlenkette, die mir bis zum Nabel reicht, ein Geschenk von Großmama. Ist das eine Prämie? Ein Versprechen auf weitere funkelnde Geschenke, wenn ich mich benehme, wie es sich gehört? Fest steht, dass ich, zumindest einen Tag lang, wirklich eine *demoiselle à la mode* bin, denn mein Vater hat seine finanziellen Sorgen – «seine

Knausrigkeit», sagt mein Bruder – beiseitegeschoben, weil ich seine einzige Tochter bin und er mich mit Glanz verheiraten will.

Der König befahl, man solle sie schlafen lassen, bis die Stunde ihres Erwachens gekommen sein würde.

«Schade, schade», krächzt Großmama. «Schade, dass es nicht mehr üblich ist, tagsüber Straußenfedern zu tragen, ich hätte dich so gerne mit meiner Boa aus China gesehen.»

«Nicht doch, Großmama», mischt sich meine Mutter ein. «Sie kommt nicht aus China, ich habe sie mit Vittorio in Neapel gekauft, auf unserer Hochzeitsreise an die Riviera di Chiaia.»

«Nein, nein, Elena», unterbricht sie mein Vater. «Wir haben sie bei Gault in Paris gekauft, erinnerst du dich nicht?»

Ihnen fällt tatsächlich nichts anderes ein, als endlos über die Straußenboa zu diskutieren, ob sie nun aus Peking, Neapel oder Paris stammte, warum schaut ihr nicht alle zu mir hin, warum seht ihr nicht, dass ich noch ich selbst bin, obwohl das alles so schnell geht, schon ist der Gottesdienst vorbei, dann gehe ich aus der Kirche, alle stellen sich in Positur für das Foto, und von nun an bin ich – ich sollte es mir lieber gleich für immer einprägen – «die Villaforesta». Ich betrachte den Ehemann, den mein Vater für mich ausgesucht hat: Er ist schön, hat etwas anziehend Stolzes im Blick, trägt einen Schnurrbart und spricht sehr liebevoll mit mir.

Mehr empfinde ich nicht, weder Neugierde noch Verlangen.

Nach dem Empfang, als die letzte Cousine mit verrutschter *aigrette* gegangen ist, fahren Francesco und ich nach Revigliasco, ins Haus seiner Mutter, wo wir unsere erste gemeinsame Nacht verbringen werden. Ich ziehe mich in mein Zimmer zurück. Meine Schwiegermutter Irene schickt mir ihre Kammerzofe, die mich auszieht, mir beim Waschen und Kämmen hilft und mich mit Parfüm besprüht, während sie unzusammenhängende Sätze im Piemonteser Dialekt murmelt und vor sich hin lacht.

Ich bin unerfahren, aber nicht naiv. Ich ahne, dass diese ältliche Kammerzofe, die abgenutzt aussieht wie eine alte Teekanne, auf das anspielt, was mir bevorsteht.

Diese fleischigen Hände, die meine Haare bürsten, diese verschwörerisch blinzelnden kleinen Augen sind mir widerwärtig, ich schicke die Zofe mit harschen Worten fort.

Natürlich wird sie das morgen meiner Schwiegermutter berichten, die nicht versäumen wird, mir Vorwürfe zu machen: Warum habe ich eine so tüchtige Frau beleidigt, eine Perle, die seit dreißig Jahren im Haus ist?

Warum?

VI

Unsere Hochzeitsreise ging nach Paris.

Wir stiegen im Lotti ab, und schon nach ein paar Tagen war klar, dass nicht einmal Pferde uns je einander näherbringen würden. Wir spazierten durch Faubourg St.-Honoré, und während ich versuchte, Paris in mich aufzunehmen, indem ich mir jedes Schaufenster, jedes Café, jeden Passanten ins Gedächtnis grub, trug mein Mann eine gelangweilte, blasierte Miene zur Schau, wie jemand, der schon alles gesehen und erlebt hat. Vielleicht hatten seine Freunde bei der Kavallerie mit ihren Geschichten von leichten Mädchen und Pferderennen in Longchamps ihm ja wirklich den Spaß verdorben, vielleicht suchte Francesco in Paris andere Abenteuer, nicht diese Luxussouvenirs, für die wir nach unserer Rückkehr in den Salons von Turin mit Leichtigkeit Verwendung finden würden.

Mit mir langweilte er sich. Er litt wohl darunter, nicht zu der kleinen Schar Adeliger und schöner Frauen zu gehören, die den Herzog von Westminster umschwärmte, und zu Hause nicht zwei Coromandel-Paravents zu haben wie Coco Chanel, oder im Sommer nicht nach Biarritz zu fahren.

Doch Francescos schlechte Laune glitt an mir ab, ohne Spuren zu hinterlassen. Ich war in Paris. In Turin hatte ich oft von Leuten gehört, die hierherkamen, um sich auf «den aktuellsten Stand» in Sachen Musik, Kunst und Theater zu bringen, oder sich, wie Onkel Clavesana, einfach nur Hemden machen zu lassen. Paris war im Bewusstsein aller fest verankert als ein Ort, aus dem die unterschiedlichsten schönen Dinge kamen: Seidenrosen und Eau de Cologne, Foie gras und die Pinsel aus Marderhaar, mit denen Großmama malte. Die Liste der Attraktionen ließe sich beliebig verlängern: adelige Herren im Frack, die frühmorgens durch die Straßen spazierten, um nach einer fröhlichen Nacht einen klaren Kopf zu bekommen; die großen Couturiers; die Sammlung von Fabergé-Eiern, die eine Gruppe Weißrussen verkaufen musste, um sich die Miete für zwei Zimmer in St. Michel leisten zu können; der Louvre mit seinen Schätzen. Hier bebte mir nicht etwa beim Anblick der *Gioconda* das Herz, sondern als ich die endlosen, leeren Flure sah und dachte, wenn ich mich jetzt verlaufe, wer rettet mich, wer bringt mich in Sicherheit, werde ich eine ganze Nacht lang zwischen all diesen Gesichtern durchhalten, wer sagt denn, dass sie nicht herabsteigen und allesamt um mich herumwirbeln, um mir den Verstand zu rauben?

War so etwas vor ein paar Jahren nicht einer holländischen Touristin passiert?

Es war nicht nur die Stadt, die mich in Unruhe versetzte: Eine nie zuvor erlebte Aufregung hatte mich ergriffen, denn hier, zwischen den Schaufenstern mit der neuesten Mode, hatte ich eine Entdeckung gemacht. Ich hatte erkannt, dass ich schön war.

Abends, wenn Francesco lange auf sich warten ließ – wohin er ging, weiß ich nicht, aber ich kann es mir vorstellen –, zog ich mich im Bad allein aus, endlich allein, und betrachtete mich nackt im Spiegel. Ich war nicht rund wie die milchigen Frauen von Renoir oder wie meine Mutter und meine Großmutter, aber ich war auch nicht knochig.

Francesco hatte mit dieser Erkenntnis nichts zu tun. Die nächtlichen Stunden, die wir seit dem Tag unserer Hochzeit miteinander verbracht hatten, waren schal gewesen, nichts, was die Erinnerung lohnte.

Meine erste Begegnung mit Trott dagegen hatte viel mit der Entdeckung zu tun, dass ich eine Frau mit einer gewissen Anziehungskraft bin.

Wir waren zu einem Empfang der Baronessa von Lunden eingeladen, einer Cousine meiner Mutter, die einen deutschen Diplomaten geheiratet hatte.

Ich erinnere mich gut an die Wohnung in der Rue Cambon, die von unzähligen Kerzen erleuchtet war, und an die Kristallvasen, in denen die Baronessa große Calla-Sträuße arrangiert hatte. Alle vier Salons waren im reinsten neoklassischen Stil dekoriert, wie um zu sagen: Seht her, nach all den Eitelkeiten, Rokoko, Jugendstil, sämtlichen Eklektizismen, was immer ihr wollt, kehrt man zur Eleganz einfacher, kräftiger Linien zurück, zu weißer Stuckatur und zum Gold – und wirklich gab es in dieser Wohnung keine anderen

Farben als Weiß und Gold. Die steif aus ihren Stängeln ragenden Calla, diese kalten, schicken und so modernen Blumen, sollten bedeuten, dass die Baronessa wusste – und ob sie es wusste! –, dass dort draußen auf den großen Boulevards etwas tobte, was sich «der neue Stil» nannte, und dass sehr viel verschnörkeltes Mobiliar eigentlich auf den Dachboden gehörte. Denn moderne Wohnungen sind heute raffinierte Behausungen aus schwarzem Lack und hellen Teppichen – einfarbige Stoffe eignen sich besser, man vermeidet geschmackliche Ausrutscher. Die Baronessa aber ist eine eiserne Marschallin des Alten, wie ihre zahlreichen Nachnamen und Titel bezeugen, sie ergibt sich nicht so leicht den Verirrungen aktueller Moden. Doch als sie uns lächelnd entgegenkommt, trägt sie eine Jersey-Tunika mit weich fallendem Ausschnitt und an der Schulter eine Brosche aus Diamanten und Rubinen, die unmissverständlich Art déco ist.

Francesco scheint sich hier endlich wohler zu fühlen, er wirkt unbefangen, kennt zwei oder drei Leute, mit denen er sich in lange Gespräche vertieft.

Die Baronessa von Lunden kümmert sich um mich, zieht mich hierhin und dorthin und sagt allen, die uns über den Weg laufen, es sei eine angenehme Überraschung, dass ich «so *charmante* und eine echte Schönheit» bin. Die Gäste nicken, als würden sie ihr recht geben, doch dann wird die Baronessa ärgerlich, beklagt sich. Warum hat man uns Kinder so lange von ihr ferngehalten? «Wie ist das nur möglich?», ich hätte schon «lange vorher» nach Paris kommen sollen, und ich frage nicht, was das vorher bedeutet. Insgeheim vermute, nein, weiß ich, dass meine überstürzte Hochzeit mit Francesco gemeint ist, die die Baronessa offensichtlich für eine Mesalliance hält. Ich zittere, doch nicht vor Empörung, es ist genau das Gegenteil: Sie hat recht, ich hätte ein wenig von der Welt sehen müssen, bevor ich mich mit Leib und Seele an einen Mann mit angenehmen Umgangsformen binde, den ich kaum kenne.

Als wir uns zu Tisch begeben, sitze ich meinem Mann gegenüber, kann ihn aber nicht sehen. Er wird von Tafelaufsätzen aus Kristall und vergoldeter Bronze verdeckt, die mit weißen Blumen und kleinen bunten Pralinen gefüllt sind. Zu meiner Rechten habe ich einen Engländer auf der Durchreise, der mich mit höflichen Ausführungen über die neuesten Erfindungen in Sachen Heizung unterhält: Wie, ich wisse nicht, dass man Anhänger der einen oder anderen Schule sein kann, heiße Luft gegen kochendes Wasser in den Heizungsrohren? Welche Lösung ich denn vorziehe? Und was verwende man in Italien?

Als ich antworte, dass mir eigentlich nur das offene Feuer gefällt, weil es gut riecht und ein schönes Licht gibt, gerät die Konversation ins Stocken wie ein Baumstamm, der sich am Ufer festhakt, und es gibt nichts, was sie wieder zum Leben erwecken könnte. Betrübt wendet sich der Engländer nach rechts und beginnt ein Gespräch – wieder über Heizungen? – mit einer Dame in Rot. Ich blicke mich um, voll Bewunderung für die Sorgfalt, mit der die Baronessa ihre Tischgesellschaft platziert hat, denn jeder plaudert angeregt mit seinem Nachbarn.

Nur bei mir hat sie sich geirrt, denke ich. Dieser Engländer, dessen Augen vor Befriedigung leuchten, wenn er die Funktionsweise einer modernen Heizung erklärt, wird enttäuscht nach Hause zurückkehren und denken, dass der Fortschritt den Italienern völlig schnuppe ist, ja, wenn es nach ihnen ginge …

Ich verstumme. Der Champagner lässt alles ineinander verschwimmen, die Stimmen, das Klappern des Bestecks, die tanzenden Kerzenlichter, und plötzlich erkenne ich mit der brennenden Klarheit jäher Eingebungen, dass ich in der Falle sitze. Jemand anderes hat über mein Leben entschieden, hat es organisiert und verplant. Man hat mir ein Gehege zugewiesen, in dem ich herumlaufen, ausschlagen, träge werden darf, aber es ist und bleibt eine Koppel. Die Welt ist draußen.

«Vous êtes toujours si triste, Madame?»

Die Dreistigkeit der Frage lässt mich erstarren.

Ich blicke noch immer auf die Tafel der Baronessa und ihre weiße Blumenpracht. Ich hole Atem, bevor ich mir die eisigen Worte zurechtlege, mit denen diese Impertinenz beantwortet werden muss. Ich bin Peak, mein rotbrauner Fuchs, wenn er vor dem Donner erschrickt.

Die Ader über dem Maul schwillt an, die Augen starren ins Leere, die Nüstern beben.

Ich schlage aus, ich lasse mich nicht ans Halfter nehmen, ich schüttele mich. Mein Herz schlägt wie verrückt.

Von dieser Verwandlung dringt nichts nach außen.

Dann drehe ich mich langsam zur linken Seite.

Ich rühre mich nicht, aber mir ist, als würde ich fallen.

Ich stürze ins Leere.

Ich sehe und höre nichts mehr.

Das alles geschah in einem Augenblick: Die Feen erledigten eben ihre Arbeit mit großer Schnelligkeit.

Vor mir steht ein Mann, etwa Ende zwanzig: Trott.

VII

Später erfuhr ich, dass es Trott schien, als habe ich ihn mit demselben Ausdruck angesehen wie er mich. Dass auch er in meinem Blick die Macht spürte, ihn zu Eis erstarren zu lassen. Er wurde Trott genannt, die Abkürzung für einen endlos langen und unaussprechlichen österreichischen Namen, einen jener Namen, die die Baronessa von Lunden als *courant d'air* bezeichnet hätte. In Venedig geboren, war er in Paris aufgewachsen, weil seine Familie befürchtete, die Feuchtigkeit könnte ihm schaden – seine Schwester war an rheumatischem Fieber gestorben, als sie noch ein Haus am Canal Grande hatten. Mir wurde berichtet, er sei seit einigen Monaten mit einer jungen Frau aus Bordeaux verheiratet, Inès. Jemand sagte, er sei Geschäftsmann; die Baronessa, die ihn gerne einlud, weil er fließend Englisch, Französisch, Deutsch und Italienisch sprach und so gute Manieren hatte, dass er immer ein willkommener Gast war, hielt ihn für einen Mann der Politik.

An dem Abend hätte ich mir niemals vorstellen können, wie viele Dinge ich noch über ihn erfahren sollte. Damals hatte ich nur die unbezweifelbare Gewissheit, dass ich in seinen Augen schön war, so schön, wie ich niemals wieder für jemanden sein würde.

Außerdem hatte ich das Gefühl, etwas zu verlieren. In diesem Moment erschien mir das nicht wichtig. Ich ahnte nichts von der Tragweite des Geschehens.

Ich hatte wirklich das Fingerschnippen des Gauklers gehört: *Sogar die Bratspieße, die alle voller Rebhühner und Fasanen über dem Feuer hingen, schliefen ein, und das Feuer auch. Das alles geschah in einem Augenblick: Die Feen erledigten ihre Arbeit eben mit großer Schnelligkeit.*

Und ich schlief ein. An jenem Abend fuhr ich fort, Konversation zu machen und Wein zu trinken, und auch in den folgenden Tagen genoss ich Paris und seine prächtigen Alleen. Ich kehrte nach Turin zurück und begann mein neues Leben mit Abendgesellschaften, Jagden und Anproben bei der Schneiderin und der Modistin, denn als verheiratete Frau musste ich zweimal im Jahr meine Garderobe erneuern.

Außerhalb meines mit Seide tapezierten Salons tobte etwas, was die Leute eine neue Partei nannten, und die Debatten erhitzten die Gemüter unserer Ehemänner, zumindest derjenigen, die überhaupt Zeitung lasen.

Francesco gehörte nicht dazu. Jeden Morgen wartete er unruhig auf Gino, der auf der Straße der Cunioli Alti über die Hügel kam, die Blecheimer voller Milch. Gino setzte sich in die Küche, ließ sich ein Glas Barbera einschenken und berichtete Francesco von den Pferden, ob das neue Füllen ordentlich fraß, ob die Reitstute endlich trächtig war. Das waren die einzigen Nachrichten, die meinen Gatten interessierten.

Was mich betraf, so machte ich mir aus Faulheit, Ahnungslosigkeit und Desinteresse an der Außenwelt nicht einmal eine Vorstellung davon, dass man ein anderes Leben führen könnte als ich mit meinem Ablauf immer gleicher, langsam verstreichender Tage, die nur von gesellschaftlichen Aufgaben und wenigen häuslichen Pflichten unterteilt wurden.

Heute kann ich mit absoluter Gewissheit sagen, dass ich damals schlief. Sonst hätte ich gemerkt, dass Turin sich in wenigen Jahren rasch verändert hatte. Man brauchte nur am Samstagnachmittag durch die Kolonnaden zu gehen, um ganz neue Gesichter zu sehen, schöne Mädchen mit roten Wangen, die am Arm ihrer Verlobten spazierten; Leute, deren Kleidung man ansah, dass sie eben erst in die Stadt gezogen waren; junge Soldaten, Studenten. Fabriken wurden gegründet, neue Kinos, Cafés und Tavernen öffneten an den Ufern des Po, und ganze Familien zogen vom Land in die Stadt. Wenn ich in jenen Jahren zerstreut den Gesprächen meiner Eltern lauschte, hörte ich sie oft mit einem abfälligen Unterton sagen: «Der ist ein Industrieller.» Das sagte man von Senator Raimondi und Baron Moncalvo, von den Clermont und vielen anderen. «Diese Industriellen» waren in den Augen meiner Mutter Leute, die aus ihren und unseren Freizeitvergnügungen ihre Haupterwerbsquelle machten. «Automobile und Filme», sagte sie, «sind nur etwas für Zimmermädchen und Milchmänner», und mein Vater dachte ebenso beschränkt darüber. Unter allen erdenklichen Berufen flößte ihnen nur der des Fabrikanten Bewunderung wie Misstrauen ein. Es galt abzuwarten, was daraus würde: Wo vorher Äcker waren, schossen jetzt große, beunruhigend «modern» anmutende Werkshallen aus dem Boden; Fabriken entstanden, in denen Bier und Süßigkeiten hergestellt wurden – meine Mutter verstand beim besten Willen nicht, wie man Bier trinken oder einen industriell gefertigten Kuchen essen konnte, und dass diese Fabrikanten dann auch noch so erfolgreich waren! Und dass sie die alte Garde aus dem Sattel heben durften, indem sie um Aufnahme in die Clubs baten oder die Villen auf den Hügeln kauften … Mit aufrichtigem Entsetzen dachte meine Mutter an das Schicksal der alten Contessa von St. Pierre, die gezwungen war, einem gewissen Fenoglio die wichtigsten Stücke ihrer Kunstsammlung zu verkaufen … Oder an die Costamagna, die ihren Familiensitz einem Strickwarenhersteller überlassen mussten, einem Lehrerssohn, der einen übertrieben kostspieligen Ball gegeben hatte, Trüffeln und Austern *pour épater* … Eindruck schinden, bei wem denn eigentlich? Auf jeden Fall war Vorsicht geraten, man hielt sich diese Leute besser vom Leib, die luden einen ohnehin nicht ein.

Wenigstens in diesem Punkt dachte Francesco anders, und in der ersten Zeit unserer Ehe bat er mich mehrmals, unsere Einladungen über den üblichen Freundeskreis hinaus auszudehnen. Ich erinnere mich noch an jene seltenen Gesellschaften, sie waren eine angenehme Abwechslung. Meist kamen Männer zu uns, die es drängte, von ihrer Arbeit zu erzählen oder von den Schwierigkeiten, mit denen sie täglich zu kämpfen hatten. Ich hörte von Politik und Arbeitervereinigungen, von Profiten und europäischen Märkten, von Wirtschaftskrisen und Plänen, die mit der Vermarktung oder Verbesserung dieses oder jenes Produkts zusammenhingen. Für mich waren das völlig neue Themen, ich bemühte mich, alles zu verstehen und in Erinnerung zu behalten.

Nach dem Essen blieben die Männer, wie die Etikette vorschrieb, im Speisezimmer, um eine Zigarre zu rauchen und Portwein zu trinken, während die Frauen sich in den Salon begaben. Wir hätten über Musik, Kunstausstellungen oder die Erziehung unserer Kinder sprechen sollen. Zu meiner Überraschung entdeckte ich, dass einige dieser Frauen ganz anders argumentierten als meine Mutter und ihre Freundinnen. Sie stellten sich Fragen; sie gestanden ihre Zweifel ein. Und nicht immer wussten sie eine Antwort.

Diese Abende waren, wie mir im Lauf der Zeit klar wurde, der ungeschickte Versuch meines Mannes, nicht ganz von dem abgeschnitten zu sein, was in der Stadt vor sich ging, wo die sozialen Schranken – oder wenigstens die Vorurteile – verschwanden und alles sich vermischte. Doch das Bild, das er innerhalb eines Jahres davon gewann, fiel am Ende genau mit dem meiner Eltern zusammen: Jede Neuerung musste mit Vorsicht aufgenommen werden. Auf jeden Fall war es klüger, die Berichte über wirtschaftliche und politische Tendenzen den Zeitungen zu überlassen und die Konversation in unserem Salon auf Pferderennen und Treibjagden zu beschränken.

Francesco führte sein Leben und ich das meine. Schon bald sprachen wir nur noch über das Allernotwendigste.

Ich war überzeugt, dass nichts den trägen, ernüchterten Rhythmus unseres Alltags je ändern würde. Wir lebten in einem Gehege. Das war alles. Wahrscheinlich gab es Schlimmeres.

VIII

Es ist Weihnachtsmorgen. Seit zwei Monaten bin ich verheiratet. Nach der Rückkehr von unserer Hochzeitsreise hatte ich darum gebeten und zugestanden bekommen, dass wir in getrennten, allerdings angrenzenden Zimmern schliefen. Villaforesta erhob keine Einwände, wie ich befürchtet hatte. Er begnügte sich mit einem Schulterzucken und einem eisigen «Wie du willst».

Doch in dieser Nacht ist er verstohlen wie ein Dieb in mein Zimmer gekommen. Ein heller Schein dringt durch die Vorhänge, erst denke ich, der Tag sei schon angebrochen, aber es ist der Schnee, der kurz nach Mitternacht gefallen ist.

«Er hat einen starken Widerschein, auch im Dunkeln.»

«Ja. Wie schön. Schnee zu Weihnachten», antworte ich und ziehe mir die Decke bis unters Kinn. Villaforesta tut, als bemerke er meine Manöver nicht und legt sich, so unbefangen, als binde er sich die Krawatte, in mein Bett. Ich erstarre, habe aber nicht den Mut, etwas zu sagen.

Er legt seinen Kopf auf meine Schulter. Seine Haare streifen meine Wange.

«Warum?», fragt er. «Warum hast du Angst?»

«Ich habe keine Angst», sage ich, «ich habe ganz und gar keine Angst.»

«Dann lass dich gehen», flüstert er.

Wohin soll ich mich gehen lassen?

«Ich verspüre nicht das geringste Bedürfnis, mich gehen zu lassen», erwidere ich so schroff wie möglich.

«Wie du willst.»

Es ist keine körperliche Vereinigung, sondern die Durchsetzung eines Rechts.

Ich spüre nichts. Er ist schweißgebadet, ein Gewicht auf meinem Bauch, von dem ich mich befreien möchte, aber ich wage nicht, ihn wegzustoßen. Ich schließe die Augen, um mich auf meine körperlichen Empfindungen zu konzentrieren. Nichts. Es geschieht nichts. Ich bin zerstreut und weit entfernt, und unmerklich verdoppele ich mich, verlasse diese Frauengestalt, die halb versteckt unter Francescos magerem Körper liegt. Es ist, als sähe ich die beiden von außen, wie sie unfähig sind, miteinander zu reden, wie sie sich trotz des Geschlechtsakts, den sie vollziehen, immer weiter voneinander entfernen, zwei Fremde, die ein Bett teilen, aber in unterschiedlichen Welten leben.

Später, als Villaforesta eingeschlafen ist, schlüpfe ich aus dem Bett und ziehe mich an.

Es tagt noch nicht. Ich sattele Viburno, ohne mir helfen zu lassen, und reite auf den Park zu. Turin ist still und so menschenleer, wie ich es noch nie gesehen habe.

Ich komme zur Reitbahn des Valentino-Parks und reite weiter.

Ich weiß nicht, warum, ich habe einfach nicht angehalten.

Ich überquere die Brücke, die nach König Umberto benannt ist, und reite hinauf zum Val Salice. Ich lasse das Pferd im Schritt gehen. Der Boden ist rutschig. Die Abdrücke der Hufe werden zu vielen dunklen Löchern aus wässrigem Schlamm. Die Luft erwärmt sich schnell, der Schnee wird nicht lange liegen bleiben. Zwei oder drei Handkarren fahren den Hügel hinunter, Bauern, die Holz für die Öfen, Milch oder Butter in die Stadt bringen. Die Räder hinterlassen lange, gerade Furchen mit scharf gezeichneten Rändern.

Die Bauern schauen mich kaum an, ich stelle mir ihr flüchtiges Staunen über diese Frauengestalt vor, die allein auf den höchsten Punkt der Hügel zureitet, starrköpfig wie das Pferd, auf dem sie sitzt. Als die Hügel den Blick freigeben und die im Schnee versunkene Ebene zu erahnen ist, halte ich an, um Viburno zu streicheln. Ich spüre sein seidiges Fell, das sich unter meinen Fingern ein wenig kräuselt. Er hat Lust zu galoppieren, das merke ich daran, wie er den Kopf schüttelt. Ich gehorche. Wir brauchen beide das Gefühl, wie die Schneeluft im Gesicht sticht, wie die Muskeln sich unter der Anstrengung anspannen und die Haut sich erwärmt, während das Herz schneller schlägt und der Atem kürzer wird. Wir galoppieren lange, bis hinter uns nichts mehr zurückbleibt, was das Umdrehen lohnt.

Die mit Schnee gesprenkelten Bäume und Büsche scheinen zu einer anderen Welt zu gehören, nicht nur zu einem fremden Panorama. Nach dem Schneefall und in dieser nächtlichen Stille ist alles anders, nichts ist mir mehr vertraut. Der Himmel hat aufgeklart, die Wolken sind verschwunden.

Der Widerschein des Schnees schwächt das helle Funkeln der Sterne nicht. Ruhiger kehre ich zurück, im Schritt.

Ich wandere durch eine irreale Welt in den Farben einer alten Daguerreotypie.

Der Schnee dämpft das Klappern der Hufe. Es ist nicht kalt, und der Mond wird gleich untergehen.

Am Abend meiner Verlobung mit Francesco gaben meine Eltern ein Essen. Großmama hatte die Taschenuhr, die Urgroßvater gehört hatte, aus der Bank geholt. Während Francesco mir den Verlobungsring an den Finger steckte – zwei *en contrarié* gefasste Rubine – entkorkte mein Vater persönlich die Champagnerflasche und forderte uns auf, in den Garten zu gehen. Francesco näherte sich mir und versuchte mich zu umarmen. Ich wich ein paar Schritte zurück, bis ich an die Gartenmauer stieß. Es war Sommer, in der Dunkelheit hörten wir den nächtlichen Ruf des Brachvogels und rochen den Duft des Jasmins, der in Wellen aufstieg. Aus den geöffneten Fenstern drangen die Stimmen meiner Eltern. Es gab unzählige Glühwürmchen und Sterne.

«Francesco, ich will nicht.»

«Ich weiß. Sei unbesorgt.»

Im Dunkeln ahnte ich, dass er lächelte. Ich musste ihm wie ein dummes kleines Mädchen vorkommen. Eine, die ihm gleich sagen würde, dass sie nicht heiraten will und nicht küssen kann und dass sie es wirklich nicht gewollt hätte, wenn es sich denn hätte vermeiden lassen …

Dieser Kuss ohne Verlangen war mein erster Kuss. Ich konnte nicht sagen, ob er mir gefiel. Keine Ahnung. Ich wusste es nicht. Ich starrte auf einen leuchtenden Punkt in der Ferne, die Laterne auf der Straße. Ich schloss auch nicht die Augen, wie ich es bei den Diven im Kino gesehen hatte, aber ein Klavier erklang im Hintergrund, denn meine Mutter hatte zur Unterhaltung der Gäste angefangen zu spielen.

Heute wie damals wirken Sterne auf mich wie viele Dutzende Beobachter. Der Nachthimmel ist nichts anderes als eine Unzahl auf mich gerichteter Blicke. Das ganze Universum beobachtet mich. Und ich erwidere seinen Blick, so lange ich kann, so weit ich kann, so weit ich sehe.

Ich weiß nicht, was ich tun soll.

Alle Augen eines Sternenhimmels sind auf mich gerichtet.

Der Ausritt hat mich nicht von dem Gefühl befreien können, in meinem Schlafzimmer zu ersticken, er ändert nichts an meiner Unentschlossenheit. Ich möchte fliehen, aber ich weiß nicht, wo ich beginnen soll. Ich weiß gar nichts. Ich bin neunzehn Jahre alt und weiß nicht, was ich damit anfangen soll.

IX

Ich war schon ein paar Jahre verheiratet, als ich ihn wiedersah. Wir begegneten uns im Haus der Passerano, doch richtiger wäre es, zu sagen, wir stießen zusammen, so gewaltig war der Sturm der Gefühle, die das Wiedersehen in mir auslösten. Gefühle, auf die ich überdies vollkommen unvorbereitet war. Wie kann ich sie beschreiben? Wie viel Zeit braucht ein Bild, das auf unsere Netzhaut trifft, bis es im Gehirn ankommt? Und bis es von dort, durch unbekannte Bahnen gelenkt, zum Staunen, Begehren und zur Erinnerung wird? Wie gering der Abstand sein kann, der uns trennt, wenige Zentimeter Wohlerzogenheit, während

Trott sich verbeugt, meine Hand zum Handkuss ergreift und murmelt:

«Erinnern Sie sich an mich?»

Dennoch ist der Raum unermesslich groß, in dem viele gewaltige Bilder von Trott und mir wie die Lichter eines Leuchtturms aufleuchten und verlöschen, mal einer dem anderen preisgegeben, mal zwei vollkommen Unbekannte, unendlich weit voneinander entfernt. Kann ein Gesicht, eine Stimme genügen, das Feste und Vernünftige, das ich mir aufgebaut habe, aus den Angeln zu heben? Warum begnüge ich mich nicht mit der Welt, so wie sie mir erscheint – und schon das ist ein enormes Privileg –, nämlich in Gestalt von festlichen Tafeln mit Silberbesteck und Kristallgläsern, luxuriösen Häusern und höflichen Ehemännern, Zobelmuffs und neuen, schnellen, sehr anmutigen chromblitzenden Automobilen?

«Entsinnen Sie sich, dass wir in Paris vor etwa vier Jahren am Tisch der Baronessa von Lunden zusammen zu Abend gegessen haben?»

Da geschieht es: Beim Klang seiner Stimme erwache ich aus meinem Schlaf und erkenne – eine berauschende Erkenntnis –, dass ich nur in Trotts Gegenwart lebendig und wach und ganz bei mir bin. Dass ich von dem Abend in der Rue Cambon an bis heute Abend am Ufer des Po den unwirklichen Schlaf der Märchen geschlafen habe. Ich habe wie unter einer Glasglocke gelebt, ohne wirkliche Freuden oder Schmerz zu empfinden.

Trott weiß ganz genau, dass ich mich erinnere. Ich antworte trotzdem:

«Ich erinnere mich. Natürlich erinnere ich mich.»

Meine Stimme ist fest und verrät keinerlei Gefühl.

Trott reicht mir seinen Arm, um mich in den Salon zu führen. Nach wenigen Schritten kommt uns eine Frau lächelnd entgegen, die in eine Wolke aus rosa Musselin gekleidet ist und ein scharf geschnittenes Gesicht hat. Ihr Gesichtsausdruck ist angespannt, was die Schönheit ihrer Züge jedoch nicht beeinträchtigt. Die Augen sind sehr dunkel. Sie schaut mich interessiert an.

«Wir kennen uns nicht, oder?»

Trott stellt uns vor. Es ist Inès, seine Frau. Sie hat beschlossen, sich von einer Freundin nach Hause begleiten zu lassen, weil sie schreckliche Migräne hat.

Bevor sie sich entfernt, mustert sie Trott, sagt aber nichts.

Stattdessen wendet sie sich mir zu.

«Ich vertraue Ihnen meinen Mann an», sagt sie mit einem kleinen Lächeln.

Trott scheint nicht besorgt über die Unpässlichkeit seiner Frau. Er hat nicht einmal angeboten, sie zu begleiten.

Von der anderen Seite des Salons winkt mein Mann herüber. Ich gehe zu ihm, lasse Trott hinter mir zurück. Ich drehe mich nicht um, aber ich weiß, dass er mich beobachtet.

Es ist ein großer Empfang: Conte und Contessa Passerano müssen Scharen von Floristen und Ausstattern beschäftigt haben, es ist offensichtlich, dass sie wissen, wie man Gesellschaften gibt. «Das ist natürlich keine Frage des Geldes, sondern der Weltgewandtheit», hätte meine Mutter gesagt. «Eine Fähigkeit, die sich kaum erlernen lässt und die man nicht notwendigerweise erbt.» Solche mondänen Feste besuchen Francesco und ich häufig, wir haben uns seit langem nichts mehr zu sagen.

Ich betrachte die fröhliche, lärmende Menge und versetze mich in die Lage unseres Gastgebers, den es verdrießen muss, dass eine zunehmende Anzahl seiner Gäste die schlechte Angewohnheit angenommen hat, statt im Frack in der düsteren Uniform des Regimes zu erscheinen.

Der schlimmste Moment ist immer der, wenn man zu Tisch geht. Ich langweile mich schrecklich, ertrage aber die Langeweile dieser Empfänge inzwischen mit vollendeter Beherrschung. Zwei oder drei Gedecke weiter sitzt Trott, während des ganzen Abendessens sieht er mich an, sodass ich mehrmals den Kopf senken muss.

Als endlich der Kaffee im Salon serviert wird, dürfen wir aufstehen. Langsam strömen wir in die anderen Räume und den Ballsaal. Ich verlasse das Speisezimmer in demselben Moment wie Trott.

Ich sage nichts und drehe mich auch nicht zu ihm um, als er mir plötzlich eine Visitenkarte in die Hand drückt. Ich gehe weiter, am Arm meines Cousins Oddone, der nach zwei Gläsern Champagner zum Glück nichts bemerkt. Dann schlüpfe ich schnell hinter einen halb zugezogenen Vorhang. Einige livrierte Diener sind damit beschäftigt, gespülte Gläser auf den Tabletts anzurichten. Sie blicken schweigend zu mir auf, sind überrascht. Doch nicht so wie ich, als ich lese:

Ich bin der Erste, der sich über die Zudringlichkeit meiner Blicke wundert, aber es ist ein Vergnügen, auf das ich nicht verzichten kann.

Was sonst an diesem Abend geschah, habe ich mehr oder weniger vergessen. In einer Ecke gab es ein kleines Orchester, das moderne Musik spielte. Francesco wird wohl in irgendeinem Sessel versunken sein, um mit dem Hausherrn über Pferde zu diskutieren.

Ich sehe eine offene Fenstertür, die auf die Terrasse führt, und schlüpfe schnell hinaus. Dort bleibe ich eine Weile stehen.

Wenige Minuten, glaube ich. Wenn ich die Augen schließe, sehe ich mich wieder in meinem Kleid aus malvenfarbenem Organza, das sich leicht in der Zugluft bewegt.

Es weht kein Wind, aber nach der Hitze im Salon lässt die frische Luft mich erschauern.

Hinter meinem Rücken höre ich ein Rascheln, dann zwei Arme, die mich um die Taille fassen. Ich muss mich nicht umdrehen, um zu wissen, dass es Trott ist.

Ich spüre seinen Mund an meinem Ohr und höre ihn flüstern: «Wann sehe ich dich wieder?»

Ich sage nichts. Seine Worte verlieren sich in dem Stimmengewirr, das aus den Salons kommt.

Ich zögere, weiß nicht, was ich antworten soll. *In einer Stunde. Morgen. Nie.*

Was soll ich sagen? Wieder geschieht es, Trotts Stimme öffnet einen Spalt, eine Schlucht in Zeit und Raum, die sich mit unzähligen Bildern von uns beiden füllt, wir beide zusammen, allein, ohne dieses Funkeln der Kerzen, ohne Salons im Festglanz, ohne Musik, ohne …

Trott ist verschwunden, wer weiß, wohin. Ich suche mit Blicken nach ihm, so weit der Anstand es erlaubt. Nichts.

Ich wende mich sogar an die Contessa von Passerano. Wie peinlich, dass ich diese deplatzierte Neugierde, mit der ich mich lächerlich mache, nicht bremsen kann. Aber etwas ist stärker als meine Scham, und ohne Höflichkeitsfloskeln, fast brutal, frage ich:

«Haben Sie Trott zufällig gesehen?»

«Wen, meine Liebe? Trott? Wer ist Trott?», antwortet sie unwirsch mit rauer Stimme, denn sie kennt ihn offenbar unter seinem richtigen Namen, nicht diesem albernen Kürzel.

Doch mit dieser einen Frage ist mein Mut bereits erschöpft, ich kann keine weiteren Fragen stellen. Wenigstens nicht laut.

Denn jetzt frage ich mich immer wieder: *Trott? Wer ist Trott?*

Erst später, zu Hause, während ich mich im Bett wälze, ohne einschlafen zu können, wird mir klar, dass er mich geduzt hat.

2.

Die Bandita

I

Alles um mich herum liegt im Halbschatten. Ich lasse nur wenige Lampen brennen und kaufe Glühbirnen mit geringer Wattstärke, damit meine Besucher nicht sofort die ausgefransten Stellen im Teppich bemerken, den Staub, der sich auf alles gelegt hat, und das angelaufene Silber. Inzwischen sehe ich schlecht, aber ich habe mich ohnehin nie um solche Nebensächlichkeiten gekümmert. Ich glaube nicht, dass die beiden jungen Mädchen, die abwechselnd jeden Tag kommen, um mir in der Küche zu helfen und hier und da ein wenig Staub zu wischen, wissen, wie man einen Haushalt führt. Und mir selbst erscheint die Zeit, die uns geblieben ist, so kostbar wie einst Zucker im Krieg – habe ich da das Recht, sie mit dem Polieren von Bilderrahmen zu vergeuden?

Um mich herum gibt es niemanden und nichts mehr. Das letzte Pferd, Bluebird, ist vor mindestens fünfzehn Jahren gestorben, aus Kummer, glaube ich, weil ich es nicht mehr reiten konnte. Der grässliche Doktor Scauri hatte mich ermahnt:

«In Ihrem Alter tut man das, was Großmütter und Urgroßmütter tun. Wer bringt Sie wieder auf die Beine, wenn Sie sich die Knochen brechen? Nicht mal die Madonna von Lourdes. Kommen Sie runter vom Pferd und spielen Sie Canasta.»

«Hören Sie Scauri, Pferde sind mein Leben. Ich reite, seit ich zwölf bin. Wissen Sie, was es bedeutet, jeden Morgen um fünf Uhr aufzustehen, um ein Pferd zu striegeln, bei jedem Wetter auszureiten und bei Gewitter nachts in den Stall zu gehen, um die Pferde mit dem Klang der eigenen Stimme zu beruhigen?»

«Hören Sie mir trotzdem zu. Von einem bestimmten Zeitpunkt an wird der Körper zum Feind und muss mit List behandelt werden, sonst wirft er uns unterwegs einfach ab. Verstehen Sie mich, ja oder nein? Auch an Ihnen gehen die Jahre nicht spurlos vorüber.»

Natürlich. Auch bei mir macht sich das Alter bemerkbar. Den Ausritt habe ich durch eine allmorgendliche, halbstündige Wanderung ersetzt. Ich gehe mit den Hunden bis zum Steigbrunnen der Ziegenhirten. Von dort oben betrachte ich die Reihen der Weinstöcke, die im Winter so traurig aussehen wie Kreuze auf einem Soldatenfriedhof und sich dann im Lauf der Monate mit Reblingen und Blättern schmücken wie Mädchen für ein Fest. Dino erwartet mich oben am Ende des Aufstiegs, zieht den Hut und sagt: «Schöner Tag heute, nicht?», auch wenn es regnet, neblig oder windig ist. Für uns hier auf dem Land ist jeder Tag schön. Die kühle Luft brennt in den Lungen.

Auf einem dieser stummen Spaziergänge ist mir die Idee gekommen: Ich möchte ein Fest geben, wie früher, um Freunde hierherzuholen, die ich lange nicht gesehen habe. Nicht irgendwelche Freunde, sondern nur solche, die mich erlebt haben, als ich ganz allein hier auf der Bandita ankam. Auf der Flucht vor einer unerträglichen Ehe. Die Missbilligung meiner Familie und der Freunde aus Kindertagen habe ich so lange mit mir herumgetragen, dass ich nicht mehr weiß, was Achtung bedeutet. Und jetzt, da ich spüre, wie mir die Zeit zwischen den Fingern zerrinnt, möchte ich, dass sie mich sehen. Ich weiß nicht, warum ich meine Gefühle von damals mit dem verwechsele, was ich war: verängstigt, einsam, wild entschlossen. Ich hatte keinen Beruf, keine Pläne, nur dieses Land.

Wo sind sie alle geblieben? In den Jahren der Jugend und Reife ist noch alles in Bewegung. Dann wird die Bewegung auf einmal langsamer, ohne dass wir erkennen, wann und wie es geschieht, bald ist sie kaum mehr wahrnehmbar, und zuletzt sind wir urplötzlich ausgesperrt.

Die Moden und die Stimmungen wechseln, die Tagesnachrichten und die Geschichte mit ihrem längeren Atem verzeichnen Ereignisse, an denen wir nur noch als nutzlose Zuschauer teilhaben.

Alarmierende Nachrichten: Das Mittelmeer ist dabei, sich in ein tropisches Gewässer zu verwandeln. Die in Florenz auf einer internationalen Tagung versammelten Klimaforscher berichten, dass die Durchschnittstemperatur in den letzten fünfzig Jahren um acht Grad gestiegen ist und weiter steigen wird.

Das sind Ereignisse, die nicht mehr zu uns gehören und zu denen wir nicht mehr gehören.

So verhält es sich auch hier. Mein Haus mit dem verstümmelten Turm, der Garten und die Weinberge, Siena weit weg dort hinten auf dem Hügel, als handele es sich um den Hintergrund eines Gemäldes von Guidoriccio da Fogliano. Vielleicht auch Dino, der über die Besitzungen reitet. Und ich, die ich hier eingeschlossen bin, von weitem das Dröhnen der Lastwagen auf der Schnellstraße nach Florenz höre, die Hochspannungsleitungen sehe und abends die Fernsehnachrichten anschaue. Doch wenn ich in die Welt hinausschreien würde, dass ich hier bin, dass ich lebe, klänge der Schrei nur in meinen eigenen Ohren wider, denn ich gehöre nicht mehr zur Welt.

Dino kommt herein, um mir die Abrechnungen zu bringen. Sie bereiten mir Kopfzerbrechen. Zahlen, Jahresbilanzen, offene Rechnungen, laufende Einnahmen. Als ich damals allein zurückblieb, habe ich lernen müssen, und es fiel mir so schwer. Zum Glück hilft mir Dino. Er hat Geduld, wie ich. Denn es braucht eine unendliche Geduld, um die langen Wintermonate durchzustehen, wenn die Landschaft wie tot erscheint, auch der Weinberg und die Oliven. In Wirklichkeit darf man niemals stillstehen, auch im Winter nicht, obwohl man das Ergebnis all der Mühe und Willensstärke, die man aufwendet, erst Monate später sieht.

Hundert Olivenbäume müssen ausgerissen werden. Sie sind fünfzig Jahre alt, hässlich, von Spalieren gehalten. Dino sagt, dass man diesen Boden ein wenig ruhen lassen muss, dann kann man neue Weinstöcke darauf pflanzen. Denn jetzt, wo wir so viele Preise bekommen, müssen wir uns auf den Wein konzentrieren. «Es ist das *bisines*, das sich verändert, und wir machen mit. Die Leute wollen Wein, also geben wir ihnen Wein. Machen Sie sich keine Sorgen wegen der Oliven. Ich habe einen Baumschulenbesitzer in Florenz aufgetan, der die ganze Arbeit auf eigene Kosten macht, er stutzt die Bäume und gräbt sie aus. Es ist ein gutes Geschäft, wir haben sowieso zu viele Bäume. Schon letztes Jahr mussten wir die Oliven direkt vom Baum verkaufen, es lohnt sich nicht mehr, Öl zu produzieren. Hören Sie auf mich. Wein ist besser.» Aber ich versteife mich auf meine Entscheidung, ich bleibe hartnäckig, ich will nicht. Dino steht da, den Hut in der Hand, in der anderen ein zerknülltes Papier. Er schmeichelt mir, geduldig erklärt er alles zum hundertsten Mal.

Ich habe genau verstanden, ich bin nicht dumm.

Aber mir graut davor, einen Baum auszureißen, der noch Kraft hat und reichlich Früchte trägt.

Und ich kann Dino nicht erklären, dass ich diesen Olivenhain 1946 gepflanzt habe, da war er gerade geboren. Ende Dezember, ein starker Wind wehte, und ich hatte mich erst vor kurzem wieder erholt. Ich werde diese Bäume ausreißen lassen, wenn ich es tun muss, aber ich will kein Geld dafür. Dino wiegt sich auf einem Bein, blickt mich betrübt an.

Wenn ich ihn nicht kennen würde, müsste ich annehmen, dass er mich für eine vertrottelte alte Frau hält, auch so eine Art von Olivenbaum, den er gegen ein paar hunderttausend Lire gerne ausreißen würde.

II

Gleich kommt der Anwalt. Er ruft mich immer montags an, weil er wissen will, wie es mir geht, sagt er. Ich habe allerdings seit Jahren den Verdacht, sein Anruf ist ein Vorwand, um sich wenigstens einmal in der Woche zum Essen einladen zu lassen. Dann wird geplaudert, und er erzählt mir, er habe sich zwar seit langem zur Ruhe gesetzt, aber es gebe ein paar besonders anhängliche Klienten aus Florenz, die sich die bekanntesten Anwälte leisten könnten und trotzdem nur auf ihn vertrauen, auf seinen Rat … Nun gut, solange er jemandem einen Dienst erweisen könne, warum nicht …

Dino, der von Zeit zu Zeit kleine Arbeiten im Haus des Anwalts verrichtet, sagt, dass es ganz anders ist, dass der knochige alte Ricorsi den ganzen Tag mit Kreuzworträtseln im Bett verbringt oder vor dem Fernseher verblödet. Und so endet es damit, dass ich ihn einlade, eine Flasche Wein aufmache und Dinos Frau Santa bitte, Hackbraten zu machen und eine Nusstorte zu backen.

Ich gehe in mein Zimmer, um mich auf den Besuch vorzubereiten. Das bedeutet vor allem, dass ich ein Taschentuch aus der Kommode im Bad nehme und es mit ein paar Tropfen Kölnischwasser beträufele. Wenn der arme Ricorsi dann kommt, halte ich es mir an die Nase, als wäre ich erkältet.

Ricorsi raucht ununterbrochen und ist mittlerweile so nikotingetränkt wie ein Aschenbecher. Ich kann diesen Geruch nicht ertragen, also halte ich mir das Taschentuch vor die Nase. Seit Jahren beginnt unsere Unterhaltung unverändert mit dem gleichen operettenhaften Schlagabtausch:

«Meine liebe Contessa, ich fasse es nicht, immer noch dieser schlimme Schnupfen!»

«Das geht vorüber, Avvocato, das geht bald vorüber.»

«Aber erlauben Sie bitte, das sagen Sie jedes Mal … Haben Sie einen Arzt kommen lassen?»

«Avvocato, Sie vergessen die drei G: Gesinde, Geld, Gesundheit. Zu meiner Zeit, ich meine, zu unserer Zeit sprach man nicht darüber, das war unverzeihlich … Hat man Ihnen das denn nie gesagt?»

Der Anwalt zuckt mit den Schultern.

«Ich erinnere mich nicht. Vielleicht hat man es mir nicht gesagt, Contessa. Im Gegenteil, wenn ich ehrlich sein soll … in unserem Haus wurde von nichts anderem gesprochen als von Geld und Gesundheit. Vom Gesinde nicht, denn das hatten wir nicht. Wissen Sie eigentlich, Contessa, dass meine Eltern Bauern waren?»

«Nicht schon wieder, Avvocato.»

«Habe ich Ihnen das schon erzählt? Aber wissen Sie auch, dass es in dem Jahr, als ich geboren wurde, eine große Überschwemmung gab und ich unterwegs zur Welt kam, während meine Eltern versuchten, sich in die Berge zu flüchten? Nicht gerade auf der Straße, sagen wir, aber in einem Unterstand für Kühe, kurz, einer Art Stall.»

«Tja, mein lieber Avvocato, eine Geburt nach einem berühmten Vorbild, würde ich sagen …»

Ricorsi bricht in ein gurgelndes Gelächter aus.

Dann brummt er noch ein wenig vor sich hin, er wisse gut Bescheid mit Schnupfen und Husten, denn er habe drei Frauen begraben. Ich kenne ihn seit fünfzig Jahren und weiß, dass er es nicht böse meint. Er hat wirklich drei Frauen begraben, seine Schwiegermutter, seine Frau und seine Schwester, alle innerhalb kurzer Zeit, und ist allein geblieben.

Eigensinnig, wie er ist, war das ein Erfolg für ihn, denn es behagte ihm überhaupt nicht, dass die Statistiken Frauen eine längere Lebenserwartung bescheinigen.

Jetzt ist er überzeugt, beide, die Statistik und die Medizin, mit einem Schlag widerlegt zu haben, da er zwei Päckchen Zigaretten am Tag raucht. Vielleicht hat er recht, vielleicht hat er beide widerlegt. Doch um welchen Preis? Mutterseelenallein zu sein, mit losen Westenknöpfen und über die Hose verteilten Flecken obskurer Herkunft herumzulaufen? Von den Nachbarn Einladungen zum Abendessen zu erbetteln, wie er es bei mir macht?

Heute Abend hustet und niest Ricorsi, er hat sich eine ordentliche Erkältung geholt.

«Machen Sie sich keine Sorgen, Avvocato, Erkältung

ist das Übel der Gesunden», sage ich und sehe, dass er lächelt.

Ich biete ihm noch ein Glas Wein an, er trinkt es in einem Zug aus. Dann erhebt er sich, unschlüssig, ob er nach Hause gehen oder noch ein Weilchen bleiben soll. Ich ermutige ihn nicht zum Bleiben, ich möchte diesen Abend hiermit beenden.

«Ich bin rasch gealtert, nicht wahr, Contessa?», flüstert er, während er sich vorbeugt, um mir die Hand zu küssen. «Bei Ihnen ist das anders, Sie sind immer noch so wie an dem Tag, als ich Sie kennenlernte, da waren Sie gerade angekommen. Sie hat genug von der Stadt, hieß es damals im Dorf, und vom Land wird sie auch bald genug haben. Seien Sie mir nicht böse, aber habe ich Ihnen eigentlich je gesagt, was ich damals von Ihnen dachte? Zu schön, um hier zu leben. Ein unstetes Wechselwild, das plötzlich auftaucht und ohne Grund ebenso stillschweigend wieder verschwindet. Stattdessen sind Sie geblieben. Sie kennen den Spruch: Weinberg und Grind, kratze und schind! Aber Sie kleben an Ihren Weinstöcken, Sie stecken zwischen diesen Reben wie eine Vogelscheuche!»

«Kennen Sie die etymologische Bedeutung von ‹La Bandita›, Ricorsi? Es ist ein altes Wort mit gotischen Ursprüngen aus dem Mittelalter. ‹Bandwjan› bedeutete, ein Zeichen zu setzen. Mit diesem Zeichen wurde ein Wald, ein Stück Land von der Jagd ausgeschlossen. Ich war ein Wechselwild Ihrer Meinung nach? Dann war die Bandita der richtige Ort für mich. Sie haben mir das Wort aus dem Mund genommen. Genau der richtige Ort.»

III

Ich bin eine Überlebende. Nein, ich meine nicht die zwei Weltkriege oder die spanische Grippe, die im Jahr 1918 innerhalb weniger Tage eine große Anzahl Menschen aus unserem Bekanntenkreis dahinraffte. Zum Beispiel Signorina Baravalle, die die Betttücher meiner Mutter bestickte – ich sehe sie noch vor mir, klapperdürr, wie sie sich tief über einen Haufen zerknittertes Leinen beugte –, und den Ladengehilfen Ginori, der donnerstags kam, um die Kristallpendel am Kronleuchter zu putzen. Nein, ich spreche nicht vom stummen Kampf gegen die vergehende Zeit, und auch nicht von diesem unangenehmen Gefühl der Entfremdung, das mich bei dem Gedanken befällt, am Anfang dieses Jahrhunderts geboren zu sein. Ich habe mein eigenes Wesen überlebt. Eine seelische Unruhe, die mich in den Wintergarten meiner Mutter trieb – wo ich mich versteckte und mich, hinter das Sofa gekauert, an der Stille und dem Zitronenduft in diesem von allen vernachlässigten Raum berauschte – und später in ein drittklassiges Hotelzimmer, in dem die Rollläden heruntergelassen sind und ich nackt in den Armen eines mir kaum bekannten Mannes liege.

Wie viele andere Überlebende gibt es in meiner Umgebung? Hier auf den Sieneser Hügeln, in vernünftigem Abstand zu meinem Elternhaus, mit Gewissheit niemanden. Doch einige der Menschen, die mir begegnet sind, möchte ich gerne wiedersehen. Immer wieder muss ich an jenen Moment in der Pariser Rue Cambon Nr. 37 denken, als ich etwas verlor, was mir damals nicht besonders kostbar erschien. Und wenn ich von Trott spreche, von seinen Augen, die mein Herz bloßlegen und die Angst daraus verjagen konnten, darf ich Oddone und Carlino und Almerighi nicht vergessen, der mit dreißig Jahren an einem Lachen starb, ja so war es wirklich, an einem endlosen, fröhlichen Lachen in den Armen von Iris, die wirklich eine sehr witzige Frau war. Der grässliche Scauri würde sagen:

«Ein Embolus, meine Liebe, ein Infarkt, das Flimmern eines Herzens, das so zerbrechlich war wie Glas», und natürlich ist es so gewesen, aber wen interessiert denn, *wie* es geschah? Ist es nicht eigentlich nur das *wann*, das uns interessiert?

«Vergiss nicht, dass wir beobachtet werden. Von Gott dort oben, von den Toten im Paradies und von den Schutzengeln, die hinter uns gehen», sagte meine Mutter oft. «Was immer du tust und sagst, sie sehen es. Wenn ich gerade abgelenkt werde, passt der Engel auf dich auf. Er schläft nie. Er weiß alles, was du tust.»

«Dann ist er eine ganz gemeine Petze», konstatierte Enrico eines Nachmittags. Er sagte es laut, sodass meine Mutter ihn hörte. Miss Woodruff hob eine Augenbraue und wurde losgeschickt, meinen Vater zu holen, damit er entschied, wie Enrico bestraft werden sollte.

«Merk dir, dass der Schutzengel der Schatten vom Lichte Gottes ist», bekräftigte meine Mutter, während sie den Schlüssel zu dem Kämmerchen umdrehte, in dem sie ihn einschloss. «Ohne diesen Schatten bist du nichts.»

«Du kommst hier erst wieder heraus, wenn du eingesehen hast, dass man nicht unüberlegt daherredet. Und heute gibt es kein Abendbrot», fügte mein Vater grimmig hinzu, der es hasste, wenn man ihn bei seinen Beschäftigungen unterbrach.

Der Schatten des Engels blieb eine vage Vorstellung und unberechenbar wie eine Fliege, die sich immer wieder auf das Tischtuch setzt. Trotzdem: Die Idee, dass ein unsichtbarer Schatten uns überallhin begleitete, war nicht ohne Reiz. Sie ist es auch heute noch, obwohl ich aufgehört habe, an Engel zu glauben. Doch häufig ist mir, als hätte ich eine kleine Gruppe Menschen im Rücken, im Halbkreis angeordnet, wie für ein Hochzeitsfoto.

Meine Mutter ist dabei, natürlich, mein Vater und mein Bruder mit dem ironischen Funkeln in den Augen, und immer sieht er genauso aus wie beim letzten Mal, als ich ihn sah, in Reisekleidung:

«Werd nicht rührselig, meine Hübsche, wenn ich aus Afrika nicht zurückkomme, wirst du reicher.»

Ich weiß, dass er das nur sagte, um seine eigene Rührung zu bekämpfen, denn als Kinder hatten sie uns jahrelang damit gequält: «Man weint nicht in der Öffentlichkeit, vergesst das niemals.» Und weil uns das so oft eingeschärft wurde, war es uns vollkommen fremd geworden, Gefühle zu zeigen.

Es tut mir leid, dass ich damals nicht geweint habe, als Enrico mich umarmte. Er zog mich an sich und hielt mich an seine Schulter gedrückt, aber weil der raue Stoff seiner Uniformjacke mich im Gesicht kratzte, entwand ich mich sofort. Es tut mir leid, dass ich nicht länger in dieser unbequemen Umarmung geblieben bin.

Ich habe ihn nie wiedergesehen. Knapp einen Monat später war er tot. Und zu Hause sah ich keine Tränen, nicht einmal dann. Ich ahnte sie.

Ich bin sicher, dass meine Mutter jede Nacht ihr Kopfkissen mit Tränen durchnässte. Ebenso sicher bin ich, dass mein Vater allein in seinem Arbeitszimmer weinte, während er vorgab, seine Papiere zu ordnen.

Doch es hat in jenen schrecklichen Januartagen niemals einen Moment gegeben, in dem wir drei zusammengefunden hätten, um einander in die Augen zu schauen und zu sagen, wie sehr Enrico uns fehlte. Man hatte uns aller Natürlichkeit, Spontaneität beraubt, so wie man in den sechziger Jahren allen die Mandeln herausoperierte.

Und zu der Gruppe in meinem Rücken gehört natürlich auch er. Wieder einmal denke ich an Trott zurück. Alle unsere Bekannten haben in ihm nur einen eleganten, charmanten Herrn mit einer stets etwas müden Stimme gesehen, doch ich sah etwas anderes.

Mehr sage ich nicht. Jedes Wort wäre eine Vereinfachung, denn, so dumm das auch scheinen mag, ich habe in Trott *alles* gesehen.

IV

Viburno war das Hochzeitsgeschenk meines Patenonkels, eines Cousins meiner Mutter. Er war eine legendäre Erscheinung, ließ sich seine Westen in Ungarn besticken und liebte angeblich eine polnische Gräfin mit vielen Töchtern, die wunderschön und sehr verführerisch sein sollte, obwohl niemand sie je zu Gesicht bekam. Enrico bezweifelte, dass sie existierte:

«Ich glaube, er hat sie erfunden, denn so lässt man ihn in Ruhe und versucht nicht, ihn mit sämtlichen Mädchen von Florenz zu verheiraten», erklärte er Miss Woodruff und mir.

Unsere Aufenthalte bei den Verwandten in Florenz waren ein Quell ständiger Überraschungen. Wenn Enrico und ich müde von der Reise ankamen, wurden wir sofort auf eine Besuchstour von Haus zu Haus geschleppt, damit wir Familienmitglieder wiedersahen, an die wir uns kaum erinnerten, Tanten, vor denen ich einen tiefen Knicks machen musste, ohne über den Teppich zu stolpern.

Unsere Großeltern mütterlicherseits hatten keinen *Jour fixe*, an dem sie empfingen. Meine Großmutter war immer hochelegant, in großer Abendtoilette, und meist quoll ihr Salon über von Blumen und Fremden auf der Durchreise, deren Herkunft keiner kannte. Der Türdiener musste auf ihre Anordnung viele Stunden am Tag stocksteif im Vorzimmer stehen, wie es im 19. Jahrhundert üblich war, denn er hatte die Aufgabe, die Gäste anzusagen. Und so tat er es auch mit uns. Keines der Kinder, die ich kannte, genoss eine solche Behandlung. Keiner hatte eine Großmutter wie wir.

Sie gefiel uns ausnehmend gut. Wenn wir das Vorzimmer durchquert hatten, fanden wir sie im Salon, umgeben vom funkelnden Glanz ihrer Juwelen, eine majestätische Erscheinung, und wir strafften den Rücken, um uns in den eleganten Kleidern bewundern zu lassen, die meine Mutter uns zu diesem Anlass angezogen hatte.

Die mondäne Geselligkeit unserer Großmutter hatte noch andere Vorteile: Schalen voller Pralinen, Kekse und kandierter Früchte und einen Diener, der auch uns Tee oder süße Getränke servierte, je nach Jahreszeit. Großmutter schickte uns nicht fort, wie meine Mutter es getan hätte, sondern erfreute sich daran, ihre so weit entfernt lebenden, savoyischen Enkel – so nannte sie uns – vorzuführen. Manchmal nannte sie uns auch «meine bristù». Ein exotisches Wort, eines der vielen, das wir nicht verstanden, da Großmutter ihre eigene Sprache hatte, ein Gemisch aus Französisch, Englisch und Florentinisch, auf dem, einsam wie umhertreibende Wrackteile, Fetzen italienischer Wörter schwammen, die in diesem Wirrwarr überlebt hatten. Enrico und mir gefiel es sehr, *savoyisch* und *bristù* zu sein. Wir ahnten ja nicht, dass die Großmutter, wenn sie «brise-tout» sagte, Quälgeister oder Nervensägen meinte.

Auf jeden Fall vergaßen sie und die Gäste uns nach der Begrüßung sofort wieder und ließen uns in Ruhe. Zu der Zeit galt es als unfein, sich mit Kindern zu beschäftigen, und erst recht durften sie kein Gesprächsthema im Salon sein – um die Kinder kümmerten sich Gouvernanten. Enrico und ich blieben daher den ganzen Nachmittag auf dem Empfang und beobachteten ungestört das Kommen und Gehen schicker Damen, die sehr viel aufreizender gekleidet waren als die Freundinnen unserer Mutter, bunter, fröhlicher. Wir ahnten, dass in Florenz ein anderer Lebensstil herrschte und dass unsere Mutter außerhalb von Turin wie eine andere Frau wirken konnte.

Wer weiß, vielleicht kam mein Vater aus diesem Grund fast nie mit nach Florenz.

Dank dieses vagen Eindrucks von der Extravaganz unsrer Verwandten in Florenz wunderte ich mich nicht allzu sehr, als ich von meinem Patenonkel zur Hochzeit statt des üblichen Geschmeides ein Camargue-Pferd mit roter Schleife bekam. Die Freude, die ich empfand, bestätigte mir wieder einmal, dass die Überraschungen, die von der Familie meiner Mutter kamen, immer weit eher angenehm als unangenehm sein würden.

Viburno war nicht weniger legendär als der Cousin meiner Mutter und seine polnische Geliebte. Seine Bewegungen waren energisch und geschmeidig, vor allem in engen Kurven. Er hob die Beine sehr hoch, höher, als bei Camargue-Pferden üblich, und er war ein Blitz, wenn man ihn in den Galopp trieb. Sein Kopf war zwar ziemlich dick, doch der Hals kurz und stark, und die breite, kompakte Brust verlieh ihm eine besondere Anmut.

Villaforesta fand ihn grobschlächtig, unpassend für eine Frau und zu ungestüm.

«Ein Pferd als Hochzeitsgeschenk, was für eine verrückte Idee. Deine florentinischen Cousins haben diese unpassende Vorliebe für die *beau geste.*»

Was er meinte, war: «Warum kein Armband, ein Edelstein aus dem Familienschmuck?»

Ich weiß schon, worum es geht, dachte ich, Villaforesta versäumte keine Gelegenheit, zu betonen, dass ich recht wenig Juwelen von zu Hause mitbekommen hatte: Meine Mutter trennte sich nicht von ihrem Schmuck, und mein Vater hatte alles für Enrico bestimmt.

Francescos Verachtung für meine exotischen Florentiner Verwandten erstreckte sich auch auf meine Tiere. Wenn die Rede auf Viburno kam, hörte ich ihn immer wieder stur behaupten, dass die kümmerlichen Weiden und die üblen Ausdünstungen des Rhônedeltas das Pferd hoffnungslos verdorben hätten. Doch obwohl er ihn nicht mochte, wagte er nicht, Viburno das anzutun, was er kurz darauf mit Peak machte.

Peak war ein irischer Fuchs, ein Halbblut. Sein Gang war nicht vollkommen, doch als ein gut dressiertes Pferd spürte er, in welche Richtung er gehen sollte. Wir verstanden uns blind.

Er war ein nervöses Tier, erschrak über jede Kleinigkeit, doch wenn er merkte, dass ich laufen wollte, überwand er sich großzügig und verausgabte sich bis zur Erschöpfung, aus Liebe zu mir.

Villaforesta verabscheute ihn, er sagte, Peak sei gefährlich, mache zu oft Seitenschritte.

«Mit dieser Bestie wirst du dir noch den Hals brechen. Du beherrschst ihn nicht, und dieser Teufel hat das begriffen. Nur einer von beiden kann befehlen, das Tier oder

der Reiter. Dein Pferd weiß: Du bist nicht diejenige, die das Kommando hat.»

«Unsinn», entgegnete ich ärgerlich. «Lass mich mit meinen Pferden allein. Beschäftige du dich mit deinen.»

Wenn Peak aus Angst vor dem Donner wieherte, wurde Villaforesta wütend, weil er damit angeblich die anderen Pferde nervös machte.

Er behauptete, es sei meine Schuld, ich hätte einen Feigling aus ihm gemacht, weil ich bei ihm in der Box blieb, wenn es gewitterte. Er sagte, die Worte, die ich ihm sanft ins Ohr flüsterte, und meine Liebkosungen hätten seinen Charakter verdorben.

Ohne Vorwarnung kam mein Mann eines Tages zum Mittagessen mit einem spindeldürren, grinsenden Menschen an.

«Ich bin Arzt aus Cuneo und ein großer Pferdeliebhaber», stellte der junge Mann sich vor. Ich blieb steif und stumm, ich hatte sofort begriffen. Ich wehrte mich nicht, nur mit Blicken, und auch das nur schwach. Ich kämpfte nicht, um Peak zu retten, ich sagte nichts und ließ zu, dass Villaforesta meine Liebe zu diesem Pferd mit Füßen trat, dass er es sich vom Hals schaffte und für immer von mir trennte.

Hätte ich angefangen zu weinen oder zu flehen, hätte ich Teller auf den Boden geworfen oder die gerahmten Fotografien von der Anrichte gefegt, hätte er wahrscheinlich nicht darauf bestanden. Villaforesta graute vor lauten Szenen in der Öffentlichkeit. Doch ich blieb stumm, offensichtlich hatte ich kapituliert. Ich hatte mich damit abgefunden, dass mein Mann das tat, was ihm passte, mit mir, mit meinen Gefühlen, mit meinem Pferd. Ich weigerte mich, Erklärungen zu liefern, es hätte nichts genützt. Hatte er wirklich noch nicht verstanden, wie sehr ich an Peak hing? Oder war es ihm völlig egal? Ich rang mir sogar ein

Lächeln ab, doch in meinem Inneren stieg eine blinde, rasende, unbezwingliche Wut auf.

In dieser halben Stunde wurde außer dem Verkauf von Peak noch etwas anderes vollzogen. Eine Entscheidung nahm Gestalt an, und das Bild von Villaforesta wurde so klar, wie ich es nie zuvor gesehen hatte.

V

Die Stimme meines Cousins Oddone ist leise und sehr liebevoll. Draußen schneit es, wie immer im Februar. Es schneit sachte, in großen Flocken, die fast senkrecht fallen, weil kein Wind weht.

«Du musst fortgehen, meine Liebe. Verlasse die Stadt. Wirf dich nicht so weg. Deine Lage ist unerträglich demütigend.»

Seit zwei Monaten hat mein Mann eine Freundin. Ganz Turin weiß es. Eine Frau mit Vergangenheit, sagt mein Vater, der vor mir das Wort «Hure» nicht aussprechen kann.

«Es wird eines dieser stark geschminkten, leichten Mädchen sein, die immer um die Männer herumscharwenzeln», wiegelt meine Mutter ab und senkt die Augenlider. «Obwohl es natürlich für uns alle ziemlich unangenehm ist.»

Francesco ist weiter gegangen, als meine Familie sich das vorstellen konnte. Er hat sich nicht damit begnügt, eine Garçonnière zu mieten, er hat ihr sogar eine kleine Wohnung hinter der Kirche der Gran Madre gekauft. Und für die Einrichtung hat er sich bei uns zu Hause bedient. Niemandem habe ich erzählt, welche Kränkung es war, eines Morgens zwei Möbelpacker ankommen zu sehen, die kurzerhand das

Sofa aus türkisblauem Samt, zwei große Kupferlampen, den roten Ledersessel im Arbeitszimmer und eine Truhe mit Francescos Kleidern weggeschleppt haben.

«Er hat sie mit deinen Juwelen behängt», sagt Oddone. «Und er hat ihr ein Glas Champagner in die Hand gedrückt und gesagt, so müsse es immer bleiben, halbvoll, morgens und abends.»

«Der Schmuck gehört ihm», sage ich mit dünner Stimme.

Oddone lässt mir keine Ruhe und erzählt mir, dass die Hure ähnliche Kleider trage wie ich. Francesco habe verlangt, dass sie zu meiner Schneiderin geht.

«Sie ist zauberhaft, meine Liebe, du glaubst gar nicht, wie anders diese Kleider an ihr wirken. Was bei dir raffiniert aussieht, ist bei ihr provozierend.»

Ich stehe vom Sessel auf und gehe ans Fenster. Der fallende Schnee erinnert mich an ein Blatt Papier, das wir in winzige Stücke zerreißen, einen Brief, den wir zerstören und vergessen wollen. Auch ich möchte vergessen. Das versteht Oddone nicht. Seine Fürsorge macht mich wütend. Er steht ebenfalls auf und stellt sich neben mich. Ich drehe mich nicht zu ihm hin, aber ich rieche sein Kölnischwasser, und der Geruch ist mir unangenehm. Ich bin bereit, nach all diesen Jahren bin ich bereit, einen Skandal auf mich zu nehmen. Villaforestas Verfehlungen haben mir die Kraft gegeben, die ich brauchte.

Ich denke darüber nach, Turin für ein paar Monate zu verlassen, vielleicht für ein paar Jahre. Ich habe noch nicht entschieden, ob ich mich in die Toskana zurückziehen werde oder nicht. Francesco hat geglaubt, er könne mich mit seiner Härte an sich binden, als wäre es auf irgendeine verquere Weise gleichbedeutend, mir wehzutun und mich zu besitzen. So ist es nicht. Seine Gemeinheiten gleiten an mir ab, ich spüre sie fast gar nicht. Ich bin schon weit fort, auch körperlich. Ich werde allein wohnen, in einer Mietwohnung. Oder ich lasse mich in San Biagio nieder. Das ist mein Haus. Meins. Es gehört weder Francesco noch meinem Vater.

Unsere gemeinsamen Freunde werden schockiert sein. Meine Eltern, da bin ich sicher, werden zu mir pilgern, um mich zu beschwören, dieser Komödie ein Ende zu setzen, das zu vergeben, was sie Francescos «Schwächen» nennen. An meinem Platz zu bleiben, ohne Szenen zu machen. «Wir gehören nicht zu denen, die Aufsehen erregen», pflegt meine Mutter zu sagen.

Ich begleite Oddone zur Tür. Er lächelt mir zu, während er sich den Hut aufsetzt, dann verkündet er:

«Letzte Woche hat Francesco ein Essen im Gästehaus des Clubs gegeben. Ich bin hingegangen. Jole machte die Honneurs. Als wäre sie du. Ist dir klar, was das bedeutet? Wie viel willst du noch ertragen?»

Es ist mir klar. Francesco versäumt keine Gelegenheit, mich zu demütigen. Es muss ihm wohl wie eine lustige Idee erschienen sein, eine Bordellhure im Salon an meine Stelle zu setzen.

Aufsehen, würde meine Mutter sagen, wie entsetzlich, er hat Aufsehen erregt.

VI

Inzwischen ist es mir zur Gewohnheit geworden, mich jeden Morgen bei Sonnenaufgang wecken zu lassen und zu Oddone nach Pecetto zu reiten.

Die Calandra sind die Besitzer der Falconaia. Einer ihrer Vorfahren, ein Amateurbotaniker, der wie viele zweitgeborene Söhne in der antiklerikalen Zeit Ende des 18. Jahrhunderts nicht im Traum daran dachte, das Priestergewand anzulegen, hatte beschlossen, nach allen Regeln der Kunst eine Baumschule anzupflanzen, und jetzt besitzen die Calandra den schönsten Buchenwald im ganzen Piemont. Ob Oddones Ahn als Baumschulenbesitzer Erfolg hatte, ist unbekannt, man weiß aber, dass er seine ausgewachsenen Exemplare niemals sah, weil er wenige Jahre später an der Influenza starb, gegen die es noch keine Antibiotika gab. Doch jener exzentrische Einfall verschaffte seinen Nachfahren einen Park, der heute allseits bewundert wird. Ein bisschen von dieser botanischen Berufung muss sich bis zu Oddone, dem Letzten der Calandra, vererbt und aus ihm einen begeisterten Gärtner gemacht haben. Er verbringt Stunden im Garten, bewaffnet mit Scheren und kniehohen Stiefeln, um zu beschneiden, zu binden, zu säen und Setzlinge einzupflanzen. Rosen sind seine Leidenschaft. Hinter dem Gemüsegarten hat er eine kleine Sammlung französischer Rosen, im Frühling sind sie ein Fest aus Düften und bezaubernden Farben.

Sommers wie winters komme ich hierher, sooft ich kann. Oddone ist nicht nur ein Kindheitsfreund und entfernter Cousin, er ist jemand, der immer auf mich aufpassen wird. Das weiß ich, seit ich klein bin. Als Kinder waren Enrico und ich seine Idole. Er war ein zartes Kind, und seine Gouvernante behandelte ihn, als wäre er aus Glas. Er durfte nicht laufen, nicht auf Bäume klettern, abends nicht lesen, damit er sich seine kurzsichtigen Augen nicht verdarb, er musste im Haus bleiben, wenn es regnete, schneite, windete oder die Temperatur zu stark fiel. Wir waren viel freier. Ein großer Teil unserer Freiheit ging direkt auf unsere Erziehung durch eine englische Nanny zurück. Für Miss Woodruff gab es nicht Besseres, als den Tag mit einer kalten Dusche zu beginnen, und im Winter wie im Sommer ließ sie uns bei offenem Fenster schlafen. Man hatte ein sportliches Leben zu führen, unabhängig vom Wetter, und sie hielt es für unerlässlich, dass man alle Sportarten korrekt ausüben konnte, vom Reiten bis zum Skifahren, vom Schwimmen bis zum Tennis und zur Jagd. Auf Anweisung von Miss Woodruff brachte unser Jagdaufseher Enrico und mir das Schießen bei, als wir elf Jahre alt waren, und mit zwölf erlegte Enrico seinen ersten Fasan. Papa ließ ihn ausstopfen, er steht noch heute in seinem Arbeitszimmer. Für Oddone waren das alles verbotene Freizeitvergnügen. Seine Mutter, Tante Camilla, war eine schöne und dumme Frau, die keinen Ärger wollte, das war die Quintessenz der Erziehung, die sie ihrem einzigen Sohn angedeihen ließ, der nach acht Monaten Schwangerschaft mit Untergewicht geboren wurde: *pas de problèmes.* Mit der unbewussten Grausamkeit überängstlicher Mütter ersparte sie Oddone keinen einzigen Bericht von unseren Heldentaten, vielleicht im Versuch, unsere gefährliche Erziehung in ein schiefes Licht zu rücken. Doch sie erzielte die gegenteilige Wirkung, und das war der Grund, warum Oddone jeden Tag düsterer wurde und mit dreizehn Jahren zu einem traurigen, einsamen Jungen herangewachsen war. Er lebte von Träumen und den wenigen Aktivitäten, die ihm gestattet waren und ihn nicht langweilten. Mit zwölf Jahren hatte er seinen ersten Erfolg, auf den im Laufe der Jahre viele weitere folgten: Es war ihm gelungen, eine Kletterrose durch Setzlinge zu reproduzieren. Allmählich verwandelte er den schlichten Park, den er vom Vater geerbt hatte, in einen zauberhaften Garten. Er sammelte die Pflanzen mit der Sorgfalt eines Botanikers, doch dann kreuzte er sie mit der Liebe des

Gärtners und künstlerischer Inspiration zu phantasievollen Schöpfungen.

Sooft ich kann, komme ich hierher. Oddone und ich haben ein geheimes Abkommen, dass wir uns gegenseitig keine Fragen stellen, auf die wir nicht antworten möchten. Ich frage ihn nicht, wohin er an manchen Winterabenden, eingehüllt in einen dunklen Mantel, geht und warum seine Augen manchmal von Schwermut verschleiert sind; er fragt mich nicht, was mich treibt, bis hierher zu kommen, nur um schnurstracks in den Stall zu gehen, auf ein Pferd zu steigen und zu den Hügeln hinaufzureiten, die sich von hier aus bis in unbekannte Fernen hinziehen. Dann reite ich durch die Alleen auf einem nervösen Palomino mit einem sehr schönen Kopf und vergesse Francesco und alle Engherzigkeit, ich denke an nichts mehr, und Turin wird zu einem weit entfernten, verschwommenen Gebilde, einem Nebel an den Ufern des Po, wie Atemstöße in der kalten Luft. Ich habe meine Pferde verkaufen müssen, ohne die Hilfe von Villaforesta konnte ich sie nicht halten. Meine Einkünfte sind bis auf den letzten Centesimo in das Landgut in der Toskana investiert, das ich nach dem Tod meines Bruders geerbt habe. Als der lange Winter des Piemont mit seinen Frösten und Nebeln begann und Francesco jeden Tag grausamer wurde, hielt ich mich an dem Gedanken an die Bandita fest, das Bild der dicht bewaldeten Hügel, des Anwesens mit dem geschlossenen Innenhof und der rosafarbenen, gelben, hellblauen Horizonte.

Ich hätte nicht gedacht, dass ich es einmal so lieben würde, dieses toskanische Landgut, das mein Vater eines Abends beim Spielen im Club gewonnen hatte. Francesco wollte, dass ich es verkaufe. Auch meine Mutter hatte meinen Vater vor Jahren gebeten, sich davon zu befreien.

Doch weil er sich schämte, ein ganzes Landgut von seinem Freund gewonnen zu haben, hatte er es sofort Enrico überschrieben. «Es gehört mir nicht mehr, Elena, ich kann es nicht verkaufen. Es gehört dem Jungen. Er kann es verkaufen, wenn er will.»

Meine Mutter biss ärgerlich die Lippen zusammen, bis sie weiß wurden, aber sie schwieg. Dann flüsterte sie:

«*Je n'aime pas cette histoire.* Der arme Roburent hat uns ein Landgut überlassen, dabei ist er wahrhaftig kein Cavour. Er wird nicht als großer Staatsmann mit einer Schwäche für das Glücksspiel in die Geschichte eingehen, sondern als armer Teufel, der seine Kinder ruiniert hat. Und du bist der Urheber dieses Ruins.»

Mein Vater antwortete nicht.

In den Worten meiner Mutter schwang eine versteckte Drohung mit. Die scheinbar zufällige Anspielung auf die Geschichte, die ihr Urteil spricht, und auf die Verarmung der Nachkommen weckten in meinem Vater biblische Bilder von Strafen, Gräueln und Plagen.

Sein Blick verlor sich im Leeren. Was hätte er sonst tun sollen? Es zurückgeben? Undenkbar, das wäre eine schwere Beleidigung für Roburent gewesen. Spielschulden bezahlt man um jeden Preis, damit steht und fällt die Ehre eines Adeligen. Noch einmal darum spielen? Bekäme es dann jemand anders in die Hände, konnte man es ebenso gut behalten. Und es bei einem neuen Spiel als Einsatz zu bieten und dann Roburent gewinnen zu lassen, dafür hätte der Ärmste sich noch einmal an einen Spieltisch begeben müssen, was er seitdem nicht mehr getan hatte.

Schließlich hatte mein Vater den Ausweg gewählt, das Anwesen Enrico zu schenken, der damals sechzehn Jahre alt war, vielleicht jünger. Denn meinem Vater war es völlig egal, ob er ein Landgut bei Siena besaß oder nicht. Für ihn war das eine abgelegene, unzivilisierte Region, wie alles, was viele Reisestunden von Turin und seinen städtischen Vergnügungen entfernt lag.

Als Enrico starb, erbte ich die Bandita und wurde reicher, als ich jemals gewesen war. Von meinem Mann hatte ich niemals etwas bekommen, seine Häuser und die Juwelen waren mir zum Gebrauch überlassen worden, mehr nicht, und meine Mitgift, ein hübsches Sümmchen in Aktien, die mein Vater Francesco überschrieben hatte, hatte sich in Rauch aufgelöst. Zu Hause wurde darüber nicht mehr gesprochen, und es schien, als hätten die Villaforesta mich auf der Straße aufgelesen, in der Hand ein Körbchen mit Nelken für das Knopfloch im Frack, wie es in dem Theaterstück diesem Blumenmädchen aus Covent Garden passiert.

Und da tauchte plötzlich von meinem Bruder ein dreihundert Hektar großes Landgut ganz allein für mich auf.

Mit Enricos Unglück schien mir die biblische Plage der Verzweiflung schließlich auch auf uns gekommen zu sein. Lange Zeit war ich erfüllt von einer dumpfen, sprachlosen Wut, wie Kinder sie empfinden. Ich war besessen von der wirren Vorstellung, dass zwischen dem Tod meines Bruders und jenem Besitztum in der Toskana, von dem meine Mutter immer nur seufzend sprach, eine schändliche Verbindung bestehen müsse. Als hätte Enrico beschlossen zu sterben, um mir die Bandita zu überlassen, was natürlich verrückt ist. Doch ist es weniger verrückt, sich vorzustellen, dass mein Bruder, der in einer zwischen zwei Weltkriege gezwängten und von der spanischen Grippe heimgesuchten Epoche aufgewachsen ist, weit fortgehen musste, um mitten in Afrika den Tod durch eine defekte Patronenhülse zu finden?

Als ich ruhiger geworden war und mich in seinen Tod

ergeben hatte, beschloss ich jedenfalls, mir das Anwesen vom Hals zu schaffen, indem ich es mit oder ohne Erlaubnis meines Vaters seinen rechtmäßigen Besitzern zurückgab. Dann fuhr ich hin, um mir anzusehen, was ich geerbt hatte, und änderte meine Meinung. Wie viel Verzweiflung auch mit dieser Erbschaft verbunden, wie ungerecht, freilich nicht unrechtmäßig, ihre Herkunft auch sein mochte, und trotz der Verstimmung, die sie zwischen meinen Eltern hervorgerufen hatte – ich entschied, dass ich sie behalten wollte. Das Haus in San Biagio war eine Ruine. Die Roburent hatten sich nie darum gekümmert. Sie besaßen andere Ländereien in der fruchtbaren Ebene, die Rognone del Piemonte heißt und wo angeblich alles wie von selbst wächst. Sie hatten weder Zeit noch Geld für ein abschüssiges, dem Wald abgetrotztes Gelände, wo es, wenn ein Brunnen einstürzt, im Sommer keinen Tropfen Wasser zum Bewässern gibt und die Werkzeuge am felsigen Grund zersplittern. Dieses Stück Land kostete sie ein Heidengeld. Ado, der alte Verwalter, stellte Eimer und Schüsseln im Haus auf, wo es im Winter durchregnete, weil der Wind die Dachziegel abgetragen hatte. Er kümmerte sich um einen kleinen Garten und ein paar Weinstöcke. Er schlug Holz im Wald, aber die Versorgung der Olivenbäume ging über seine Kräfte. Geld, Arbeiter und Entschlossenheit wurden hier gebraucht. Und Zeit. Ich stellte fest, dass ich die Entschlossenheit besaß und so viel Zeit wie nötig und dass ich mit ein wenig Glück genügend Geld auftreiben konnte, um ein paar Arbeiter zu bezahlen, die es in Ordnung bringen würden. Erst das Haus, dann das Land. Und dann vielleicht auch einen Garten.

Zurück in Turin, bat ich um eine Unterredung mit meinem Vater. Er sah mich überrascht an, eine Spur Unmut in den Augen, aber er ließ mich in sein Arbeitszimmer kommen. Mit einer Handbewegung bot er mir einen Stuhl vor seinem Schreibtisch an, wie er es mit seinem Verwalter tat. Von Villaforesta sagte ich kein Wort, und auch mein Vater kam nicht auf ihn zu sprechen. Ich bat nur um meinen Erbteil.

«Du hast deinen Teil schon bekommen, mein liebes Kind. Wir haben ihn Francesco gegeben, als du geheiratet hast.»

«Den meine ich nicht. Enricos Teil. Er hat mir alles vermacht. Diesen Teil will ich haben.»

Ich sah, wie er den Kopf senkte, ob es Trauer, Rührung oder das Gefühl der Niederlage war, kann ich nicht sagen. Er schwieg, das Kinn auf die Hände gestützt, mit dem leeren Blick, den er seit langem hatte.

Ein paar Tage später unterzeichnete ich Papiere, um ihm und meiner Mutter das zu verkaufen, was sie Enrico zu Lebzeiten überschrieben hatten und was mein Bruder mir vermachen wollte, weil er nun einmal so war. *Werd nicht rührselig, wenn ich nicht zurückkomme, wirst du reicher.* So hatte er gesagt. An diesem Abend ging ich mit der Gewissheit schlafen: Ich hatte einen Platz für mich. Von nun an würde ich immer, wenn ich es wollte oder das Eheleben und seine gesellschaftlichen Konsequenzen mir unerträglich wurden, einen Ort haben, wohin ich gehen konnte.

3.
Ein leises Leben

I

Ich habe alle meine Papiere durchgesehen. Ich habe auf den Kalender geschaut und mir einen möglichen Tag überlegt. Vor dem Telefonat habe ich mich hundertmal gefragt, ob ich wirklich Lust habe, diese Leute hier auf die Bandita zu holen. Und warum gerade sie unter all den Menschen, die ich in meinem Leben kennengelernt habe, warum ausgerechnet dieses Grüppchen Freunde, das in jenem Sommer vor vielen Jahren hierhergekommen war?

Manchmal muss man Entscheidungen treffen und zulassen, dass geschieht, was geschehen soll.

Ich rufe Nina an. Das Telefon klingelt lange, und zwischen zwei Klingeltönen frage ich mich, ob ich vielleicht mehr Angst habe, dass sie abhebt, als dass sie nicht abhebt. Als ich schon aufgeben will, antwortet sie.

Nina hat noch dieselbe Stimme, das ist das Erste, was ich denke, und ich sage es ihr.

«Das ist normal, die Stimme verfällt weniger schnell als der Rest», antwortet sie trocken.

Wer in Ninas Nähe kam, erkannte sofort, dass dieses

störrische Mädchen viele Talente in sich vereinte. Sie war schlagfertig, scharfsinnig, sehr amüsant und schön, sogar in den kleinsten Einzelheiten: den länglichen, schmalen Fingern, ihrer schimmernden Haut, den strahlenden Augen, der wohlklingenden Stimme.

Ich habe sie in Florenz kennengelernt, bei Iris und Carlino, an dem Abend, als der arme Almerighi auf diese absurde, lächerliche Weise in Iris' Armen starb.

Wir waren im Theater gewesen und saßen im Salon. Nina war am Nachmittag aus Rom gekommen, wenn ich mich recht erinnere, und wollte weiter nach Mailand. Sie hielt sich mal hier, mal dort auf, wie es gerade kam, wo sie Freunde hatte oder wo es ein Abendessen, ein Mittagessen gab. Reisen sei ein Vergnügen, sagte sie, das man nicht durch einen Zweck entwerten sollte. Sie reiste die ganze Zeit, durch Italien und ins Ausland, wohin immer es Gelegenheit gab.

An diesem Abend war Iris hinreißend: Sie war völlig in ihrem Element und trieb uns mit verrückten, deftigen Geschichtchen, die sie, glaube ich, erfunden oder ausgeschmückt hatte, Tränen des Lachens in die Augen.

Almerighi, der ein schöner Mann war, saß neben ihr und gab ihr die Stichworte – die beiden spielten Kabarett. Als Almerighi sich bei seinem letzten und lautesten Lachanfall auf Iris' Schulter beugt, während sie noch immer lacht, begreift noch keiner von uns, was geschieht, zumal Almerighi eigenartige erstickte Töne von sich gibt, die wir noch nie von ihm gehört haben. Wer weiß, vielleicht ist das wieder eine seiner lustigen Imitationen. Ich erinnere mich genau an seine Knopfleiste mit der Reihe goldumrandeter Aquamarine, vielleicht weil mir bei der Farbe und Form dieser Knöpfe die gläsernen Augen von Fischen einfallen.

Iris hebt einen Arm, um ihn wegzuschieben, Almerighi

sackt über ihr in sich zusammen, und immer noch hat niemand von uns etwas bemerkt.

Dann schreit Iris auf, und endlich verstummen alle: Almerighi ist mit dem Gesicht voran zu Boden gestürzt und liegt in einer unnatürlichen, grotesken Haltung da. Schuld ist die Wäschestärke, sein Hemd ist kunstgerecht gebügelt und die Hemdbrust so steif, dass sie sich nicht einmal unter dem Gewicht seines kräftigen Oberkörpers biegt. Der Ärmste gibt ein grausam komisches Bild ab.

Iris hört nicht auf zu schreien und reißt entsetzt die Augen auf. Carlino versucht, den Knoten von Almerighis Krawatte zu lösen, und ruft den Diener, er soll laufen, einen Arzt zu holen. Ich bin wie gelähmt vor Schreck und weil ich nicht weiß, was ich tun soll.

«Das wird ein Infarkt gewesen sein», konstatiert Nina, «so was passiert.»

Während alle versuchen, irgendetwas für ihn zu tun – sinnloserweise, denn man sieht auf den ersten Blick, dass er tot ist –, huscht Nina aus dem Salon, ohne sich umzudrehen, geht in ihr Zimmer hinauf, holt den Koffer und verschwindet.

Dafür habe ich sie gehasst. Doch das war vor dem Krieg, damals hat Feigheit mich noch beleidigt. Seit diesem Abend war mir Ninas Anwesenheit lange Zeit unangenehm. Ich habe versucht, Begegnungen zu vermeiden, doch immer gab es jemanden, der flüsternd etwas über sie zu erzählen wusste:

«Sie ist schwerreich. Man hatte ihr gesamtes Vermögen konfisziert, aber sie hat es geschafft, aus eigener Kraft ein neues aufzubauen, keiner weiß, wie sie das fertiggebracht hat …»

«Nina? Wie die Franzosen sagen … *Elle est grande dans son genre, mais son genre est petit.*»

Nina dagegen hatte beschlossen, dass wir Freundinnen sein müssten. Sie platzte ohne Vorankündigung bei mir herein und entschuldigte sich nicht einmal, im Gegenteil, sie benahm sich, als müsste ich mich dankbar zeigen, weil sie beschlossen hatte, ein paar Stunden bei mir in San Biagio zu verbringen, um mir von dem prickelnden Leben zu erzählen, das sie führte. Mehrmals fragte sie mich mit einem mitleidigen Seufzer:

«Wie erträgst du das nur, hier zu leben? Das ist doch wie Verbannung, eine Strafe, ein Gefängnis, zu dem du dich selbst verdammt hast. Zieh in die Stadt. Es muss ja nicht Turin sein, du kannst nach Florenz gehen, nach Mailand oder Rom. Ich kann dich in jedem Salon von Italien einführen, du bist schön, sprichst mehrere Sprachen, bist weltgewandt … Auf dem Land vergeudest du deine Talente.»

Im ersten Moment ärgerte mich diese unbefangene Taktlosigkeit gewaltig. Dann fing ich langsam an, Ninas Gegenwart erfrischend zu finden. Zwei Stunden mit ihr, das war, als hätte man sich ein Wochenende an einem fremden Ort gegönnt, wo man alles bewundert, was schön ist oder gut funktioniert, sich aber wegen der Unhöflichkeit von Passanten, verspäteten Zügen oder schlechten Straßen nicht verdrießen lässt – denn das alles gehört ja nicht zu uns.

Schließlich wurden wir Freundinnen. Ich vergaß oder wollte vergessen, dass sie sich an jenem Abend davongeschlichen hatte wie ein gemeiner Straßenräuber. Meine unbewussten Fluchtwünsche nährten sich von ihren Erzählungen, und es machte mir Freude, sie ankommen, wieder abfahren und zurückkommen zu sehen. Sie fuhr ein kleines blaues Auto mit glänzenden Felgen und dunklen Sitzen. Sie hatte sich eine silberne Plakette anfertigen lassen, etwa so groß wie eine Zigarettenschachtel, und sie direkt über dem Nummernschild angeschraubt.

Darauf stand geschrieben: *Eat my dust.*

Ich hätte nicht gedacht, dass es so einfach sein würde, sie nach all diesen Jahren wiederzufinden. Aber ein Anruf bei der Auskunft hatte genügt, um ihre Telefonnummer zu bekommen und nach langer Zeit wieder ihre raue, brüchige Stimme zu hören.

«Komm … Würdest du kommen? Ich wollte ein paar Freunde einladen … Sagen wir zusammenbringen … die ich seit Jahren nicht gesehen habe … Die liebsten, die engsten … vielleicht für eine Tasse Tee oder ein Essen. Ich kann euch Schlafplätze anbieten hier bei mir auf der Bandita … wie damals.»

«Aber das ist doch alles schon so lange her», sagt Nina und fragt nach: «Bist du sicher? Wir sind jetzt allesamt hässliche alte Leute. Und sicher ist der eine oder andere auch noch dümmer als früher … Was für eine Idee … Was willst du denn wieder ausgraben? Diese Zeit kommt so nicht zurück, höchstens in einer melancholischen Neuauflage. Stell dir mal vor, wie enttäuscht wir sein werden.»

«Enttäuscht? Warum? Ich möchte euch alle wiedersehen. Weißt du eigentlich, was aus Iris geworden ist? Und Carlino? Und …?»

Die Frage, die mir auf den Lippen brennt, spare ich mir bis zuletzt auf, dann kommt sie in einem Atemzug.

«Und Trott? Hast du Nachrichten von Trott?»

Jetzt gibt es kein Zurück mehr.

In rascher Folge zieht ein Reigen möglicher Antworten vor meinem geistigen Auge vorbei und lässt mir das Herz gefrieren. Er ist tot. Krank. Er erinnert sich an nichts mehr. Es gibt nichts mehr, auch seinen Schritt nicht und den Klang seiner Stimme, und sein Blick ist trübe geworden, nicht mehr wiederzuerkennen. Ich frage sie trotzdem, störrisch wie ein Kind: «Wirst du ihn für mich finden? Du bist die Einzige, die das vermag, du würdest jeden aufstöbern. Sag ihm, dass ich ihn erwarte, mit euch allen gemeinsam. Wie damals, als wir dieses Wochenende auf der Bandita zusammen verbracht haben. Im Juni 1946 … Es war doch 46, oder?»

Nina gibt einen Seufzer von sich, der Überraschung oder Resignation bedeuten kann.

«Ja, natürlich, ein paar von ihnen kann ich aufspüren. Auch ihn. Wenn du willst. Ich glaube, ich schaffe es, ihn hierher zu bringen. Wenn du es wirklich willst.»

Ja, genau dieser Gedanke ist mir eben durch den Kopf geschossen und tut mir schon jetzt weh. Ich spüre ein Herzklopfen, das mich erschöpft. Nicht alle Erinnerungen sind so grausam. Alles, was ich jetzt vor mir sehe, einen leeren Hof, ein halbgeschlossenes Tor, die Schatten des frühen Nachmittags, existiert nur für mich. Jeder von uns hat so einen Nachmittag im Gedächtnis versteckt. Kein Fensterflügel klappert, kein Nest, keine Frucht fällt vom Baum, niemand ruft mich. Ich blicke einfach nur umher, und was ich sehe, gehört mir allein. Seither ist alles Mögliche passiert, in der Welt, in meiner Familie, in meinem Haus. Überall, wohin ich blicke. Und eine beliebige Nachrichtensendung genügt, um das zu bestätigen. Doch der Fluss der Gefühle von damals ist noch nicht versiegt, ist noch immer regelmäßig wie der Atem. Ja, das ist es, was mich drängt, ihn nach all diesen Jahren wiederzusehen: nicht nur ein verzehrendes Verlangen, ihn vor mir zu haben, mit ihm zu sprechen – diesem Bedürfnis habe ich lange widerstehen können –, es geht vor allem darum, einmal etwas zu tun, was ich noch nie in meinem Leben getan habe und was ich nicht mehr aufschieben will: die Karten, die ich in der Hand halte, allesamt mutig zeigen. Wovor fürchte ich mich?

Nina hat die Einladung doch angenommen.

Wovor fürchte ich mich?

Es ist alles ziemlich einfach gewesen. Jetzt muss ich nur noch einen Tag festlegen und mit Santa ein einfaches Menü zusammenstellen, das uns keine schlaflosen Nächte bereitet …

Nina gibt mir ihre Adresse. Doch sie warnt mich, sie muss ihren Neffen Fabrizio mitnehmen, er ist ihr Kavalier, ihr Fahrer, ihr Gesellschafter.

«Vor allem aber hat er Medizin studiert und ist Arzt in Frascati. Ein wahnsinnig gutaussehender Junge, er gleicht Gary Cooper aufs Haar, das sagen alle, wirklich alle, und ich überlege sogar, ob ich ihn adoptieren soll, Kinder habe ich ja keine, und wer soll denn sonst meinen Guido Reni kriegen?»

Ich hänge lächelnd auf.

Es würde mich nicht wundern, wenn Nina noch immer mit platinblonden Haaren aufkreuzte. Diese Geschichte von ihrem Guido Reni erzählt sie seit fünfzig Jahren, und niemand hat das Gemälde je gesehen.

Ich kenne solche Familienmythen.

Meine Mutter nannte es *wishful thinking*. Lag es an den leichtfertigen Zuschreibungen im 19. Jahrhundert? Optimistische Phantastereien einer Zeit vor der Erfindung des Fernsehens, als die Abende immer gleich abliefen, wie das Geplauder im Kreis der Familie, und die Familiengeschichte sich zwischen einer Ajour-Stickerei und einer Flickarbeit um legendäre Persönlichkeiten bereicherte wie den Urgroßvater, der als Astronom dilettierte und einen Stern entdeckte, den er Aspasia nannte, ohne zu wissen, dass eine griechische Konkubine so hieß. Ist es möglich, dass unsere Großmütter und Urgroßmütter alle unwiderstehliche Schönheiten waren? Aber keusch, um Gottes willen, so keusch wie die römischen Märtyrerinnen, oder *fast,* denn manchmal muss die Tugend der Notwendigkeit geopfert werden ...

Ich kenne viele solcher Geschichten. Offenbar hat Großmama eine echte Stradivari gequält, meine Tante hatte eine Madonna von Sassoferrato über dem Bett hängen, und bei den Villaforesta waren die Supraporten mit Früchtekörben verziert, die mit Sicherheit vom jüngeren Brueghel stammten. Eine ganze Generation wächst inmitten unermesslich wertvoller Kunstschätze auf, doch wenn man, von den dringenden, schrecklich lästigen Erfordernissen des Alltags genötigt, diese verkaufen will und einen befreundeten Antiquitätenhändler holt, da, man weiß nicht, warum, windet der sich, hustet, laviert eine Zeit lang herum, nimmt noch einen Tee mit Zitrone, um endlich wie ein Silvesterknallbonbon herauszuplatzen:

«Der ideelle Wert ist hoch, es wäre besser, das Bild nicht zu verkaufen, zumal der Handelswert praktisch ... gleich null ist.»

«Das ist doch nicht möglich, ein Sassoferrato ... Er ist ein bisschen fade, einverstanden, aber er wird doch ...»

«Ein Sassoferrato, fade oder nicht, ist sehr wertvoll, aber Ihr Gemälde, seien Sie mir nicht böse, ist eine Kopie ... eine schlechte Kopie ... aus dem 19. Jahrhundert, wenn wir großzügig sein wollen. Entschuldigen Sie, aber gab es da nicht eine Großtante in Ihrer Familie, die gerne malte? Sie dürfen mir das nicht übelnehmen ... Bitte missverstehen Sie mich nicht, um Himmels willen, aber ... Könnte die Tante diese Madonna nicht selbst für ihr Schlafzimmer gemalt haben?»

Deswegen bin ich neugierig auf den Arzt, der aussieht wie Gary Cooper und den Guido Reni erben wird. Ich bin alt, aber die Welt ist immer noch ein Ort voller Wunder.

II

Wenn wir auf unser Leben zurückblicken, kann jeder von uns im Nachhinein die Tragweite bestimmter Momente abschätzen, die sich meistens still und heimlich angekündigt haben – gelangweilte Vormittage oder Abende, die genauso hätten verlaufen müssen wie viele andere – und dann doch unvermutet zu Wendepunkten geworden sind. Ich blicke aus dem Fenster und sehe die von Dino bestellten Arbeiter, sie sägen die dicksten Äste der Olivenbäume ab, um die Baumkronen zu lichten. Ich habe nachgegeben, wir lassen einen Teil des Olivenhains roden. Dann wird der Bagger kommen, der die Pflanzen aushebt, die weggebracht werden sollen, so kann Dino das tun, was er möchte: mehr Weinstöcke pflanzen. Er liebt den Wein und hat Talent zum Winzer. Immer wenn ein besonders positiver Artikel über unser Weingut erscheint, der die Eigenschaften des Lunediante oder des Rossovermiglio lobt, kommt Santa keuchend angelaufen und zeigt ihn Dino. Glücklich wie ein kleines Mädchen redet sie eifrig auf ihn ein, während er stumm bleibt und in die Ferne schaut. Seine Stirn zieht sich in Falten, in seinem Blick ahne ich neue Pläne, und ich weiß, dass er niemals die Umstände vergessen wird, unter denen wir dieses ausgezeichnete Weingut aufgebaut haben. Als ich in San Biagio eintraf, gab es hier nichts, nur einen verfallenen Bauernhof, dann kam der Krieg, und unsere Horizonte verschoben sich, denn er fegte die Welt hinweg, die wir kannten, sodass man sich eine neue erfinden musste. Doch der eigentliche Wendepunkt verbirgt sich woanders, er liegt weiter zurück, und das habe ich Dino verschwiegen. Es ist scheinbar eine einfache Drehtür, die die Feuchtigkeit der Winternacht abhält, in Wirklichkeit aber ein komplizierter Mechanismus, der zufällig und für immer zwei verschiedene, entfernte Welten miteinander verkettet. Es ist ein Abend im Februar 1939. Auf Einladung des Ehepaars Santafiore bin ich ins Theater gegangen, Oddone spielt den Kavalier und begleitet mich.

Die Contessa Santafiore, eine begeisterte Theaterliebhaberin, schleppt uns immer alle in ihre Loge.

Da meine gescheiterte Ehe eine gewisse Schroffheit und Schüchternheit verstärkt hat, von der ich mich nie ganz befreien konnte, bin ich solchen Einladungen oft nur unwillig gefolgt.

An diesem Abend gehen wir in der Pause wie üblich hinunter ins Restaurant Cambio. Doch das achteckige Séparée, das die Contessa sich gewöhnlich reservieren lässt, ist bereits besetzt.

Meine Freundin macht eine verärgerte Geste, die den Maître beschämt; eine Weile stehen wir unschlüssig herum in unseren eleganten Abendroben, die sich in der Vorhalle eines Restaurants eher lächerlich ausnehmen. Dann entscheidet die Contessa: Man möge uns als Vorspeise Canapés und Wein in die Loge bringen, zu Abend essen wir später, nach dem Theater, bei ihr zu Hause. Sie bestellt beim Maître ein Abendessen für vier Personen und lässt es zu sich nach Hause schicken. Diese Vorbereitungen nehmen Zeit in Anspruch, mich fröstelt, ich wickele mich fester in meine Taftstola, die ganz und gar nicht wärmt; außerdem werde ich ungeduldig, fühle mich unwohl wegen der Launen meiner Freundin.

Oddone bemüht sich, die Atmosphäre zu entspannen, er macht witzige Bemerkungen, läuft auf und ab und prophezeit, dass es heute Nacht schneien wird, denn die Luft, sagt er, rieche nach Schnee. Ich drehe mich zur Glastür um, durch die man den Palazzo Carignano auf der anderen

Straßenseite sieht, um zum Himmel zu schauen und nachzusehen, ob Oddone recht hat oder nur so daherredet. Aber ich sehe keine Anzeichen von Schnee. In diesem Moment kommt eine größere Gesellschaft herein, in der Drehtür erkenne ich dunkle Mäntel und weiße Schuhe. Ich achte nicht auf sie, es sind keine bekannten Gesichter. Wenigstens scheint es mir auf den ersten Blick so, darum wende ich mich ab, um zu sehen, ob meine Freundin endlich ihre Verhandlungen mit dem Maître beendet hat. Oddone reicht mir ein Glas Champagner, und wie durch ein Wunder gelingt es mir, nicht einen Tropfen zu verschütten, als ich hinter meinem Rücken *seine* Stimme höre.

«Wie schön, dich wiederzusehen. Das ist wirklich eine Überraschung.»

Trott ist vorübergehend in Turin, geschäftlich. Viele Jahre sind vergangen, seit wir uns das letzte Mal gesehen haben; seit er mich bei den Passerano auf der Terrasse flüchtig um die Taille gefasst hatte. Ich stelle ihn meinen Freunden vor. Oddone ist durch die Neuigkeit wie elektrisiert und wird so redselig, dass keiner von uns mehr etwas sagen kann. Der Conte und die Contessa Santafiore laden Trott in unsere Loge ein, es werde vielleicht etwas eng, doch der dritte und vierte Akt seien kurz, die Männer könnten ja abwechselnd sitzen.

Trott willigt ein und verlässt kurzerhand das Grüppchen, mit dem er gekommen ist. Während wir die Treppe hinaufsteigen, spüre ich nur einen winzigen Riss in meiner überwältigenden Freude: Dies ist eine zufällige Begegnung, Trott hat nicht nach mir gesucht.

Das ist verständlich, sage ich mir, Trott weiß, dass ich verheiratet bin, und er ist ein Gentleman. Es gibt nicht viele verheiratete Frauen, die man bedenkenlos hofieren kann. Trott kann nicht wissen, zu welch grauenhaftem Leben

Villaforesta mich gezwungen hat, er weiß nicht, wie einsam ich gewesen bin, wie sehr ich mich danach gesehnt habe, ihn wiederzusehen, wie sehr ich mich von ihm angezogen fühlte, von diesen Augen, die mich mustern.

Es gelingt mir nicht, meine Ruhe und gewohnte Natürlichkeit zu bewahren. Mehrmals ertappe ich mich dabei, dass ich die Augen senken muss, weil sie seinen Blick suchen. Vor dem Ende des Stücks steckt Trott mir ein Billett zu, es ist der Name des Hotels, in dem er wohnt, und vor der Unterschrift steht ein Fragezeichen.

Ich knülle es zusammen, stecke es nicht in mein Abendtäschchen, sondern behalte es in der geschlossenen Faust.

Dies scheint mir der sicherste Platz, denn ich habe Angst, es zu verlieren. Ob ich ihn anrufe oder nicht, ist eine Frage für später. Vorerst genieße ich das ungewohnte Freiheitsgefühl, die Grundsätze übertreten zu können, nach denen ich erzogen wurde.

Ich hatte erwartet, wir würden einen Spaziergang am Po machen, obwohl es sehr kalt war; wir würden eine Schokolade im Café San Carlo trinken; wir würden durch die Antiquitätenläden bummeln. Kurzum, wir würden wenigstens den Anschein wahren, indem wir so taten, als wären wir gute Freunde, nicht mehr. Stattdessen hat Trott am Telefon gesagt:

«Ich reise morgen wieder ab, wir haben nicht viel Zeit.»

Ich spürte, wie ich errötete und dass ich sofort den Hörer hätte auflegen müssen. In Trotts Stimme lag eine Vertrautheit, die mich verletzte. Wie konnte er so deutlich werden, so schamlos deutlich? Und gleichzeitig erkannte ich, wie heuchlerisch meine Verwirrung war. Trott wusste, dass er bis auf die wenigen Stunden, die er in Turin verbrachte, keine Zeit für mich hatte. Er war in Eile, es drängte ihn zu entscheiden, ob er mich zu seiner Geliebten machen sollte oder nicht, ob zwischen uns etwas geschehen sollte oder ob auch diese Begegnung, wie die vorhergehenden, sich nur in Erregung und Ungewissheit auflösen sollte.

In dieses karge und dürftige Gespräch schlägt auf einmal mit der Gewalt eines aus dem Weltraum stürzenden Meteoriten der Vorschlag ein, sich in einem Hotel zu treffen. Noch während ich zuhöre, wie er jedes Wort betont, weil er nicht in seiner Muttersprache spricht, erkenne ich schon, dass die Wirklichkeit nach all dem Phantasieren ein zentnerschwerer Felsblock ist, der mich am Boden zerquetscht. Ich kann rasch den Hörer auflegen und ihn nie wiedersehen, ich kann mich beleidigt fühlen und diese Kränkung wie einen Schutzschild gebrauchen, oder ich kann mich damit abfinden, mich als das zu sehen, was ich bin, eine Frau aus Fleisch und Blut mit einfachen, gesunden, vitalen Bedürfnissen, für die ich mich nicht schämen muss.

Als ich schließlich sage: «Einverstanden. Um vier», klingt meine Stimme klar und vollkommen natürlich.

III

Schlagartig verstummen wir.

Wir sind in einer schäbigen Absteige, einem Stundenhotel in der Turiner Innenstadt, einem Loch, das aus unerfindlichen Gründen die anständigen Häuser ringsumher überlebt hat. Ich bin schuld. Trott hatte mich ins Grand Hôtel dei Principi oder in sein eigenes Zimmer im Hôtel de Savoie führen wollen. Das habe ich abgelehnt. Ich habe ihn gezwungen, irgendein Zimmer in einem dieser billigen

Hotels zu nehmen, die nicht einmal ein Schild vor der Tür haben und einen Pförtner ohne Livree. Nicht oder nicht nur aus Angst, erkannt zu werden, jemanden «Bekanntes» in der Lounge zu treffen, sondern auch weil ich nicht will, dass glänzende Messingbeschläge und Kristalllüster mich an die Welt erinnern, zu der ich gehöre.

«Die Heimlichkeit ist weniger romantisch, als man denkt, und vor allem weniger bequem», sagt er lächelnd.

Wie auch immer, hier sind wir nun gelandet. Das Bett ist klein und die Laken verschlissen. Durch die zugezogenen Vorhänge dringt ein scharfer Strahl kalten Lichts.

Trotts Gesichtsausdruck ist ernst und konzentriert. Er betrachtet mich, als sähe er mich zum ersten Mal. Sein Blick macht mich verlegen.

«Zieh dich aus», sagt er. «Ich möchte sehen, wie du dich ausziehst. Bleib stehen. Ich bitte dich. Ich möchte dich anschauen.»

Noch nie habe ich mich vor einem Mann ausgezogen, der mich beobachtet. Aber ich möchte nicht schüchtern oder schamhaft wirken. Ich möchte eine andere sein, ohne Prüderie und Unsicherheit. Langsam ziehe ich mich aus und zwinge mich, ihn anzusehen. Ich entdecke, dass alles einfacher wird, wenn ich ihn anblicke. Ich fühle mich schön. Das lese ich in seinen Augen. Ich merke, dass ich unter seinem Blick geboren werde. *Er trat zitternd und voller Bewunderung näher und ließ sich neben ihr auf die Knie nieder. Da aber erwachte die Prinzessin, weil das Ende der Verzauberung gekommen war.*

Er legt seine Hände auf meine Hüften und drückt mich an sich. «Jetzt zieh du mich aus.» In seiner Stimme liegt ein leiser Befehlston, den man auch in seinen gewandten Bewegungen spürt. Es ist eine ungewohnte Erfahrung. Ich gleite an seine Seite und streichle ihn. Seine Haut ist weich und warm. Er küsst meinen Hals, die Arme, spielt mit meinen Händen, verschränkt sie mit seinen und führt sie dorthin, wohin sie allein noch nicht finden würden. «Komm. Lass uns jetzt ins Bett gehen.» Seine und meine Stimme werden zu einer.

Die triste Verkommenheit unserer Umgebung trifft uns wie ein Schlag. Ich bin verheiratet, eine Ehebrecherin, seit heute bin ich die untreue Ehefrau von Villaforesta. Und ein Ehebrecher ist auch Trott, der seine Inès wer weiß wo gelassen hat.

Instinktiv rücken wir voneinander ab. Das Bett ist so eng, dass es nicht genug Platz gibt, um sich wirklich voneinander zu trennen, also bleiben wir reglos liegen, fast ohne zu atmen, damit wir uns nicht berühren müssen.

Wie konnte das geschehen? Was hat mich bis hierhin getrieben? Die Langeweile? Kindische Rachegelüste gegen mein Leben, dem ich vorwerfen möchte: «Du hattest mir aber etwas ganz anderes versprochen!»? Oder die Melancholie, die alles auffrisst, während das Leben Tag für Tag in düsterer Langeweile mit Versuchen verstreicht, die leere Zeit zu füllen, und der Beichtvater mir rät: «Haben Sie es schon mit wohltätigen Werken versucht? Oder Beten? Denn das gemeinsame Gebet verbindet, denken Sie daran!»

«Mit wem sollte ich wohl gemeinsam beten?», möchte ich zurückfragen. Mit den juwelenbehängten Damen, die als Kinder meine Freundinnen waren und heute zu Unbekannten, Fremden, Außerirdischen geworden sind? Oder mit Francesco, der sich eine Hure hält, um sich auf meine Kosten zu amüsieren? Sollte ich mit diesem Mann verbunden bleiben?

Nein, etwas anderes hat mich hierhergebracht.

Ich habe kein Wort dafür, denn instinktiv erkenne ich,

dass es Dinge gibt, die nicht benannt werden können. Das ist keine Frage der Sprache oder der Scham. Was mich hier sein lässt, ist einerseits so stark, dass es mich herbringen konnte, und andererseits so zerbrechlich, dass es nicht ausgesprochen werden darf, sonst droht alles zu Staub zu zerfallen oder, schlimmer, lächerlich zu werden.

Würde dieser Selbstekel mir auch dann so den Magen umdrehen, wenn wir jetzt, statt ein heimliches Paar in einem Rattenloch am Corso San Maurizio zu sein, mit Austern und Champagner auf der Terrasse des Hôtel de France säßen?

Reglos in den zerknitterten Laken liegend, erkenne ich, dass ich auf der Flucht bin, nicht nur vor Villaforesta, auch vor einem Leben aus Heuchelei mit seiner unabwendbaren Langeweile, vor einem Bild von mir selbst, das man mir auf den Leib geschneidert hat und von dem ich dachte, es sei an mich geschmiedet wie die Uniform des Zinnsoldaten, um jetzt plötzlich zu entdecken, dass es mir nicht mehr wie angegossen passt. Nein, es sitzt zu eng und schmerzt. Ich fliehe, ja, und lasse das alles hinter mir, doch mein erster Akt der Flucht und der Ehrlichkeit mir selbst gegenüber ist es, mich in einem Hotelzimmer einzuschließen, um in Untreue und Heimlichkeit zu versinken. Ich bin eine Geliebte. Die ursprüngliche Bedeutung des Wortes – eine Frau, die geliebt wird – geht verloren, und eine zweite Bedeutung taucht auf, die heimliche Frau. Eine, die sich bei Tageslicht nicht zeigen darf, die nachts oder im Dunkel eines Hotelzimmers mit zugezogenen Gardinen lebt, eine, die sich mit den leisen Schritten eines Diebes durch die Eingangstür davonschleicht. Ja, eine Diebin ist sie, weil man immer jemandem etwas stiehlt, ob man will oder nicht.

Ich weiß nicht, ob es dieselben Empfindungen sind, die Trott von mir entfernen.

IV

Trott zündet sich eine Zigarette an.

Dann legt er seine Hand auf meinen Bauchnabel.

«Wie weich du bist.»

Mir ist kalt, ich spüre, wie meine Finger und Zehen erstarren. Ich möchte sprechen, doch ich habe Angst, dass der Klang meiner Stimme mich wie eine Ohrfeige trifft.

Gierig atmet Trott den Rauch seiner Zigarette ein, als müsste er noch ein Bedürfnis befriedigen. Ich frage mich, ob etwas an meinem Schweigen ihn stört. Vielleicht findet er mich provokant oder ängstlich und kraftlos wie ein Insekt. Wer weiß. Vielleicht kann Inès besser …

Der Gedanke an seine Frau ist ein Peitschenhieb, und unwillkürlich zucke ich zusammen. Trott bemerkt es.

«Was ist los? Was hast du?»

«Nichts. Ich habe nichts.»

«Hast du Angst?»

«Nein. Es gibt nichts, was mir Angst macht.»

«Was ist es dann?»

Trott richtet sich im Kissen auf. Wir liegen sehr dicht beieinander.

«Es ist das, was danach kommt, davor habe ich Angst.»

«Wenn wir hier weggehen?»

«Ja.»

«Wenn wir hier weggehen, werden wir uns weiterhin sehen. Wir schreiben uns. Wir trennen uns nicht.»

«Du hast …»

«Eine Frau.»

«Ja.»

«Und …»

«Und … was?»

Und wirst du sie verlassen? Hast du mich nicht zu deiner Hure gemacht, wie der andere es tun würde? Ich möchte den Mut haben, ihn das zu fragen.

Ich schweige. Es ist Trott, der weiterspricht.

«Und du … was bist du? Ist es das, woran du denkst?»

Ich antworte nicht, sondern nicke. Trott sieht mich an. Sein Ausdruck ist ernst und gesammelt, aber nicht ohne Zärtlichkeit. Mehrere Minuten vergehen, bevor ich einfach sage:

«Ich weiß es nicht.»

Ich stelle mir vor, dass es kalt sein wird, wenn ich aus diesem Hotel komme, und ich mir den Kragen meines Pelzmantels um den Hals schmiegen werde.

Ich stelle mir vor, dass der Nebel aus dem Po aufsteigen wird und ich auf dem Weg zur Piazza Vittorio dem Laternenlicht ausweiche und ängstlich nach einer Droschke auf der Piazza Ausschau halte, die mich nach Hause bringt.

Ich stelle mir vor, dass ich mich zu Hause aufmerksam im Spiegel betrachten und nach Veränderungen in meinem Gesicht oder meinem Körper suchen werde, jetzt, da ich einen Geliebten habe.

Ich stelle mir vor, dass ich mich heute Nacht unzählige Male im Bett umdrehen werde, bis ich jeden Augenblick unserer Begegnung in Gedanken nacherlebt habe, wie wir uns umarmt haben, wie wir uns angeschaut haben, was wir uns gesagt haben.

Ich stelle mir jede Einzelheit vor, weil ich möchte, dass mir bei meiner Entscheidung geholfen wird, und weil ich nicht weiß, was ich ihm sagen soll.

«Sieh mich an», sagt er. «Sieh mir in die Augen.»

Ich sehe ihn an, aufmerksam, ich hoffe, in ihm die Zeichen meiner Verwirrung wiederzufinden, aber ich sehe nichts als einen versonnenen, liebevollen Blick. Wenn das so ist, wie kann ich da kämpfen?

«Bist du glücklich?», frage ich mit einem absichtlich sarkastischen Unterton. Aber Trott nimmt ihn nicht wahr. Er sagt:

«Ja», so schlicht und spontan, dass es mich entwaffnet. «Ja, ich bin glücklich.»

Es ist nur ein Augenblick. Mir genügt dieser Augenblick zur Entscheidung. Ich weiß jetzt, was geschieht, das Bild ist endlich scharf.

Ich habe mich entschieden.

Trotts Hände streicheln mich, und ich entziehe mich ihm nicht mehr. Im Gegenteil. Ich konzentriere mich darauf, wie meine Haut, jeder einzelne Zentimeter Haut auf die Berührung reagiert, ein sachtes Streifen seiner Finger. Ich wusste nicht, dass Sex auch das sein kann, Hingabe, Konzentration, Schweigen, Widerwillen und Zärtlichkeit.

Auch dieser banale Anlass – ein Mann, der mich streichelt – wird zum Initiationsritus.

Alles, was hinter mir liegt, meine Jugend, die Pferde, Spitzentaschentücher, Gemeinheiten und Gouvernanten, Federkissen und Enttäuschungen, sogar Großmama und Enrico, wirklich alles hat dazu beigetragen, mich hierher zu bringen. Denn dieses Gefühl der Hingabe und die schmerzhafte Freude, die ich neben Trott empfinde, erscheinen mir trotz der Lüge, der Heimlichtuerei und meiner Selbstvorwürfe als ein natürlicher Zustand, als meine wahre Natur, als das, was mir die Feen von Anfang an zugedacht hatten.

Da fiel dem König, der auf den Lärm heraufgekommen war, die Weissagung der Feen ein, und weil er zu Recht der Meinung war, dass es so hatte kommen müssen, weil die Feen es gesagt hatten …

Wir haben das Hotel verlassen und gehen über die Uferstraße. Wir spazieren die Murazzi del Po hinunter, an den Flussmauern entlang bis hinter die Kirche Gran Madre di Dio.

Im Winter trifft man wegen des Nebels nur auf wenige Menschen. Dies ist ein guter Spazierweg für heimliche Liebespaare, denke ich und lächle.

Trott merkt es nicht.

Erst hatte ich gedacht, es würde mir peinlich sein, mich vor ihm wieder anzuziehen, doch es war etwas ganz Natürliches. Er half mir sogar, mir die Strümpfe an den Strumpfhalter zu knüpfen, und ich bin nicht rot geworden.

Was geschieht mit mir?

Eine Weile gehen wir schweigend nebeneinanderher. Dann fangen wir an zu sprechen, über viele nichtige Dinge. Beide mögen wir Schokolade, Rotwein und die kurzen Winterabende. «Dann ist Turin der ideale Ort für dich», sage ich scherzend, «hier dauert der Winter viele Monate, und die Chocolatiers sind die besten von Europa. Und was den Wein betrifft, zur Lese in die Weinberge der Langhe oder nach Monferrato zu fahren ist ein wahres Fest.» Trott lächelt und verzieht den Mund zu einer Grimasse: «Was weißt du denn vom Wein? Hast du je einen von diesen wirklich großen französischen Rotweinen getrunken, die man nie mehr vergisst?» Er nimmt mir die Tasche aus der Hand, meine Handtasche aus Gagat, sie ist klein und leicht, enthält eine Puderdose, einen Lippenstift und vielleicht ein wenig Kleingeld; es ist nur eine galante und etwas altmodische Geste, aber Trott nimmt die Tasche trotzdem, als müsse er mich von einer Last befreien.

Normalerweise gelten seine Aufmerksamkeiten nicht mir, denke ich, wohl viele Dutzend Mal trägt er eine Handtasche, öffnet die Tür, schenkt Wein ein oder zündet eine

Zigarette an, nachdem er seiner Frau das Feuerzeug aus der Hand genommen hat.

Ich dulde es, dass die Worte «seine Frau» mir dröhnend im Kopf widerhallen und mir wehtun, und je mehr sie mir wehtun, desto mehr halte ich sie in Gedanken fest, diese Worte, denn sie drücken die Wahrheit aus, auch jetzt, da ich Trotts Augen in meinen ruhen sehe, seinen Atem spüre und seinen Geruch noch an mir rieche, auch jetzt weiß ich, dass wir einander nicht gehören. Ich frage mich nicht, warum ich das weiß, es ist so und basta.

Ich möchte, dass die Stadt mit einem Knall explodiert, dass die Steinplatten der Murazzi ins Wasser gleiten wie schmelzende Gletscher.

Ich blicke hoch, in Richtung Monte dei Cappuccini. Dunkle Wolken ziehen auf, ein Gewitterhimmel, es wird regnen.

Aber ich sage nichts, ich möchte sehen, ob Trott es merkt, ob meine Gegenwart diese magische Wirkung auf ihn hat, die Welt um ihn herum verschwinden zu lassen. Wenn er mich liebt, denke ich, wird ihm das Gewitter oder der kalte Wind, der sich jetzt erhoben hat, egal sein, jede weitere Minute, die er mit mir verbringen kann, wird ihm wie ein Geschenk erscheinen; morgen reist er ab, er kehrt nach Paris zurück, und ich werde ihn wer weiß wie lange nicht wiedersehen, ich will ihn nichts fragen.

Ich will mich nicht in ein lästiges Stimmchen verwandeln, das bettelt und fordert. Gibt es denn zwischen uns nicht diesen Zauber, durch den wir einander in die Seele schauen können wie die Figuren im Märchen?

Es sind die letzten Minuten, die wir zusammen verbringen, früher oder später müssen wir uns voneinander verabschieden. Trott hat noch nicht gesagt, ob wir uns wiedersehen, wie und wann, und ich selbst bin verlegen, zögere.

In Paris hat Trott Frau und Tochter, das hat er nie vor mir verheimlicht. Dennoch haben wir nicht darüber gesprochen, wir spüren, dass es Themen gibt, die wir nicht berühren können. Wenigstens vorerst nicht. Ich nehme seine Hand und führe sie mir an die Lippen, er sieht mich belustigt an.

Jetzt bin ich ruhiger. Ich stelle mir vor, dass Trotts Frau ein nichtssagendes Weibchen ist, eine Jugendsünde, die er aus Anstand erträgt.

Ich bin seine Gefährtin, und ich denke: Wir sind alle im falschen Kästchen gelandet, Trott, seine Frau, ich und Villaforesta. Man hat uns auf dem Schachbrett falsch hingestellt, aber der Gedanke, dass wir uns womöglich selbst in die falsche Position gerückt haben, taucht nicht einmal von ferne auf.

Unsere Begegnung war unerwartet und intensiv. Aber so muss es heimlichen Liebespaaren widerfahren, nicht wahr? Steht es nicht so auch in den Büchern?

«Es wird gleich regnen. Lass uns heimgehen. Ich bringe dich nach Hause.»

Trott hat wie immer eine melodische Stimme, und was er sagt, ist vernünftig, aber seine Worte klingen grausam in meinen Ohren.

Erst als er sich, das Dunkel eines Hauseingangs nutzend, aufrichtet, um mir einen Kuss auf die Stirn zu geben, werde ich wieder fröhlich. Mein Wunsch, ihm zu glauben und ihn für mich zu haben, ist so groß, dass mich nur ein Bruchteil einer Sekunde die Erkenntnis streift, dass er mir einen Kuss gegeben hat, wie man ihn einer Schwester gibt.

Ich habe den ganzen Tag im Bett verbracht, ohne zu lesen oder zu schlafen, und schließlich brannten meine Augen vor Müdigkeit.

Als wir uns verabschiedeten, nahm ich all meinen Mut zusammen und sagte:

«Falls ich dich nicht wiedersehe, wenn du nicht noch einmal in Turin vorbeikommst, dann macht das nichts. Man sagt, es gibt Krieg.»

«Man sagt eine Menge Dinge.»

«Wirst du mir schreiben? Mich wissen lassen, wo du bist? Du bist im Moment derjenige von uns, der mehr gebunden ist. Ich möchte dich nicht stören. Ich möchte niemandem wehtun.»

«Was redest du denn da? Du tust niemandem weh. Natürlich wirst du mich wiedersehen. Ich schreibe dir. Vielleicht schon heute Abend. Deine Adresse habe ich auswendig gelernt. Es gibt keinen Krieg, du wirst schon sehen.»

«Ich bleibe nicht mehr lange hier. Ich glaube, ich werde nach San Biagio übersiedeln. Du solltest einmal dorthin kommen …»

«Ich werde kommen, sei unbesorgt. Ich verliere dich nicht.»

Natürlich hat er nicht geschrieben.

Noch nicht.

Oder er hat geschrieben, aber der Brief ist nicht angekommen.

Die Post ist manchmal langsam, ein Brief kann verloren gehen, vielleicht ist seine Schrift unleserlich …

Viele Wochen habe ich auf ein Billett oder einen Brief gehofft, vergebens. Aus den Wochen sind Monate geworden, bis die Erinnerung an unsere zufällige Begegnung im Restaurant an jenem späten Abend all ihre Einzelheiten verloren hat. Wer dabei war, wer nicht, die dunklen Mäntel und die weißen Schuhe, von alldem ist ein verschwommener Halbschatten geblieben, ein Schweigen, Trotts Profil vor dem Türrahmen, diese Augen, die sich in mein Inneres brennen, wenn ich nur an sie denke. Nachts, wenn ich in den Schlaf gleite, spüre ich manchmal noch den Geruch des Nebels über dem Po und das Schwappen des Wassers als Andeutung eines Kontrapunkts zum Klang unserer Schritte.

V

Die Aufregung hat mich vor dem Morgengrauen geweckt, draußen ist es noch völlig dunkel.

Nina wird sich an die Arbeit machen, wie sie es immer getan hat. Sie ist tatkräftig und tüchtig. Sie wird alle meine Freunde auftreiben. Ich muss Dino sagen, dass er die Zimmer vorbereiten soll, reparieren, was repariert werden muss, den Boiler oder die Fensterläden, und dass die abgeblätterten Stellen an der Mauer neu gestrichen werden müssen, solche Sachen. Dann muss ich einen Tag aussuchen, vielleicht Einladungskarten drucken lassen, Santa fragen, ob sie sich zutraut, für alle zu kochen, und ob sie mir jemanden besorgt, der die Betten macht und zwei Tage lang ein wenig putzt. Der mir ein paar Stücke Silber poliert und Kaminholz hackt.

Ich habe keine Lust, mich im Bett zu wälzen oder im Schlafrock zu frieren, ich ziehe mir einen Wollpullover und Tweedhosen an, binde die Hunde los und warte, bis es ein wenig aufhellt, damit ich auf dem unwegsamen Gelände nicht stolpere. Als ich sehe, dass sich ein schöner Tag ankündigt, herbstlich und kühl, doch mit einem klaren, ganz wolkenlosen Himmel, breche ich mit den Hunden zu einer Wanderung durch den Wald auf. Wir nennen ihn Wald, aber es ist nur ein Eichengrund, sorgfältig vom Unterholz befreit. Die hochstämmigen Gewächse halten kaum Feuchtigkeit und verlieren schnell Blätter, und es ist herrlich, hier entlangzugehen, der Fuß sinkt in einen nachgiebigen Teppich ein. Der Eichenwald hat einen runden Duft, wie man es auch vom Wein sagen würde. In Monferrato bin ich oft durch die Kastanienwälder gewandert. Kastanienwälder sind streng und dunkel und duften stark. Durch das dichte Gewirr der Äste drang damals fast nie die Sonne, nicht einmal mitten im Sommer, und die Feuchtigkeit, die langsam vom Boden aufstieg, bahnte sich ihren Weg durch eine dicke Blätterschicht. Meine Großmama fällt mir ein, ganz in Grau gekleidet, die mich beobachtet und meiner Mutter zuflüstert:

«Sie sieht aus wie zwölf, dreizehn, obwohl sie älter sein müsste. In ihrem Alter war ich größer.»

Sie sprechen über mich. Wir sitzen im Auto, auf der Rückkehr von Monferrato. Der Sommer geht zu Ende. Sie glauben, ich schlafe, weil ich die Augen geschlossen habe. Ich halte die Augen immer geschlossen, wenn wir vom Land zurückfahren. Ich möchte nicht sehen, wie unser Haus hinter der Kurve verschwindet, ich möchte nicht daran denken, dass ich in die Stadt zurückkehre. Sie können sich nicht vorstellen, dass man mit geschlossenen Augen dasitzt, nur um nicht sehen zu müssen. Sie denken, wenn einer die Augen geschlossen hat, schläft er.

Großmama spricht weiter, ohne zu flüstern.

«Dieses Mädchen ist mager wie ein Stock, sie ist wirklich spindeldürr. Wie schade. Was für eine Verschwendung. Sie ist so wenig mädchenhaft.»

Meine Mutter protestiert schwach:

«Sie ist noch ein Kind. Das wächst sich aus.»

«Ach was, ein Kind. Unsinn. Den guten Tag erkennt

man schon am Morgen. Zwing sie, mehr zu essen, sie muss dicker werden. Außerdem spricht sie nie. Sitzt immer da, stumm und starrköpfig, mit diesen ernsten Augen, die böse aussehen. Gestern habe ich sie von weitem beobachtet, wie sie mit diesem grünen Mäntelchen – wo hast du bloß diesen grässlichen Fetzen her? – übers Feld ging, und habe sie fast nicht erkannt. Mit ihrem kleinen Kopf und diesen langen, dünnen Beinen sah sie aus wie eine Heuschrecke. Manchmal frage ich mich, wo dieses Kind eigentlich herkommt.»

Eine Heuschrecke. Das hat sie wirklich gesagt. Heuschrecke.

4.
Verwandlungen

I

Ich bin die «Lunediante». Zu Hause nennen sie mich so, wenn ich mich auf dem Dachboden des Pferdestalls verstecke. Alle denken, dies geschehe aus Faulheit, weil ich keine Lust habe, zur Klavierstunde zu gehen oder Geographie zu lernen. Faulheit gilt in unserer Familie als der schlimmste aller Makel.

Sie wissen nicht, dass ich mich dort oben verstecke, weil ich es liebe, den Geruch der Pferde und des ledernen Zaumzeugs zu riechen und das Geräusch der Hufe auf den Holzbohlen zu hören.

Es macht mir nichts aus, dass ich die «Lunediante» bin. Natürlich kenne ich die genaue Bedeutung dieses Wortes nicht, daher kann ich auch nicht wissen, dass es bei uns im falschen Kontext gebraucht wird, denn eigentlich bezeichnet der Begriff die Arbeiter, die am Montagmorgen nicht zur Arbeit erscheinen. Die zu Hause bleiben und den Rausch ihres sonntäglichen Wirtshausbesuchs ausschlafen. Wer weiß, wie dieses Wort in unser Haus gekommen ist, vielleicht durch das Radio oder ein Stück Zeitungspapier der «Gazzetta», in dem Eier eingewickelt waren. Jedenfalls hat es sich in unseren Wortschatz eingeschlichen und dort festgesetzt, ja, sogar von Miss Woodruff wird es benutzt, die es nicht richtig aussprechen kann. Der Spitzname macht mir auch deshalb nichts aus, weil für mich in diesem Wort anderes mitschwingt, zum Beispiel meine Mutter, die mich kopfschüttelnd anlächelt, obwohl sie mich tadelt, *«Chérie, tu es tellement lunée»*, und dieses Launenhafte, das mir alle vorwerfen, erscheint mir als etwas Besonderes, eine Eigenschaft, die bei uns zu Hause nur mir zugebilligt wird. In Wahrheit bin ich nie das faule, lustlose Mädchen gewesen, für das sie mich hielten. Ich habe nie getrödelt und bin sehr oft in aller Frühe aufgestanden, noch vor Tagesanbruch, wenn das ganze Haus still war und nur aus der Küche gedämpfte Geräusche und ein diffuses Licht kamen. Manchmal bereitete ich mich in Windeseile auf eine Unterrichtsstunde vor, wenn ich am Tag zuvor keine Hausaufgaben gemacht hatte, manchmal ging ich zu den Pferden hinunter, manchmal spähte ich einfach nur durch die halbgeschlossenen Rollläden und wartete auf den Moment, an dem die Straßenlaternen angezündet wurden und die ganze Stadt in ein blaues Licht getaucht war. Auch als erwachsene Frau stand ich noch gerne bei Tagesanbruch auf – Villaforesta ärgerte sich darüber, denn er fand es nicht elegant: «Eine Dame steht niemals vor zehn Uhr auf und frühstückt immer im Bett!» –, und als ich dann begann, mich um das Anwesen zu kümmern, wurde frühes Aufstehen unumgänglich. Wenn ich je faul war, dann vielleicht bei meinen Gefühlen: Es fiel mir schwer, ein Gefühl auszudrücken, eine Neigung oder eine Verwirrung zu bekennen. Wenn überhaupt, dann bin ich eine Lunediante des Herzens gewesen.

II

Mit dreizehn Jahren habe ich die Nursery verlassen.

Das bedeutete: Ich bekam ein Jungmädchenzimmer.

Ich schlafe nun im selben Stockwerk wie meine Eltern, drei Türen weiter.

Aus dem alten Kinderzimmer im zweiten Stock ist ein kleiner Salon geworden, wo Enrico und ich Besuche empfangen dürfen. Statt der weißlackierten Möbel, die auf den Dachboden wanderten, kamen zwei *guéridon* und ein Paar neu bezogener Sessel aus Monferrato an.

Ich bin glücklich über mein neues Zimmer. Meine Mutter hat in der Schweiz Gardinen aus weißem Batist bestellt, die mit Schleifen und Blumen bestickt sind.

«Das ist ja eine Manie», sagt mein Vater. «Immer kaufst du diese sündhaft teuren Gardinen. Eine wirklich unnötige Ausgabe, die in Beige, die vorher da hingen, hätten vollauf genügt.»

«*Autre temps, autres mœurs*», kommentiert Großmama. Zu ihrer Zeit, sagt sie, verließen die Mädchen das Kinderzimmer erst, wenn sie in die Kirche gingen, um zu heiraten. «War es wirklich nötig, einen Tapezierer kommen zu lassen und ihr einen richtigen kleinen Salon einzurichten?»

Meine Mutter lächelt und schweigt. Sie hat sich ohnehin schon durchgesetzt.

Ich werde ein Erwachsenenzimmer haben, wie sie beschlossen hat: ein Schiffsbett mit zwei kopfüber springenden Delphinen, die eine große Kugel aus dunklem Holz auf ihrem Schwanz balancieren.

Zwei Kissen zum Schlafen statt eins.

Ein Bücherregal mit Glastüren, das ich sogar mit einem Schlüssel abschließen kann.

Den Schreibtisch von Großpapa. Die Schreibfläche aus rotem Leder ist mit Tintenflecken übersät, die sich nicht mehr entfernen lassen, aber ich kann es kaum erwarten, mich an einen richtigen Schreibtisch zu setzen statt an das Tischchen in der Nursery, wo ich als kleines Mädchen malte.

Die Gardinen aus Schweizer Batist sind leicht wie Gaze.

Ich habe ein neues Zimmer. Jetzt bin ich erwachsen, sage ich mir.

Großmama aber sagt, dass ich in etwas gekommen bin, was man das *âge ingrat* oder auch das *âge bête* nennt. Mir ist das recht.

Im darauffolgenden Jahr, im Oktober 1923, fand Mussolinis Besuch in Turin statt.

Natürlich weiß ich nicht, dass es sich um den offiziellen Besuch des Ministerpräsidenten handelt und die ganze Stadt sich auf seinen Empfang vorbereitet hat. Ich weiß nicht, was der Lingotto ist, die größte und modernste Automobilfabrik Europas, die Mussolini besuchen wird. Das ist kein Gesprächsthema, das meine Eltern im Mindesten interessieren könnte. Enrico und mich interessiert es erst recht nicht. Doch Großmama hat beschlossen, sich das Ganze «persönlich» anzuschauen, wie sie uns erklärt. «Was soll dieser ganze Aufruhr?» Und sie besteht darauf, dass mein Vater uns zur Piazza Castello und zur Piazza San Carlo bringt, wo die Würdenträger vorüberfahren sollen. Ich höre die beiden murmeln und erwägen, ob man zu den Balbo di Frua gehen soll oder woandershin. In den Club zu gehen, der die schönsten Balkone zur Piazza hin besitzt, kommt nicht in Frage, denn dort dürfen Frauen nicht hinein, es sei denn, es werden Bälle gegeben.

«Wir gehen zu den d'Aubade», schlägt mein Vater vor,

«sie haben mehrere Balkone zur Piazza, dann müssen wir nicht so dicht gedrängt stehen wie in einer Sardinenbüchse», doch Großmama findet es besser, zu den Gianoglio zu gehen, die gleich nebenan wohnen. «Außerdem kann man bei ihnen ohne Voranmeldung vorbeischauen.»

Dann entscheiden sie sich endlich, und ich verbringe den Rest des Vormittags auf einem Balkon, auf dem der Herbstwind weht und ich die Fahnen und Standarten am gegenüberliegenden Palazzo zähle, um mir die Langeweile einer endlosen Wartezeit zu vertreiben. Großmama, mein Vater, mein Bruder und ich – meine Mutter hat sich entschieden geweigert mitzukommen –, drei Generationen unserer Familie warten darauf, dass «dieser Signor Mussolini» vorbeikommt, wie meine Großmutter ihn nennt.

Sie hegt keinerlei Sympathien für «den Signor Mussolini», denn, so sagt sie, «er hat beim Sprechen immer eine Hand oder schlimmer, alle beide, in den Taschen». Und dieses eine Mal gibt mein Vater ihr vollkommen recht, zumal es ihm genauso wenig gefällt, wie Turin sich herausgeputzt hat. Zu den barocken Palazzi passt all das Flattern von Fahnen und Draperien schlecht – es heißt, die Stadtverwaltung habe an jeden einzelnen Bürger eine Fahne zum Schwenken ausgegeben –, und dergleichen Gepflogenheiten verdammt mein Vater als einen unverzeihlichen Mangel an Mäßigung und gutem Geschmack:

«Wie ist es nur möglich, so ein Karneval! Seht euch das an, wie sie eine ganze Stadt in einen Jahrmarkt verwandelt haben! So ein Affentheater sollte dem Zirkus vorbehalten bleiben, zum Teufel nochmal!»

Der Faschismus offenbart sich meinen gelangweilten Jungmädchenaugen als ein endloser Vormittag auf dem Balkon, an dem ich einem Affentheater beiwohne, angeführt von einem ungehobelten Signor Mussolini, der nicht nur mit den Händen in den Taschen, sondern auch im hellgrauen Paletot auftritt, wie Großmama entsetzt feststellt, und sich am Anblick der flatternden Fahnen erfreut wie ein kleiner Rotzbengel.

Im engeren Familienkreis gibt es tatsächlich niemanden, dem er ernsthaft Sorgen bereitet, und auch als es Jahre später sogar für uns offensichtlich wurde, in welche Katastrophe er das Land gestürzt hatte, blieb das Verdikt der Großmama, die ihn lapidar als «unverzeihliche Geschmacksverirrung» bezeichnet hatte, soweit ich mich erinnere, unwidersprochen.

III

Ich habe Anwalt Ricorsi besucht. Er langweilt sich, so allein den ganzen Tag. In einem Korb liegt ein Haufen halb vollgekritzelter Kreuzworträtselhefte. Er sagt, wenn er nicht so müde wäre, könnte er sich die Jungen vom Oratorium anhören gehen, die für das Weihnachtskonzert proben, oder die Kirchen aus dem 15. Jahrhundert besichtigen – wer hätte das gedacht, dass es hier welche gibt, von denen man noch nie gehört hat, zum Beispiel die Kirche Santa Cecilia am Poggiolo, wusste ich von der? Oder er könnte auf den Markt gehen, um Steinpilze zu kaufen, denn keiner sucht Pilze so treffsicher aus wie ein Pilzsucher, und er sei ein wirklich phantastischer Pilzsucher gewesen, ob ich mich denn nicht erinnere, wie er damals oben auf dem Hügel zwanzig Kilo gefunden hatte, wie ich das nur vergessen konnte?

Ricorsi trommelt nervös auf einem Päckchen Zigaretten

herum. Ich erzähle ihm, dass ich ein Wochenende mit alten Freunden vorbereite, dass er selbstverständlich auch eingeladen ist, dass ich das Haus auf Vordermann bringen und die Gelegenheit nutzen will, um das Schloss am Gartentor zu reparieren und ein bisschen Kies auf die Wege zu schütten.

Ich möchte, dass es eine besondere Zusammenkunft wird. Etwas allzu Kompliziertes will ich nicht veranstalten, das wäre lächerlich auf dem Land und bei so wenigen Leuten, aber ich möchte eine fröhliche und festliche Stimmung schaffen.

Gerne würde ich alles mit Kerzen erleuchten und den Hof mit Öllämpchen. Außerdem dachte ich an eine Dekoration aus Pinienzapfen und Pilzen oder aufgeschnittenen Granatäpfeln, wie man sie auf alten Gemälden sieht. Ich darf nicht vergessen, Dino zu bitten, den besten alten Jahrgang herauszusuchen, den ich im Keller habe, da müsste noch ein ganz besonderer Rossovermiglio sein …

«Holen Sie sich Musiker ins Haus. Lassen Sie jemanden spielen», unterbricht mich Ricorsi. «Wie in alten Zeiten, als man zu Abendessen und auf Feste ging und immer Musik gespielt wurde, nicht bloß die vom Plattenspieler.»

«Avvocato, manchmal kommen Sie mit Ideen … Sie überraschen mich wirklich. Ich sollte Sie öfter um Rat fragen», sage ich, um ihn ein bisschen aufzuziehen, denn er wirkt tatsächlich sehr melancholisch.

«Dafür sind Anwälte da, um Ratschläge zu geben. Ich freue mich, dass Ihnen die Idee gefällt. Wenn Sie wollen, organisiere ich das für Sie. Ich arbeite ein Programm aus, leichte Kost, zur Unterhaltung.»

«Avvocato, ich möchte Sie vor allem wohlauf und munter haben, denn Sie sollen uns mit Ihren Geschichten unterhalten. An dem Abend möchte ich Sie nicht im Bett liegen sehen, sonst kommt es noch so weit, dass ich Ihnen Santa mit einer Hühnerbrühe schicken muss, wo ich Santa doch bei mir zum Servieren brauche. Sehen Sie zu, dass Sie wieder zu Kräften kommen.»

«Es ist die Langeweile, die mich niederdrückt. Im Ernst.»

Ricorsi ist ein wenig kurzatmig. Er trägt einen dieser Samtanzüge, wie sie vor dreißig Jahren als Jagdbekleidung in Mode waren, und glänzende Schuhe aus rotem Leder, auch die antiquiert, aber immer noch schön. An seiner Krawatte steckt eine Nadel aus Gold und so filigran, dass sie an Mückenbeine erinnert. Ein eleganter Stutzer muss er zu seiner Zeit gewesen sein, der Anwalt. Ich frage ihn, warum er sich heute wie ein Dandy herausgeputzt hat. Er ignoriert die Frage:

«Ich weiß Bescheid, verstehen Sie. Ich habe dieses grimmige Blitzen in Scauris Augen gesehen, ich habe genau gesehen, wie er mich betrachtet hat. Er hat nichts gesagt, aber es war, als meinte er: ‹Wir sind angekommen, mein lieber Ricorsi. Endstation. An einem der nächsten Abende werden Sie vor dem Fernseher einschlafen, und zack!, ist alles vorbei. Sie verlassen uns, um in die bessere Welt einzugehen.›»

«Hören Sie, Schluss jetzt mit diesen Albernheiten. Die Musik. Wir sprachen von Musik und Konzerten.»

«Glauben Sie mir, ein wenig ist mir von der Musik noch geblieben, ich darf sagen, dass ich etwas davon verstehe … Also, ist es Ihnen recht, wenn ich mich darum kümmere? Mir würde das wirklich Freude machen.»

«Aber natürlich. Ich bin sicher, das wird für alle eine Überraschung.»

Und ich erzähle Ricorsi alles, was ich sonst noch vorhabe, dass ich zur Bank gehen will, um das Silberbesteck zu holen, und dann müssen Teller und Gläser gewaschen werden, denn ich habe diese Sachen seit Jahren nicht benutzt, und die Tischtücher müssen gebügelt werden, ich habe noch wunderschöne Tischtücher, flämisches Leinen natürlich, dicht gewebt, und man muss sie ordentlich stärken, damit sie steif wie Papier werden, und dann all die Servietten, erinnern Sie sich an diese großen Servietten, bis zu achtzig Zentimeter lang an den Seiten? Groß mussten sie sein, sonst galten sie nicht als elegant, denken Sie nur, wie viele Sachen ich aufbewahrt habe ... Und während ich erzähle, sinkt Ricorsis Kopf langsam auf seine Schulter. Nach einer Weile schlüpfe ich aus dem Zimmer.

Ich habe ihn mit meinen Erzählungen in den Schlaf gesungen.

Zu Hause schreibe ich an Nina und bitte sie, nicht nur Carlino, Iris und Trott aufzuspüren, sondern jedem von ihnen auch eine Einladung zu schicken – keine gedruckte, elegant verschnörkelte Einladungskarte, sondern eine meiner Visitenkarten, auf die ich eigenhändig zwei Zeilen schreibe. Ich denke, es ist höflicher, wenn ich sie persönlich einlade. Eine weitere Aufmerksamkeit, um ihnen Lust auf das Fest zu machen, damit sie kommen. Werden sie kommen? Wirklich? Alle? Auch er?

IV

Die Conférence-Birnen waschen und mit einem Suppenlöffel sorgfältig aushöhlen. Dann mit ein paar Tropfen Zitronensaft beträufeln und auf allen Seiten mit Zucker bestreuen. In einer Schüssel 100 Gramm frischen Ricotta mit gehackten Nüssen, 10 ml Sahne oder Crème fraîche und 6 Suppenlöffeln Akazienhonig (Maronenhonig ist zu dunkel und bitter) verrühren. Die Birnen mit der Mischung füllen und in eine Backform legen, deren Boden zwei Fingerbreit mit Wasser bedeckt ist. Im vorgeheizten Ofen 30 Minuten backen.

Für meine Gäste stelle ich ein schlichtes Menü zusammen. Ohne Schwalbenschwänze oder Papageienzungen, so bringt Santa es auf den Punkt.

Ein Abendessen vorbereiten: Das habe ich häufig getan, als ich noch mit Francesco verheiratet war, und viele Male habe ich meiner Mutter dabei zugesehen.

Sie rief Angelo, unseren Koch, in den Salon und sagte nur: «Am 15. Februar, zwölf Personen zum Mittagessen.» Darauf verschwand Angelo und kam mit dem Haushaltsbuch zurück, einem kleinen dunklen Bändchen mit feuerrotem Seitenschnitt, das er meiner Mutter reichte.

Dann stand er dort, fast gedankenversunken, Angelo Olivero aus Carrù, der als kleiner Junge in unser Haus gekommen war und dort mit vierundsiebzig Jahren gestorben ist, der sein ganzes Leben in der Familie meines Vaters verbracht hat, nachdem er mit zehn Jahren als Küchenjunge genommen – vielleicht eher geraubt, denke ich manchmal mit Schrecken – und nach Turin gebracht worden war. Angelo, den Lesen und Schreiben zu lehren sich niemand je die Mühe gemacht hatte und der doch wie ein Künstler komplizierte Soufflés und Aufläufe und all die anderen Köstlichkeiten kochte, an die ich mich heute nicht mehr erinnern kann.

Ich sehe ihn vor mir, an den Türpfosten gelehnt, mit einer weißen Schürze vom Hals bis zu den Füßen, wie er meiner Mutter ohne eine Spur unterwürfigen Gebarens direkt in die Augen blickt. Das gefiel mir an ihm, und daran erinnere ich mich, weniger an den Geschmack seines Consommé als an den Stolz in seinem Blick, weil er weiß, dass er ein Talent besitzt, ein echtes, wunderbares Naturtalent, das ihn jedem von uns ebenbürtig, wenn nicht überlegen macht.

Nein, es ist eher meine Mutter, die die Augen senkt. Ihm gegenüber wird sie klein, wenn vom Kochen die Rede ist, klein ist sie, und sie weiß es, obwohl sie mit Spitzen und Perlen behängt ist, während Angelo nur einen weißen Kochkittel mit doppelter Knopfreihe trägt, ein Küchentuch um den Hals und eines um den Bauch gebunden, daran er den Beutel knüpft, aus dem die Brot- und Fleischmesser hervorragen. Der analphabetische Küchenjunge ist zu einem jungen Mann mit kräftigen Händen herangewachsen, die doch behutsam dünne Teigrollen drehen und wenden können, bis Skulpturen daraus werden.

Meine Mutter blickt ihn erwartungsvoll an, den Stift in der Luft, und Angelo gräbt in seinem Gedächtnis, improvisiert, erfindet neue Zusammenstellungen und komponiert in zehn Minuten die gesamte Speisenfolge für ein opulentes Mahl. Und sie, ein eben angedeutetes Lächeln auf den Lippen, übersetzt: das Ragout in *mignons de veau*, den Salat aus Zitrusfrüchten in *oranges à l'orientale*, die Hühnerbrüste in *suprême de volaille*, die Gemüsesuppe in *potage à la paysanne* …

Jetzt ist es Angelo, der sie verzückt anblickt: In seinen Augen verwandelt sie Rinderviertel, Eier und Gartengemüse, kurz, all die vertrauten, bäuerlichen Erzeugnisse, die direkt vom Land kommen oder die man auf dem Markt kauft – wo er sich mit den anderen Köchen um die besten Stücke streitet –, in fremdartige, musikalische Namen, deren Bedeutung er nicht versteht. Darum lauscht er nur ihrem Klang, und er hört sie gerne, weil sie so vage sind, so geheimnisvoll und luftig.

Dann lässt meine Mutter, die sich über Angelos Staunen, seine immer wieder gleiche, stumme, anrührende Bewunderung freut, zu einer persönlichen Bemerkung hinreißen, einem schüchternen Wortspiel, auf das sie stolz ist und das sie gerne wiederholt, obwohl ihr seine Doppeldeutigkeit wahrscheinlich nicht bewusst ist:

«Weißt du Angelo, die Speisen müssen französische Bezeichnungen haben … das ist immer schon so gewesen, und es gibt einen guten Grund, warum ich den köstlichen Gerichten, die du kochst, andere Namen gebe, denn das Französische ist … es verführt dazu, alles kosten zu wollen, es lässt einem das Wasser im Mund zusammenlaufen, es ist eine Sprache, die auf der Zunge zergeht.»

Jedes Mal erfasst Angelo instinktiv, dass an dieser Stelle des Gesprächs ein diskretes kleines Lachen angebracht ist, um der Bemerkung meiner Mutter Beifall zu zollen, obwohl deren Witz ihm und vielleicht auch ihr unverständlich bleibt.

Dieses Duett habe ich, mit unbedeutenden Variationen, viele Dutzend Male miterlebt.

Heute werde ich Santa das Kärtchen in die Hand drücken, worauf ich in groben Zügen das in einer Frauenzeitschrift gefundene Rezept für die gebackenen Birnen notiert habe. Doch ich weiß, dass meine Mutter daraus mindestens *poires farcies à la crème fraîche* gemacht hätte.

Meine Freunde werden sich mit weniger begnügen. Als wir das letzte Mal alle zusammen waren, das ist etwa fünfzig Jahre her, war alles anders. Ich weiß nicht, was mich dazu getrieben hat, sie in der ersten Juniwoche auf die Bandita einzuladen. Ich glaube, ich wollte Trott ablenken, der mir nervös erschien, nicht in seiner gewohnten Gemütsverfassung. Ich schrieb diese Stimmungstrübung den unsicheren

Zeiten zu, vielleicht auch der Langeweile, die einen Menschen auf dem Land befallen kann, der an Weltstädte wie London und Paris gewöhnt ist.

In jenen Tagen wurde darüber abgestimmt, ob wir eine Monarchie bleiben wollten oder nicht. Damit stand natürlich eine große Veränderung bevor, obwohl der Krieg uns schon an so viele Veränderungen gewöhnt hatte. Die Republik freilich … Was würde sie bedeuten? Wer von uns konnte das schon wissen?

Man nahm an, dass es mindestens zwei oder drei Tage dauern würde, bis alle Stimmen ausgezählt waren, eine Ewigkeit. Warum sollten wir die Zeit nicht gemeinsam bei mir verbringen und uns mit schönen Ausritten vom Warten ablenken?

Alle willigten ein, wir waren eine nette Clique. Wir kannten uns seit langem und unterschieden uns dennoch sehr in unseren Neigungen, Vorlieben und politischen Sympathien. Damals war uns das egal. Uns einte die Liebe zum Land und zu Pferden, das genügte.

Iris malte Aquarelle von Tieren und streifte unermüdlich durch die Bandita auf der Suche nach einem Wiedehopf oder einem der Hunde, den Legehennen oder einem Fasan zwischen den Mastixsträuchern. Pferde dagegen, sagte sie, ritt sie lieber, als sie zu malen. Nicht nur sie, auch Carlino, Trott und mein Cousin Oddone waren ausgezeichnete Reiter. Ich stellte ihnen die Bandita, meine Pferde und ein paar Kisten Chianti aus der Zeit vor dem Krieg zur Verfügung. Von Nina kamen Anmut, Schönheit und eine unbefangene, ansteckende Lebenslust hinzu. Niemandem fiel es ein, sie zu kritisieren; Carlino nicht, der den gesamten Schmuck seiner Frau bei Pferdewetten verspielt hatte; ebenso wenig Oddone, der jahrelang mit ausgestopftem Jackett herumgelaufen war, um kräftiger und männlicher zu erscheinen, ungeduldig darauf gewartet hatte, Mussolini auf der Piazzale Loreto zu sehen, und nun endlich den Mut gefunden hatte, zuzugeben, dass er keine Frauen lieben konnte – zu seiner großen Erleichterung, aber auch meiner, denn nun musste ich nicht mehr so tun, als hätte ich das nicht schon längst begriffen. Und ich selbst wagte noch weniger, Nina zu verurteilen. Ich hatte meine Pflichten, musste einen landwirtschaftlichen Betrieb unterhalten, Entscheidungen fällen, viele, jeden Tag, und überdies lebte ich *in wilder Ehe* mit einem Mann zusammen, der nicht mein Ehemann war.

Andere Sorgen machte ich mir damals nicht. Manchmal verschaffte ich mir Zeit ganz für mich allein, in aller Frühe, wenn die anderen schliefen und die Morgendämmerung anbrach. Dann sattelte ich das Pferd und ritt los, ließ mein Halbblut bis zur Erschöpfung rennen, Hals über Kopf den Eichenwald hinunter, auf die Gefahr hin, dass wir ausrutschten, zu Fall kamen, dass es ein Unglück gab. Manchmal ließ ich sogar den Bauchgurt lose hängen. Worauf ich aus war, weiß ich nicht, vielleicht sollten Trott und die ganze Welt sich um mich sorgen, vielleicht sollte jemand sich einfach fragen, wohin ich wollte, was ich tat.

5.
Die Nachkriegszeit

I

Es ist Krieg, seit vier Jahren schon. Eines Nachts werde ich vom Hundegebell geweckt. Das passiert in letzter Zeit oft. Auch die Hunde spüren die Spannung und die Angst, außerdem gelten die Wälder in unserer Umgebung Flüchtlingen oder auch Soldaten, die jemanden verfolgen, als gutes Versteck; manchmal hören wir Schüsse von den Hügeln her.

Schläfrig und beunruhigt gehe ich hinunter in die Küche. Jemand ist an der Tür. Es ist zwei Uhr nachts. Das sind keine Faschisten, sage ich mir, die würden sich schreiend und lärmend ankündigen, und Deutsche sind es auch nicht, die klopfen hart an die Tür. Ich habe Angst, aber ich mache auf. Es ist Nina. Mit wirren Haaren, in Jacke und Hosen, neben ihr stehen ein Mann und ein Junge von sechzehn, siebzehn Jahren. Sie ist aufgeregt, macht mir ein Zeichen, still zu sein. Ich lasse die drei herein, und wir setzen uns in die Küche. Nina holt ein Päckchen Zigaretten hervor und bietet dem Mann eine an. Dann steckt sie eine Hand in ihre Jackentasche und zieht ein kleines Paket heraus.

«Nimm», sagt sie lächelnd zu mir, «ich bin sicher, du freust dich darüber.» Es ist Tee. Englischer Tee mit Bergamotteöl, wie wir ihn bei uns zu Hause tranken, als alles noch normal war und wir glaubten, unser Leben bliebe, wie es ist. Während ich Wasser aufsetze und die Tassen hole, erzählt Nina: Ein deutscher Offizier hat gestern wenige Kilometer von hier, auf dem Hof der d'Arceno, eine Vergeltungsmaßnahme gegen Zivilisten durchgeführt, vielleicht als Antwort auf die Angriffe der Partisanen, vielleicht auch nur, um Grausamkeit zu demonstrieren. Er hat sich dafür den Hof des Palazzaccio d'Arceno in der Nähe von Siena ausgesucht, wo etwa fünfzig Menschen Unterkunft gefunden haben. Auf dem Hof lebt die Familie Barbagli, eine Menge Menschen, auch Frauen und Kinder. Die Deutschen kommen und versammeln alle auf der Tenne. Die Frauen und Kinder weinen, die Männer sind stumm. Der Offizier befiehlt einem Soldaten, mit dem Maschinengewehr das Feuer zu eröffnen, doch der schießt in die Luft. Ob bewusst oder versehentlich, kann Nina nicht sagen. Die Menschen sind gelähmt vor Angst. Der deutsche Offizier zieht seine Pistole und schießt auf die Menge, er tötet die Kinder der Barbagli, die ein, drei und sechs Jahre alt sind; dann einen sechzehnjährigen Jungen und weitere fünf Menschen, darunter Familienmitglieder und Nachbarn. Nina meint, der deutsche Offizier sei ebenfalls gestorben, offenbar von seinen eigenen Leuten umgebracht. «Unmöglich», mischt sich der Junge ein, der mit ihr gekommen ist, «das sind Bastarde, keine Menschen mit Gewissen.» – «Sei still», sagt der Mann, «wer so spricht, ist nicht besser als sie. Außerdem warst du nicht dabei.» Jetzt wendet er sich an mich. Er ist etwa vierzig, seine Haare sind schon grau, die Augen nussbraun. «Ich heiße Marcello Alibrandi. Ich bin Arzt. Ich kannte die Barbagli-Kinder.» Seine Stimme erstirbt.

«Jedenfalls haben die deutschen Soldaten nicht geschossen und auch die überlebenden Bauern auf ihrer Flucht nicht verfolgt», sagt Nina. «Das bedeutet, dass allmählich auch bei den deutschen Truppen die Angst umgeht, sie werden pessimistisch und ein wenig humaner. Ich habe zu viel erlebt, um untätig zu bleiben. Ich gehe mit ihnen.»

«Mit ihnen, wohin? Wohin willst du denn gehen?»

Nina ist imstande, eine ganze Nacht durchzutanzen, jeden Mann, der ihr begegnet, ohne einen Hauch von Anstand zu verführen und ein Vermögen für Abendkleider, Täschchen und Hüte auszugeben. Das sind ihre Schwächen und ihr Charme. Wohin will sie nachts mit zwei Männern gehen, die sie vermutlich eben erst kennengelernt hat?

Nina lächelt. Ihre Augen haben dunkle Ränder, ihr Teint ist nicht mehr schimmernd und frisch wie früher. Aber ihr Gesichtsausdruck ist heiter und konzentriert, als sie mir antwortet, und sie hat nichts Emphatisches an sich, als sie spricht, nur den gelassenen Ton des Menschen, der eine Entscheidung getroffen hat.

«Wir gehen ins Gebirge, auf den Amiata. Dort gibt es Ausbildungsgruppen der Partisanenbrigaden für die Operationen im Val d'Orcia und in der Gegend um Grosseto.»

«Du? Komm schon, Nina, red keinen Unsinn. Du willst mit einem Gewehr über den Waldboden robben, eine Bombe unter einer Brücke anbringen, nachts mit dem Fahrrad Botschaften überbringen? Und wenn sie dich erwischen, schießt du dann blindlings drauflos wie die Deutschen?»

«Ach, wohin denn! Durch den Wald, ich? Nicht mal für Geld. Und ich habe auch nicht die geringste Absicht, mit Sprengstoffen zu hantieren oder auf jemanden zu schießen. Ich werde das anbieten, was ich kann. Alibrandi ist ein guter Bekannter von Gaspardo, einem Partisanenführer. Er hat mit ihm vor etwa zwanzig Jahren Medizin studiert.

Das stimmt doch, Alibrandi, dass du mich Gaspardo vorstellen wirst? Jemanden wie mich kann man immer brauchen. Alibrandi ist auch einverstanden. Wir werden uns nützlich machen. Mit dem, was wir können. Alibrandi ist Chirurg, ich spreche viele Sprachen, kenne alle wichtigen Leute und habe vor nichts Angst. Ich kann mit Männern umgehen, Italienern, Deutschen, Engländern, verheiratet oder nicht, das ist allgemein bekannt. Es wird Zeit, dieses Talent gewinnbringend einzusetzen. Findest du nicht, dass das eine gute Idee ist?»

Ich betrachte sie verblüfft. Sie fängt meinen Blick auf und bricht in Gelächter aus.

«Jetzt habe ich dich ganz schön überrascht, was? Das hast du nicht von mir erwartet, stimmt's? Genau darum geht es. Mir eilt der Ruf der Leichtlebigkeit und Eitelkeit voraus, und der wird die beste Deckung sein. Hab ich recht, Alibrandi? Denn eine Deckung müssen wir haben. Jedenfalls bin ich gekommen, um mich von dir zu verabschieden. Wenn zufällig etwas schiefgehen sollte, sag allen, dass ich mir eine Medaille verdient habe. Aus Gold, sonst will ich sie nicht. Und außerdem, meine Liebe, liegst du auf dem Weg, wir kommen aus Florenz und sind todmüde. Wir möchten ein paar Stunden an einem sicheren Ort schlafen. Gibst du uns ein Bett und etwas zu essen?»

Ich habe sie in den Gästezimmern untergebracht. Das ist gefährlich, doch wenn jemand sie suchen käme, würde er sie ebenso im Heuschober oder in der Holzhütte finden. Nachdem sie schlafen gegangen sind, verbringe ich den Rest der Nacht damit, ihnen Proviant einzupacken, Öl, Käse, Trauben und ein wenig Wein. Ninas Mut beeindruckt mich sehr, ich überlege, dass man keinen Menschen wirklich kennt. Oder vielleicht sollten wir einfach zugestehen, dass Menschen sich ändern, dass ihre verborgenen Fähigkeiten an die Oberfläche kommen oder auch endgültig verschwinden können, wenn das Leben sich gegen sie wendet.

Ständig erreichen uns Nachrichten von Massakern aus der ganzen Toskana. Arezzo, Pistoia, Florenz, Lucca. Auf ihrem Rückzug greifen die Deutschen Frauen, Alte und Kinder an, jeden Tag werden es mehr. Hier in San Biagio führen wir ein Leben im Verborgenen. Ado ist innerhalb von drei Tagen einer Lungenentzündung erlegen, und seinen Platz auf dem Hof hat Mario, sein Sohn, eingenommen, der vor kurzem so übel zugerichtet von der Front gekommen ist, dass sie ihn nicht wieder einziehen werden. Er lebt versteckt in der leeren Zisterne. Sie ist feucht und voller Ratten, aber ein sicheres Versteck. Seit Monaten durchkämmen die Deutschen und die Faschisten das Land auf der Suche nach Deserteuren, um sie erst für die Landarbeit einzusetzen und dann zu erschießen oder zu deportieren. Man hört nur noch solche Geschichten. Nina hat, wie viele von uns, während der Kriegsjahre so getan, als ob sie das alles nichts anginge, dann hat sie urplötzlich eine Entscheidung getroffen. Ich glaube, wenn man sie fragen würde, wüsste sie selbst nicht, wie und warum sie diesen Entschluss gefasst hat. Auch das lernt man im Krieg: Am Morgen weißt du weder wie noch wo oder gar ob du am Abend noch da sein wirst.

Meine Mutter ist jetzt allein. Mein Vater starb drei Monate nach Italiens Eintritt in den Krieg. Seit Enricos Tod war er nicht mehr der Alte, und der Knochenkrebs, der ihn auffraß, traf auf kein Hindernis, keinerlei Widerstand. Für uns alle war das offensichtlich.

Vorgestern ist Florenz befreit worden.

Das Haus meiner Großeltern existiert nicht mehr. Iris hat mir erzählt, dort, wo die Eingangstür war, klafft jetzt ein stinkendes Loch: Sogar die Deckel der Straßenschächte sind in die Luft geflogen.

Sie sagt, wenn man genau hinsieht, erkennt man in den Trümmern noch Splitter vergoldeten Holzes, wer weiß, vielleicht von den kleinen Sesseln im Ballsaal, die meine Mutter nicht hatte mitnehmen wollen – «nachgemachtes Zeug, das lohnt nicht.»

Meine Mutter schreibt mir aus dem Vatikan und bittet mich, zu ihr zu kommen. «Hier fühlt man sich sicherer», sagt sie.

Monsignore Venturi hat ihr einen Schlafplatz in einem von Nonnen geführten Haus angeboten, und seit Monaten lebt sie mit zehn anderen Frauen in einem Raum. Sie haben alle Kinder. Und ich? Wo bin ich, ihr kleines Mädchen? Das hat sie Monsignore Venturi gefragt. *Kann mein kleines Mädchen zu mir kommen?*

Für meine Mutter bin ich immer noch zehn Jahre alt, nicht fünfunddreißig.

Ich habe abgelehnt. Hier geht es mir gut. Ich habe versucht, ihr zu erklären, dass ich im Vatikan nichts verloren habe; ich habe keine kleinen Kinder, die ich beschützen muss, und ich bleibe besser, wo ich bin. Hier kann ich nützlich sein.

Vor einem Jahr wurde die Schule zerbombt, seitdem stelle ich mein Haus zur Verfügung. Nicht das eigentliche Haus, das ebenfalls von Bomben getroffen werden könnte, sondern einen großen, halb unter der Erde liegenden Raum, den wir «den alten Keller» nennen. Er ist geräumig, hat sehr dicke Mauern, und mehr als einmal haben wir ihn als Luftschutzkeller benutzt.

Die Lehrerin, Margherita heißt sie, ist eine sommersprossige Florentinerin, die versucht, die Kinder vergessen zu lassen, dass wir im Krieg sind.

Ich weiß nicht, ob es ihr gelingt, doch wenn sie über Geschichte spricht oder Mathematikaufgaben erklärt, leuchten ihre Augen. Für mich ist es eine Freude, sie alle hier zu haben. Am späten Vormittag bereite ich mit Öl bestrichene Brotscheiben zu – manchmal sogar mit Zucker, doch nur, wenn eines der Kinder Geburtstag feiert oder eine besonders gute Note bekommen hat – und gehe hinunter, um sie ihnen zu bringen. Wenn er mich kommen sieht, läuft mir Filippo entgegen, der Kleinste in der Klasse, der erst sechs Jahre alt ist, und ihm folgen sofort Matteo und Anna, zehn Jahre alt, dann Marzia, Adalberto, Lidiano, Paolo und Giuseppe, der vor zwei Jahren durch einen Granatsplitter einen Arm verloren hat. Die beiden Ältesten, Loretta und Maria, geben sich gleichgültig. Es wäre unter ihrer Würde als Dreizehnjährige, für das Schulbrot angelaufen zu kommen.

Manchmal bleibe ich, um dem Unterricht zuzuhören, oder ich nehme die Ältesten mit und versuche, ihnen ein paar Worte Englisch beizubringen, *one, two, three*, viel mehr nicht, und jedes Mal staune ich, wie rasch die Kinder lernen. «Das ist der Krieg», sagt Margherita, «der hat ihnen Lust aufs Lernen gemacht. Draußen müssen sie vor allem Angst haben, auf eine Mine zu treten, zu Hause hören sie immerzu nur Berichte von Gewalttaten und Gefahren. Hier ist es anders. Sie lernen lesen und zählen, sie hören Geschichten von Romulus und Remus oder Karl dem Großen, hier wird alles zum Vergnügen und lenkt sie ab. Wer hätte das gedacht, dass der Krieg den Kindern etwas Gutes bringt?»

Ich weiß nicht, ob das wirklich stimmt. Die Kinder kommen auch ihretwegen gerne, sie ist eine Lehrerin, die ihren Beruf liebt, sie hat intelligente Augen und Talent zum Erzählen. Durch sie hat sich dieser feuchte Keller in eine

Schulklasse verwandelt, und auch wenn es keine Bänke und keine Tafel gibt, wird sie den Kindern in Erinnerung bleiben.

Als Margherita an einem Novembertag zur Schule kommt, kann sie sich nicht mehr auf den Beinen halten; das Fahrrad hat sie in einer Ecke fallenlassen, ihre Augen sind leer, sie wirkt wie in Trance.

Ich sage ihr, sie soll sich hinsetzen, und schicke die Kinder fort.

«Nein, nein», protestiert sie schwach. «Ich muss unterrichten. Es ist gleich vorbei, gleich vorbei. Ich muss unterrichten.»

Ich höre nicht auf sie, sie steht unter Schock, und kurz darauf flüstert sie, dass man ihren Verlobten umgebracht hat. Sie zeigt auf ihre Basttasche voller Bücher. Zusammengeknüllt in einer Ecke liegt ein Brief mit dem Stempel des Ministeriums. Ich brauche ihn nicht zu lesen, ich drücke Margheritas Kopf an meine Brust und streiche ihr über die Haare. So sitzen wir lange da. Fast ohne es zu merken, habe ich angefangen, sie zu wiegen, vor und zurück. Margherita ist still.

Sie hat bis Juni weiter unterrichtet, ohne einen Tag auszulassen; sie hat nicht mehr gelächelt, aber sie hat durchgehalten. Die Kinder verstanden und wetteiferten miteinander, wer den Stoff am besten beherrscht, Zahlen teilen oder ein Gedicht aufsagen kann, ohne zu stocken. Margheritas Lächeln sahen sie nicht mehr. Am letzten Schultag kam sie, um sich von mir zu verabschieden. «Ich höre auf. Ich gehe zurück nach Florenz, zu meinen Eltern. Die Liebe zum Unterrichten muss man innerlich spüren, und ich spüre sie nicht mehr. Sie hatten recht. Der Krieg bewirkt nichts Gutes. Er schenkt einem nichts. Was soll man machen. So ist es nun mal gekommen.»

Ich reite nicht mehr, ich hatte nur noch ein Pferd, und das hat man mir weggenommen.

Der Weinberg und die Oliven sind in einem verheerenden Zustand, es ist niemand mehr da, der sich darum kümmert; aber früher oder später wird dieser Krieg enden, sage ich mir.

Ich fahre mit dem Fahrrad, wie Margherita.

Von Trott habe ich nichts gehört.

Seit jenem Abend in Turin, jenem Abend vor dem Krieg, habe ich nichts mehr von ihm gehört. Es könnten dreißig Jahre vergangen sein, so weit weg sind die Umarmungen, die Gedanken.

Durchhalten, das ist das Wichtigste, sage ich mir.

II

Der Krieg ist aus.

Die Nachricht wurde im Radio durchgegeben, und die jungen Männer vom Nachbargut sind gekommen und haben mich gebeten, ihnen das Auto zu leihen. Sie wollen zum Feiern ins Dorf fahren, die Hupe betätigen und die Fahne schwenken.

Ich überlasse ihnen den Mercedes, obwohl wenig Benzin drin ist. Ich warne sie, dass sie mitten auf der Landstraße stehenbleiben könnten.

Sie zucken mit den Schultern und sagen, das sei egal.

Das ist ganz und gar nicht egal, denke ich, es könnte sein, dass sie ihre Freude in den Feldern herausschreien und Fahnen zwischen den Weinstöcken schwenken müssen.

Ich hatte keine Lust, mitzufahren und mitzufeiern. Ich bin ein wenig durchs Haus gegangen, habe hier und da einen Stuhl, eine Nippesfigur, einen Teppich verschoben, als wollte ich den Frieden feiern, indem ich die Einrichtung durch Verrücken vom Staub befreie. Erst als es zu hageln beginnt, höre ich auf und laufe an die Fenster, um die Läden zu schließen.

Hagelkörner können Scheiben zerschlagen, wie Bomben.

Als der Lärm des Hagels sich verzogen hat, bin ich allein in der Stille des Hauses. Der Krieg ist aus, und das bedeutet, dass ich wieder anfangen muss, nach vorn zu blicken, mir um die Zukunft Gedanken zu machen.

Das ist eine Gewohnheit, die mir abhandengekommen ist, diese Jahre der Barbarei haben mich daran gewöhnt, auch die Zukunft in kleinen Portionen zu rationieren, ein etwas vornehmerer Ausdruck dafür, dass ich in den Tag hineingelebt habe.

Jetzt muss ich mich von allen Gefühlen der Vorläufigkeit befreien und wieder zu der werden, die ich vorher war, ich muss die Ärmel aufkrempeln für meine Ländereien, den brachliegenden Olivenhain und für die wenigen verbliebenen Weinstöcke, die gewissenhafte, kontinuierliche Pflege brauchen. Sich um den Wein zu kümmern ist eigentlich eine schöne Art, den Frieden zu feiern.

Später, als es zu dunkeln beginnt, schließe ich mich in meinem Zimmer ein und öffne den Schrank mit den Abendkleidern, aus dem ein fast ekelerregender Geruch nach Kampfer und Schimmel kommt. Das letzte Kleid auf dem Ständer, mein Lieblingskleid, ist eine Tunika aus salatgrünem Chiffon, von oben bis unten mit Perlen bestickt.

Damals, als junges Mädchen, war das für mich ein aufregendes, exotisches, unglaublich schickes Kleid. Was es mir noch lieber machte, war die Tatsache, dass es meiner Mutter nicht gefiel, sie schüttelte den Kopf und sagte immer wieder: «Grünes Kleid, bald gereut» und «ein so hochgeschlossener Ausschnitt ist unvorteilhaft», und das Spiel mit den transparenten Stellen sei «so vulgär».

Das Kleid gehörte zu meiner Aussteuer, es war eines von vielen, aber es besaß eine evokative Kraft, die es in meinen Augen von allen anderen Kleidern unterschied.

Ich stellte mir vor, dass dieses Kleid mich in eine Waldelfe verwandelte, eine kleine Daphne mit Fingern aus Lorbeerblättern, oder auch in eine viel schlichtere Figur, einen kleinen Lattich, der in einem durch geheimnisvolle Zauberei zum Leben erweckten Garten leicht und mühelos tanzt, bis der Tag anbricht.

Die anderen Kleider meiner Aussteuer, die meine Mutter ausgesucht hatte, waren kilometerlange, furchterregende Stoffmassen: ein leuchtendrotes Taftkleid, das eine flammensprühende Walküre aus mir machen würde; ein nachtblaues, strenges Kostüm, mit dem ich wahrscheinlich irgendwelchen Leuten scharfe Befehle erteilen sollte; ein Ballkleid aus weißem Atlas, das mich mit seiner gewaltigen Stofffülle und seiner Architektur aus Volants und Rüschen und Plissees nicht nur am Tanzen, sondern sogar am Gehen gehindert hätte …

Ich fiel nicht darauf herein, in dem Kauf einer ganzen Garderobe – alles nur für mich! – einen erdrückenden Beweis der Großzügigkeit meiner Mutter zu sehen. Mir war bewusst, dass ihre Freigiebigkeit einer genau festgelegten gesellschaftlichen Regel gehorchte: Ich würde bald heiraten, und es war unbedingt geboten, dass ich im Haus der Villaforesta mit Truhen und Koffern voller Kleider für jede Gelegenheit ankam. Kleider für den Vormittag, den Nachmittag, die Mahlzeiten, für Bälle, für festliche

Abende und so weiter, so wollten es der Anstand und die Tradition. Vor allem aber war mir bewusst, dass meine Mutter – während die Geschäftsführerin der Schneiderwerkstatt Sorelle Gambino um uns herumschwirrte und ihre Mädchen in den verschiedenen Modellen eines nach dem anderen herausrief – nicht einfach nur eine Garderobe für mich ausgesucht hatte, sondern mir nach allen Regeln der Kunst eine Reihe gesellschaftlicher Verhaltensweisen vorführte, die ich fortan übernehmen sollte. Denn ich ließ ja meine Jugend hinter mir, allerdings weniger dank meines tatsächlichen Alters als aufgrund der nahen Hochzeit mit Villaforesta, eine Jugend aus vielen Metern weißer Sankt Gallener Spitze und englischen Baumwollstrümpfen, um in jene hauchzarte Seidenunterwäsche zu schlüpfen, die mich schon beim Anfassen verwirrte, als ahnte ich, dass sie mich in eine andere Welt hinüberführen würde, eine unbekannte, verführerische Welt aus verschlungenen Pfaden und schwankenden Brücken, die über Abgründe aus unvorstellbaren Unanständigkeiten führten.

Wie schwer fiel es mir damals, meiner Mutter zu gehorchen, die ich doch mit absoluter Hingabe liebte; wie schwer fiel es mir, zu erkennen, dass wir unermesslich weit voneinander entfernt waren und doch durch Blutsverwandtschaft und Zuneigung einander so nahe, uns sogar physisch ähnlich, mit demselben dunklen Kastanienton der Haare und dem langgezogenen Bogen der Augenbrauen.

Dieses eine Mal aber bin ich fest entschlossen und lasse keine Einwände gelten, ich werde störrisch, flehe und zeige mit dem Finger auf das Modell, das sich mit ernstem Gesicht vor mir und meiner Mutter herumdreht, während wir uns behaglich in dem Plüschsofa zurücklehnen.

Ich gewinne.

Ein einziges Mal gewinne ich.

Endlich senkt meine Mutter den Kopf, deutet Zustimmung an. Und dann wendet sie sich mir zu und lächelt mich an.

Irgendetwas hat sie weich werden lassen, und ich glaube nicht, dass es der schmachtende Blick der Geschäftsführerin war, eher ein zarterer Gedanke, eine Regung wahrer, kindlicher Zärtlichkeit. Vielleicht hat sie sich plötzlich in mir wiedererkannt, die schöne Fremde, die, als sie meinen Vater heiraten und aus Florenz nach Turin ziehen musste, zwei Tage und zwei Nächte untröstlich geweint hat.

Der Ladenjunge liefert unzählige Pakete und Hutschachteln bei uns ab, aus denen eine märchenhafte Garderobe quillt, und ich bin wie verzaubert, wenn ich das grüne Kleid betrachte. Im Grunde habe ich mir nur ein Abendkleid ausgesucht, doch ich sehe in diesem Kleid ein Mädchen, und dieses Bild ist ein wassergrünes, rasches Schlängeln, das sofort wieder verschwindet, um eine leichte, flüchtige Spur zurückzulassen, die dennoch bleibt, wie diese süßlichen Parfüme, die Miss Woodruff benutzt und die im Salon noch lange in der Luft schweben, auch wenn sie schon hinausgegangen ist.

Das in Salatblätter gekleidete Mädchen – ja, das ist es, was mir an diesem Kleid so gut gefällt, die Farbe und die vollkommene Leichtigkeit – ist mir seltsamerweise ein liebes Bild, oder eher sogar vertraut als lieb.

Natürlich, es ist nur ein Chiffonkleid. Aber es ist über und über mit Perlen bestickt, und wenn ein Sonnenstrahl darauf fällt, reflektieren sie schimmernd das Licht, wie der Mond.

Dieses Kleid trage ich in Paris an dem Abend meiner ersten Begegnung mit Trott.

In diesem lichtschimmernden Grün sieht Trott mich zum ersten Mal.

Wer weiß, vielleicht bin ich ihm auch wie eine Waldelfe erschienen.

Wer weiß, vielleicht hat er darum niemals das Bedürfnis gehabt, mir nachzuspüren. Vergebliche Mühe, muss er gedacht haben, vielleicht weil er fürchtete, ich würde mich in einen Lorbeerbusch verwandeln. Oder vielleicht dachte er, ich würde so weit fort fliehen, dass ich selbst nicht mehr zurückfinden würde.

Niemanden darf man zu weit verfolgen.

III

Novella, Marios Frau, kommt mich holen.

«Da ist jemand am Telefon für Sie.»

«Wer?»

«Das weiß ich nicht. Ich habe nicht gefragt.»

Ich gehe hinunter, ärgerlich.

Ich hasse unerwartete Anrufe.

Den Salon erfüllt helles Sonnenlicht, es ist Hochsommer. Auf der Chaiselongue erkenne ich das schmächtige Profil meiner Mutter, die eingeschlafen sein muss. Sie wohnt schon ein paar Wochen bei mir, seit sie den Vatikan verlassen hat, will aber unbedingt nach Turin zurückkehren. Obwohl ich sie darum bitte, lässt sie sich nicht zum Bleiben überreden.

In Turin hast du nichts mehr, sage ich und bereue meine unbeabsichtigte Grausamkeit sofort. Wie konnte ich nur so taktlos, so grob sein? Ich muss sie nicht daran erinnern, dass zu Hause in der Via Magenta – die jetzt wahrscheinlich umbenannt wird, wie man mir gesagt hat – niemand mehr ist, höchstens noch ein alter Diener und Angelo, der Koch. Meine Mutter hebt die Augen und hat diesen erstaunten, eiskalten Blick, der mich früher lähmte und den ich heute nur noch ihren tiefen Augenhöhlen zuschreibe, wie man sie häufig bei schönen Frauen sieht. Sie kräuselt die Lippen zu einem verwunderten Lächeln und fragt leise:

«Was soll das heißen: ‹Ich habe nichts mehr›? Und meine Papiere, meine Musik, meine Geschäfte, die Wohltätigkeitsbasare, das Kanaster, meine Freundinnen, ist das nichts für dich, mein ganzes *Leben*?»

Heute Nachmittag, einer der letzten, die wir zusammen verbringen können, leistet meine Mutter mir keine Gesellschaft, schon mehrmals habe ich sie so wie jetzt im Sessel schlummernd vorgefunden, das Gesicht im Schatten, den Rücken zum Fenster.

Ich will das Gespräch nicht an dem Apparat neben ihr entgegennehmen, ich möchte ihren leichten Schlaf nicht stören.

Seit sie bei mir ist, nehme ich alle nur erdenklichen Rücksichten auf sie.

Mit dem Krieg ist sie schlagartig gealtert, früher hätte sie es als eine unverzeihliche Schwäche angesehen, im Salon einzuschlafen. Es müssen die Monate im Vatikan gewesen sein, in einem Raum mit zehn unbekannten Frauen schlafen, sich hinter einem behelfsmäßigen Zelt umziehen und auskleiden. Im Krieg befreit man sich von allem, auch von Schüchternheit, Schamgefühlen und alten Gewohnheiten. Im Vorbeigehen gebe ich ihr einen sanften Kuss, und ohne ihre Lage zu ändern, reibt sie sich über die Wange, als verscheuche sie eine Fliege.

Ich gehe in die Küche, um das Telefonat dort entgegenzunehmen, der Mensch am Apparat kann warten. Der Schlaf meiner Mutter ist wichtiger.

Ich sage hallo, und niemand antwortet. Schon will ich auflegen, die Leitungen sind immer noch gestört, oft bricht die Verbindung ohne ersichtlichen Grund ab. Doch ich höre etwas knistern, es ist nicht einmal ein Atmen, eher ein sehr feines Rauschen. Ich warte.

«Ich bin es», sagt die Stimme. «Ich bin es. Trott.»

Ich vergesse zu atmen.

Der Anruf – *tout cela se fit en un moment* – bringt mir die ganze Leichtigkeit des Traums zurück und die Hoffnung, dass dieser Traum eines Tages Wirklichkeit wird.

IV

Trott ist in Siena.

Er erwartet mich in der Pension Nannini, wo er sich einquartiert hat. Ich rufe Novella und bitte sie, sich um meine Mutter zu kümmern, wenn sie aufwacht. Dann laufe ich in mein Schlafzimmer und suche fieberhaft zwischen meinen Kleidern nach etwas Passendem. Sechs Jahre sind vergangen, seit ich ihn zum letzten Mal gesehen habe.

Ich bin sechsunddreißig, um meine Augen und den Mund zieht sich ein feines Netz aus Falten. In meinem Schrank liegen nur Pullover, Tuchhosen und karierte Hemden. Es ist zwecklos, mich verkleiden zu wollen, sage ich mir. Und das sage ich mir auch dann noch, als ich das Auto parke, abschließe, durch die Drehtür in die Pension Nannini trete, an der Rezeption nach Trott frage und ohne zu zögern in die Bibliothek gehe.

Die sogenannte Bibliothek der Pension Nannini ist ein enger Raum mit einer verblichenen Streifentapete. In der

Mitte befindet sich ein Tisch voller Zeitschriften, daneben stehen ein paar gepolsterte Sessel, auf dem Boden liegt ein roter Teppich, und an den Wänden hängen Blumendrucke. Hinter der Fenstertür sieht man eine sonnenbeschienene, menschenleere Terrasse.

Es ist ein warmer Tag, und die Pension Nannini verdient jetzt wieder an Fremden auf der Durchreise.

Ich blicke mich um.

Auf dem Tisch steht auch ein Tablett mit zwei, drei Flaschen selbstgemachtem Branntwein, so etwas wie Nusslikör oder Kirschlikör.

Trott ist nicht da.

Ich blicke bestürzt umher.

Ein Mann und eine Frau. Sie raucht eine Zigarette, in der anderen Hand hält sie eine Pappe, mit der sie sich Luft zufächelt. Er beugt den Kopf über eine Zeitung und hebt flüchtig die Augen zu mir hoch. Ich betrachte ihn zerstreut, seine Haare sind kurz geschnitten, noch im Militärschnitt, und er wirkt nachlässig gekleidet auf mich.

Ich gehe hinaus zur Rezeption, will um Erklärungen bitten, da höre ich meinen Namen rufen und drehe mich um. Der Mann ist aufgestanden, er steht reglos mitten im Raum und wiederholt leise meinen Namen. Dies ist das Bild in der Pension Nannini: ein Mann im blauen Hemd und sandfarbenen Hosen, etwas beleibt, hinter ihm eine sonnige Terrasse, ringsumher mit Jasmin bewachsen. Der Raum ist von einer geradezu heiligen Stille erfüllt, und ich, die ich sechs Jahre auf diesen Augenblick gewartet habe, habe Trott nicht erkannt und kann kein Wort sagen oder denken. Ich werde erdrückt von der Leere und von dieser Stille und davon, dass ich ihn nicht erkannt habe, es erscheint mir wie ein Verrat, ich bin wie erschlagen von der Überraschung, aber auch gerührt von meiner, unserer Verwirrung, von dieser schmerzhaften Offenbarung, dass wir nicht mehr die sind, die wir waren.

Trotts Gesicht verzieht sich zu einer Grimasse.

«Ciao», sagt er, ohne zu lächeln.

Da stehen sie nun, einer dem anderen gegenüber, die heimlichen Liebenden eines einzigen Nachmittags, den sie nicht vergessen konnten, diese zwei, die sich vor dem Krieg mitten in einer großen Gästeschar mit Blicken suchten und nun an diesem schwülen Nachmittag so tun, als würden sie einander noch begehren. Denn diese banale, vergangene Episode aus einem Kitschroman – eine Ehebruchsgeschichte! Gestehen wir es uns doch ein! – ist alles, was sie haben. Sie schauen sich in die Augen, doch in Wirklichkeit schauen sie zurück mit einem leeren, entsetzten Blick. Die Bibliothek der Pension Nannini ist zu klein, um das Ausmaß ihrer Verwirrung zu fassen.

Sechs Jahre lang habe ich auf ein Lebenszeichen gewartet, einen Brief, ein Wort. Sechs Jahre.

«Gib mir bitte eine Zigarette.»

Das ist alles, was ich sagen kann.

Fünf einfache Wörter, die verloren in der Luft schweben wie der goldene Staub, der im Lichtstrahl der Sommersonne tanzt.

Trott nickt. Er nimmt meine Hand und führt sie an seine Lippen. Nur sein Blick ist derselbe geblieben, aber das ist schon genug.

«Komm her. Näher.»

Er hat sich auf den Bettrand gesetzt, doch ich bleibe stehen. Ich sehe, wie meine Kleider lautlos auf den Boden fallen. Ich betrachte sie, als gehörten sie mir nicht. Trott streichelt meinen Rücken und küsst mich.

Ich lasse seinen Blick, seine Finger über meine Haut

wandern, ich lasse ihn mein Gesicht küssen, den Mund, die Augen, die Stirn.

Schweigend.

Trotts Augen.

Ich zittere unmerklich.

Ich zittere vor Verlangen.

Vor langer Zeit hätte ich mit ihm fliehen können. Ich hätte mit meinem Stuhl vom Tisch abrücken können, nach dem ersten oder zweiten Gang die Serviette hinlegen und meinem Freund mit den unruhigen Augen den Arm reichen können, um unter dem verächtlich gleichgültigen Blick meines Mannes und den gewiss eher amüsierten als schockierten Blicken der ganzen Gesellschaft jenes Haus in der Rue Cambon zu verlassen.

Seltsam, dass es manchmal ebenso viel Mutes wie Leichtsinns bedarf, um das zu erobern, was man sehnlich begehrt. Damals erschien alles leichter als eine Entscheidung, die Verpflichtungen nach sich gezogen hätte, die uns auf unseren Entschluss festgenagelt hätte.

Wir haben uns gegenseitig beraubt, Trott und ich.

Und darum bin ich jetzt bitter enttäuscht.

Meine Mutter hat recht. *Wir erleben keine Tragödien – wir haben nur Kümmernisse.*

Ich merke, dass mir die Tränen kommen. Hoffentlich sieht Trott es nicht. Er muss mich wirklich nicht weinen sehen – «Meine Güte, bist du banal, alle Mädchen weinen», trällerte Enrico, und Miss Woodruff hätte angewidert die Nase gerümpft. Ich verstecke meinen Kopf unter dem Kissen. Mein Vater sagte, ich hätte zwei Gesichter, wie eine Medaille, mit dem einen weine, mit dem anderen lache ich. Jetzt hole ich das lachende Gesicht hervor, sage ich mir.

Wir haben uns eilig geliebt, als könnte jeden Moment die Sirene aufheulen, doch danach sind wir lange umarmt liegen geblieben. Nichts ist zu hören außer dem Brummen einer Schmeißfliege, die durchs Fenster hereingekommen ist, eine dumme Fliege, die immer wieder gegen die Scheibe fliegt, weil sie den Ausgang nicht findet.

Irgendwo habe ich gelesen, dass eine Fliege nur wenige Stunden Lebenszeit hat.

«Stubenfliegen leben nur einen Tag lang. Wahrscheinlich werden sie bei Tagesanbruch geboren und sterben bei Sonnenuntergang. Wer weiß, ob dasselbe auch für Schmeißfliegen gilt. Glaubst du, dass Schmeißfliegen und Stubenfliegen zu derselben Familie gehören? Dass sie sich nur durch die Größe unterscheiden?»

«Was stellst du denn für Fragen?»

Ich weiß nicht, was für Fragen ich stelle. Ich bleibe zusammengekrümmt unter dem Laken liegen.

«Sie fliegen mal hierhin, mal dorthin. Der Wind trägt sie in alle Richtungen. Kannst du dir vorstellen, wie intensiv das Leben einer Fliege ist?»

Trott steht auf, um das Fenster sperrangelweit zu öffnen. Die Schmeißfliege findet den Weg nach draußen.

«So vergeudet sie wenigstens keine Zeit mit uns. Sie hat nur noch wenig zu leben, es ist schon sechs», sagt er maliziös.

Trotts Blick ist unergründlich, alles, was Trott betrifft, ist unergründlich für mich, aus dem einfachen Grund, weil ich ihn nicht gut genug kenne.

Ich sage es ihm.

Er lacht und fragt mich leise, ohne eine Antwort zu erwarten:

«Was soll das heißen, du kennst mich nicht?»

Auch nachts muss es hier sehr warm sein, in diesem Zimmer im obersten Stock, direkt unter dem Dach. Vor dem Krieg kamen die Touristinnen in Scharen in diese Pension, vor allem Engländerinnen, Gouvernanten oder pensionierte Lehrerinnen der Finishing School, wegen der mäßigen Preise und der Blumentapeten. Und sicher haben diese pastellfarbenen englischen Fräulein, nachdem sie bebend den Riegel ihres Schlafzimmers zugeschoben hatten, sich aus dem Fenster gelehnt und sind wehmütig geworden beim Anblick des Glockenturms am Dom oder dieser ach so romantischen, italienischen Balkone, wie der von Julia. *All this is so Italian.* Ich denke an tausend solcher Sachen, denn Trott und ich haben uns nichts zu sagen, und die Stille muss gefüllt werden. Ich denke an meine Mutter mit ihrem gellenden Stimmchen, die immer einen Vorwurf für mich parat hat, und daran, wie ich diesen Nachmittag vor ihr rechtfertigen soll, an dem ich sie ohne Vorankündigung allein gelassen habe, obwohl ich weiß, dass sie Programmänderungen, unvorhergesehene Ereignisse nicht erträgt, weil sie fürchtet, die Situation, jede beliebige Situation, könnte sich ihrer Kontrolle entziehen. Das ist ihr bereits geschehen, sie hat meinen Vater und meinen Bruder verloren. Sie sind ihr aus den Händen entschlüpft, und sicher quält meine Mutter sich deswegen, sicher fragt sie sich, wie es möglich ist, dass ihre Zuneigung und Zärtlichkeit nicht ausgereicht haben, die beiden zu halten, wie kann der Tod nur so respektlos, so stur sein.

Trotts Gesichtsausdruck ist ernst. Ich bin durch das Weinen wie aufgelöst, traurig, ja, und resigniert.

So ist es eben, sage ich mir, so ist es eben gekommen.

Niemand kann sich aussuchen, wie die Dinge laufen.

Auch ich nicht.

Dann dreht Trott sich zu mir um:

«Bis zu diesem Moment war mir nicht klar, dass ich bleiben möchte. Aber ich brauche einen Platz, wo ich wohnen kann. Kannst du mich eine Weile bei dir aufnehmen?»

So sagt er es. Kann man solche Dinge auf diese Weise sagen?

Trott sagt auch: «Ich liebe dich.»

(Oder er sagt: *Meine Liebste.* Oder: *Schatz, da bist du ja.* Oder auch: *Ich liebe dich wahnsinnig.* Vielleicht sagt er auch gar nichts, und trotzdem höre ich jedes einzelne dieser Worte. Allzu viele Worte kann man in der Stille schließlich nicht hören.)

«Sechs Jahre lang habe ich auf einen Brief oder einen Anruf gewartet», antworte ich. Mehr sage ich nicht, ich stehe auf, gehe ins Bad, um mich anzuziehen, und verlasse das Zimmer. Vorsichtig schließe ich die Tür, damit sie nicht laut ins Schloss schnappt. Von dem metallenen Griff, auf den senkrecht ein Sonnenstrahl trifft, fällt ein Lichtschimmer in den dunklen Flur.

Trott hat nicht einmal versucht, mich zurückzuhalten.

Auf der Heimfahrt habe ich das Gefühl, tagelang weggewesen zu sein, wie auf einer Weltreise. Stattdessen ist nur ein halber Nachmittag vergangen, allerdings enorm ausgedehnt, eine Wasserscheide, eine Barriere, nein, mehr noch, eine unwiderrufliche, tiefe Zäsur.

Trott habe ich dort gelassen. In das weiße Laken gehüllt, sieht er mich unverwandt an, ein schwaches Lächeln um den Mund, aber ohne ein Wort zu sagen.

V

Ich laufe im Haus herum, wie ein wildes Tier in seinem Käfig. Seit zwei Wochen lebt Trott in der Pension Nannini, und wir sehen uns jeden Abend. Manchmal bleibe ich die

Nacht über bei ihm, wenige Stunden unruhigen Schlafes, weil ich von Heimlichkeiten leben muss. Ich kann das Haus erst verlassen, wenn meine Mutter schläft, und muss vor dem Morgengrauen zurück sein, damit sie nichts merkt. Giuliana Nannini, die Besitzerin der Pension, ist eine mutige Frau. Ihr Mann, Lorenzo, wurde 1941 von einer amerikanischen Granate getötet, doch hat sie ihr unerschütterliches Vertrauen in die Alliierten nicht verloren. Sie hasst die Deutschen aus vollem Herzen, und weil Trott ihr erzählt hat, er habe den Alliierten wichtige Informationen zugespielt, hat sie ihm kurzerhand ein kleines Zimmer auf der Rückseite des Hauses gegeben, in das man über den Hof gelangt. In Siena herrscht noch immer eine spannungsgeladene Atmosphäre. Die ständige Angst hat einen Geruch hinterlassen, der in die Mauern gekrochen ist, den man in den Stadtvierteln und auf den Feldern atmet. Die letzten beiden Kriegsjahre waren die härtesten. Amerikanische Flugzeuge hatten den Befehl, alles zu beschießen, was sich auf dem Land bewegt. Bettina ist auf diese Weise ums Leben gekommen, Marios Schwester. An einem scheinbar ruhigen Abend hatte sie ein wenig Öl für die Lampe vom Nachbarhof holen wollen. Auch jetzt noch, nach Ende des Krieges, halten die Frauen besorgt ihre halbwüchsigen Söhne fest: Es sind Kinder mit der Wut der Erwachsenen und der Unbesonnenheit kleiner Jungen, und den Müttern steckt die Angst noch immer in den Knochen. Der deutsche Rückzug ist ein Blutbad gewesen. Innerhalb von fünf Monaten zweihundertachtzig Massaker an Zivilisten in über achtzig Orten in der Toskana, vor allem auf dem Apennin. Fast fünftausend Tote, sagt Mario. Zu lange haben wir in Angst und Schrecken gelebt. Viele müssen hungern, manche haben alles verloren, andere haben nichts mehr zu verlieren, und das alles nur hier, in diesem kleinen Fleck Erde, den ich kenne und liebe und der von Hügeln umschlossen wird wie ein Diadem. Trott erzählt, im Norden und Süden sehe es genauso aus, Europa sei ein Schutthaufen voll unermesslichen Leids, nur mein Haus sei ein Zipfel des Paradieses, der den Bomben und dem Leid entrinnen konnte. Als Bettina starb, hat Mario zwei Tage lang nicht geschlafen und gegessen, und zu seiner Frau, die ihm eine Tasse mit Brühe brachte, sagte er trotzig, aber ohne Tränen: «Der Schmerz ist mein Brot, Novella, lass mich in Frieden.» Sie dagegen weinte verzweifelt. Ich habe versucht, sie zu trösten. «Verstehen Sie denn nicht, Contessa», sagte sie zu mir, und ihre Stimme zischte fast vor Zorn, «dass sich hier niemand retten kann?» Dieser Satz ist mir im Gedächtnis geblieben, unverrückbar steht er dort, wie ein Zwischentitel im Kino, niemand rettet sich, niemand.

Trott spricht nicht über sich, und ich halte mich zurück, denn ich habe gelernt, Erklärungen ebenso zu fürchten wie das Schweigen. In Wahrheit spricht er über gar nichts. Manchmal erlebe ich ihn besorgt, aber ich weiß nicht, worüber oder warum. Nachts lieben wir uns wie zwei junge Menschen, ohne eine einzige Minute mit Reden zu vergeuden, wie heimliche Paare und Fliehende, deren Stunden gezählt sind, und jedes Mal ist es anders. An manchen Abenden ist es ein brutaler Akt, und Trott tut mir weh, um zu sehen, ob in meinen Augen Angst aufflackert, andere Male geschieht es sehr sanft, und er gibt sich mir mit kindlicher, entwaffnender Zärtlichkeit hin. Das kleine Zimmer im Erdgeschoss der Pension Nannini enthält das ganze Spektrum menschlicher Gefühle, und es hütet sie, denn jedes Mal finden Trott und ich sie wieder, kostbar und unversehrt nur für uns aufbewahrt. Wenn ich ihn manchmal nach seiner Frau und seiner Tochter frage, antwortet er mir mit einer

Geste, begleitet von einem seiner langen stummen Blicke, die ich nicht mehr entziffern kann. «Sie leben in Frankreich. Es ist jetzt anders als früher. Inès konnte nicht mehr mit mir zusammen sein.» Mehr sagt er nicht. Demnach haben sie sich einvernehmlich getrennt, Inès war nicht mehr verliebt in Trott. War es wirklich so? In diesen Jahren hat sich alles verändert, der Krieg hat alles verheert, er hat sich nicht damit begnügt, die Städte zu zerstören, das Land mit explodierenden Bomben und Minen zu übersäen. Er hat sogar diejenigen von uns, die sich in Ferienhäusern, in den Alpen oder im Vatikan verkrochen und so getan haben, als sei auch dies ein Krieg wie alle anderen, einer von den Kriegen aus den Geschichtsbüchern, die mit der Muskete ausgefochten werden, schließlich gezwungen, zu kapitulieren: Dieser Krieg war ein Gift, das sich in die Lungen gefressen hat. Er hat uns alle zu Überlebenden gemacht. Wir sind weder unverletzt noch unverwundbar, einfach nur Überlebende. Das ist eine andere, neue Wirklichkeit, mit der man fertig werden muss.

Trott zweifelt an allem, an sich, an seinen Gefühlen, er weiß nicht ein noch aus. Er dreht den Bug in den Wind und wartet, bis er erfährt, wohin er sich wenden soll, welche Richtung günstig für ihn ist. In dieser Ungewissheit hat er sich an eine traurige, uneinnehmbare junge Frau erinnert, mit der einmal etwas war, vielleicht. Es ist eine verschwommene, schwer zu fassende Erinnerung, sie stammt aus einer Friedenszeit, die so weit weg ist, dass sie erfunden zu sein scheint, wie manche Theaterkulissen, die nicht nur künstlich aussehen, sondern schlimmer: So als hätten sie nie existiert. Eine eingebildete, eine Phantasiezeit. Ist er dieser Frau wirklich begegnet, und wo? Im Theater, bei einer Guercino-Ausstellung, in der Oper vielleicht oder auf der Straße? Oder hat er sie bei einem Empfang kennengelernt, und ihr Blick wirkt gedankenverloren, ist aber nur leer, denn sie hat beschlossen – nein, sie hat es nicht beschlossen, es ist ihr widerfahren –, eine gewaltige Sehnsucht mit sich herumzutragen, die man von außen nicht sieht, weil sie fest in einer Faust verschlossen ist. Hat Trott erkannt, wie lächerlich es heute erscheint, einen Frack zu tragen, um zum Abendessen auszugehen, wie lächerlich es ist, jemanden loszuschicken, damit er beim Blumenhändler eine Nelke, eine Gardenie, eine Rose für das Knopfloch kauft? Dennoch sagt uns die Erinnerung, dass wir so gewesen sind, und eine unstillbare Trauer steigt in uns auf. Vielleicht ist auch Verlegenheit dabei, eine Spur Scham, ein gewisses Unbehagen. Wohin ist sie verschwunden, eine ganze Welt?

Trott glaubt, dass er mich begehrt, aber er verwechselt mich mit dieser Erinnerung und weiß nicht, versteht nicht, dass er nicht mich sucht, sondern jenen jungen Mann mit den nach hinten gekämmten Haaren und einem Feuer in den Augen, das Selbstliebe bedeutet, Liebe zu seinen dreißig Jahren und den hundert, tausend möglichen Leben, die sich vor ihm ausbreiten. Darum ist er bis hierher gekommen, zu mir, damit wenigstens ich mit meiner Hingabe ihm dieses Bild von sich zurückbringe, das er nirgendwo mehr findet, damit ich ein Spiegel bin, der ihm zeigt, wer er einmal zu sein glaubte. Trott unterstellt mir magische Kräfte, die ich nicht habe. Ich kann ihn nicht zu diesem langvergangenen Selbst zurückführen. Er missversteht diese objektive Grenze – keiner von uns kann wieder so sein wie vor dem Krieg, warum begreift er das nicht? –, er fasst sie als mangelnde Begeisterung auf. Er findet mich ausgebrannt, resigniert, so sehr verändert. Wo ist die junge Frau in der Taftstola, die aus der Drehtür eines Moderestaurants schlüpft?

Ich muss die Koffer meiner Mutter packen, denn morgen kehrt sie nach Turin zurück. Nina wird sie mitnehmen, sie will sich ein neues Auto kaufen, diesmal einen Sportwagen, und ich packe in aller Eile. Dann nutze ich die Gelegenheit und steige in den Turm hinauf. Überall stehen hier Truhen, eingebrochene Stühle und anderes Gerümpel herum, doch wenn man sich einen Weg durch den Plunder bahnt, winkt als Lohn ein rundes Fensterchen, das sich auf eine schmale, lange Terrasse öffnet. Der Blick von hier oben ist atemberaubend: klar strukturiertes Land, die Farbflecken der Wälder dunkeln graublau, weil die untergehende Sonne sie schon in den Schatten verbannt hat. Es war ein sehr heißer, greller Tag, und es überrascht mich immer wieder, wie das weiche Licht des Spätnachmittags der Landschaft ihre Tiefe und Farbenvielfalt zurückgibt, ja sogar die Geräusche des Tages dämpft, um alles auf die nächtliche Stille vorzubereiten. Ich bleibe endlos lange so stehen, selbstvergessen, mit den Augen dieses Panorama liebkosend, und im Herzen den Gedanken an Trott. Wie sehr hätte ich mir gewünscht, dass er nur meinetwegen wiederaufgetaucht wäre, mit keinem anderen Ziel, als mich wiederzusehen, nicht um sich wie ein Flüchtender zu verstecken. Ängstlich, feige, orientierungslos.

VI

Trott reist nach Florenz ab. Er wird sich dort niederlassen, es sei dort sicherer, sagt er. Er hat mir erzählt, seine Geschäfte seien zusammengebrochen, und in Paris halte ihn nichts mehr, während ihm in Florenz ein reicher Amerikaner einen Auftrag gegeben hat, für den er mit seinen Fachkenntnissen wie geschaffen ist. Als ich ihn frage, worum es sich handelt, macht er eine Handbewegung, um mir zu bedeuten: Kleinigkeiten, Bagatellen. Erst durch beharrliches Nachfragen erfahre ich, dass er eine Kunstsammlung aus Bronzen, Terrakotten, Gemälden, abgelösten Fresken und allem, was er findet, zusammenstellen soll. In Amerika erzählt man sich, dass bei uns sogar die Landpfarrer und ihre Haushälterinnen Gemälde aus den Sakristeien verkaufen, um an ein bisschen Geld zu kommen.

Der Amerikaner träumt davon, eine Sammlung wertvoller Museumsstücke zu besitzen. Er verfügt über beträchtliche finanzielle Mittel, seine Maschinenfabriken florierten im Krieg. In wenigen Jahren hat er den gesellschaftlichen Aufstieg geschafft und sich ein schönes Haus in Chicago gekauft, das nur noch auf Einrichtungsgegenstände aus Europa wartet. In seinem Keller hortet der Amerikaner schon Dutzende Flaschen Wein der besten französischen und italienischen Jahrgänge, und für seine Frau hat er in Holland geschliffene Brillanten gekauft, die er jedoch im Safe verwahrt. Jetzt ist er auf der Suche nach italienischen Meisterwerken, doch seine Geschäfte halten ihn leider in Amerika fest. Die Begegnung mit Trott, der einen sicheren Geschmack und ein geübtes Auge hat, ist für ihn die Lösung des Problems. Mein Freund wird sich mit amerikanischem Geld eine kleine Wohnung in Florenz nehmen, als Ausgangspunkt für seine Erkundungsreisen. Er hat nur ein gutes Jahr zur Verfügung, der Amerikaner möchte sein Haus bald mit einem Empfang einweihen, der zum Stadtgespräch werden soll, wenn seine bereits verlobte Tochter heiratet. Trott bemüht sich, ihm zu erklären, dass der Aufbau einer Kunstsammlung Zeit braucht, nicht nur Geld, doch der Amerikaner, der nicht gerne viel Worte macht, unterbricht ihn, was Trott da sage, gelte nur für Leute, die kein Geld haben.

Trott hat mich gebeten, ihn nach Florenz zu begleiten, also bitte ich Mario, Kühlwasser, Öl und die Reifen des Autos zu kontrollieren. Denn Trott möchte über die Hügel fahren, auf den kleinen Straßen zwischen den Weinbergen mit vielen engen Kurven und Kuppen, wo man höchstens mal einem Bauern begegnet. Während Mario das Auto fertig macht, schlage ich Trott vor, einen Ausflug nach Monteti zu machen.

«Jetzt? Wir wollen doch gleich los!», protestiert er.

«Wir haben noch Zeit, es ist nicht mal fünf Uhr. Du wirst überrascht sein, dort oben gibt es eine herrliche Aussicht.»

Es ist ein Spaziergang von einer Viertelstunde über eine holprige Trift zwischen den Weinbergen. Der Weg mit seinen langen Biegungen und dem Schild eines Bauernhofs am Rand liegt schon im Schatten des Hügels. Es ist einer jener Tage Ende August, an denen die Weinstöcke voll reifer Trauben hängen und man auf Regen hofft. Ein paar Wolken am Himmel nach dem Sommer sind ein Geschenk.

Trott sieht sich verwundert um.

«Erstaunlich, dass diese Landschaft, bei der man Leonardos Gemälde vor sich sieht, niemals untergeht. Sie ist in dieser Gegend von der Zivilisation völlig unberührt geblieben.»

«Und vom Wüten des Krieges», sage ich.

«Ich freue mich, etwas zu sehen, das der Krieg nicht verderben konnte», sagt Trott und streichelt mir über die Wange. «Auch du bist dieselbe geblieben.»

«Siehst du? Ich hatte es dir versprochen. Ich kenne Wege, die den Spaziergang zu einem besonderen Genuss machen. Hier geht es einem gut.»

Er fängt an zu lachen und fragt mich in scherzhaftem Ton:

«Schlägst du mir vor, hier mit dir zusammenzuleben?»

«Warum nicht?», antworte ich.

«Ich weiß nicht. Jetzt bin ich ja da. Schieb das andere beiseite!»

«Wirst du wieder verschwinden?»

«Vergiss nicht, dass du mir versprochen hast, nichts von mir zu verlangen. Mich um nichts zu bitten. Halte dich bitte daran.»

«Du könntest hier einziehen. Nächstes Mal bringe ich dich nach Lagoacquato. Wir reiten dorthin.»

«Komm du nach Florenz.»

«Das kann ich nicht. Ich muss mich um das Gut kümmern. Das ist meine Arbeit, verstehst du?»

«Arbeit? Du weißt nicht mal, was das bedeutet, arbeiten.» Trott wirkt gereizt. «Du plauderst, machst Ausritte, reparierst mal hier, mal dort ein bisschen, ohne Plan, ohne Ehrgeiz. Du bist reich genug, um deinen Hof auch so zu erhalten. Das ist kein Arbeiten. Du brauchst das Land nur, um es durchs Fenster zu betrachten. Es bietet dir ein Panorama, eine schöne Aussicht, so hat man es dir immer vorgelebt.»

«Mein Vater sagte, mit Landwirtschaft macht man kein Geld, sondern verliert es.»

«Er hatte recht. Seinesgleichen hat immer Geld damit verloren. Auch dir wird es so gehen. Wenn du kein Geld mehr hast, wirst du ein Stück Land verkaufen, dann das nächste.»

Ich sehe ihn erstaunt an, es ist das erste Mal, dass er in diesem Ton zu mir spricht.

Mit sanfterer Stimme, die Augen halb geschlossen, fährt er fort: «Wie viel bringt dir der Hof jetzt ein?»

«Ich weiß es nicht … Ich weiß nicht, ob er mir etwas einbringt. Ich würde eher sagen, er kostet …»

«Siehst du? Du hast keine Ahnung. Du brauchst mich.»

Ohne mich zu ihm hinzuwenden, sage ich:

«Ich habe keine Ahnung und brauche dich. So ist es.»

Ich glaube, er hat mir nicht einmal zugehört.

Die ganze Fahrt über wechseln wir kein Wort. Als wir in Florenz aus dem Auto steigen, sagt Trott, dass er ein Café kennt, wo es ein Séparée gibt.

«Warte dort auf mich, es dauert nicht lange. Ich muss einen Freund treffen. Er soll mir helfen, das zu finden, was ich suche.»

«Ein Kunsthändler?»

«Etwas in der Art.»

Und er begrüßt einen fettleibigen Mann mit einem länglichen, massigen Gesicht. Sie entfernen sich schnell um die Ecke, während ich an der Theke Wasser mit Zitrone bestelle. Eine halbe Stunde später taucht Trott allein wieder auf, lächelnd.

«Fahr zur Bandita zurück, bevor es dunkel wird. Die Straßen sind nachts nicht sicher.»

Ich bin traurig. Es schmerzt mich, dass er beschlossen hat, in Florenz zu leben, aber ich will ihn um nichts bitten. Ich habe es ihm versprochen.

Wir trennen uns mit einer hastigen, zärtlichen Umarmung.

«Komm mich besuchen», sagt er und drückt mich fest an sich.

«Ja.»

«In zwei Wochen. Ich warte hier auf dich. Wir treffen uns nachmittags.»

«Versprochen, Trott.»

Mit Tränen in den Augen steige ich ins Auto neben Mario, doch ich wende mich ab und schaue aus dem Fenster. Ich will nicht, dass er sieht, wie schwer es mir fällt, mich von Trott zu trennen.

Die Tage sind wie im Flug vergangen, zwei Wochen aus nichts, und der September ist gekommen. Ich bereite mich sorgfältig auf die Verabredung mit Trott vor, ich möchte so schön und verführerisch sein, wie er mich noch nie gesehen hat. Von Mario lasse ich mich vor das Café fahren. Dort steht Trott. Er hält ein Paket unter dem Arm.

«Was ist das?», frage ich.

«Bücher.»

«Was für Bücher?»

«Handbücher. Neuerscheinungen und antiquarische Bücher. Eine kostbare kleine Sammlung.»

«Eine Sammlung?»

«Mein Freund hat sie mir beschafft, sie sind für dich.»

«Zeig sie mir.»

«Nein, warte. Sie sind ein Geschenk, aber erst musst du mir etwas versprechen.»

«Sag es mir.»

«Bist du willens, dich anzustrengen? Zu lernen, zu verstehen, Enttäuschungen zu ertragen und vor allem niemals ungeduldig zu sein?»

«Na ja, ich weiß nicht. Ich glaube schon … wenn es sich lohnt.»

«Es lohnt sich. Vertrau mir.»

«Dann ja.»

«Nimm, mein Schatz. Lies und lerne, es ist das Beste, was es zurzeit über dieses Thema gibt.»

Es ist das erste Mal, dass ich ein Geschenk von ihm bekomme. In dem Paket befinden sich fünf Bücher, zwei alte

Ausgaben und drei aus neuerer Zeit. Drei sind auf Französisch geschrieben, eines auf Italienisch und eines auf Englisch. Es sind Handbücher für Ackerbau, eine französische Geschichte des Weins und ein Bündel Papiere, die wie Laborbefunde aussehen. Ich sehe sie mir genauer an: Es sind Analysen des Bodens, des Wassers und außerdem eine viermal gefaltete topographische Karte. Ich erkenne die Umrisse der Bandita in einem Netz aus dunklen Linien, das ich nicht entziffern kann. Ich verstehe nicht, worauf Trott hinauswill.

«Warum …»

Er blickt mich mit blitzenden Augen an und schmiegt sein Gesicht an meines. Ich spüre den Geruch seiner Haut. Dann lässt er sich vom Kellner einen Teller Weintrauben bringen. Er pflückt die Beeren und steckt sie mir sanft in den Mund, eine nach der anderen. Ich lache verlegen.

«Weißt du, was sich nordöstlich vom Schnittpunkt zwischen dem Greenwich-Meridian und dem 45. Breitengrad befindet?»

«Nein. Ich weiß nicht einmal, wo der 45. Breitengrad ist.»

«Mach die Augen zu.»

Ich gehorche. Etwas Weiches, Frisches gleitet über meine Stirn, zwischen den Augenbrauen, an den Wangenknochen entlang. Trott streichelt mich mit einer Weinbeere und flüstert mir dabei zu:

«Du bist ein Flugzeug, oder du bist eine Schwalbe auf dem Rückflug nach Europa, oder ein Gedanke, der in großer Höhe fliegt. Du überfliegst die Bandita, und dabei spürst du, wie rund die Hügel sind und wie weich die Ebene, ein Streifen Samt, mal grün, mal hellbraun … Du spürst die dunklen Kämme des Apennin und die frische Bergluft, das Geräusch der Sturzbäche und die weißen Flecken der

Gletscher. Du spürst den hellblauen Saum des Meeres, eine Bucht nach der anderen, die in Richtung Spanien aufeinanderfolgen, und nun hast du um dich herum wieder Berge und von Flüssen und Bächen durchfurchte Ebenen, und wenn ganz Europa hinter dir liegt, ahnst du, dass du bald nur noch die schaumgekrönten Wellen des Atlantiks vor dir haben wirst …»

Er hat die Beere an meine Lippen gelegt und lässt sie hin und her gleiten.

«Der Moment ist gekommen, innezuhalten, wie es die Vögel tun, wenn sie sich im Flug auf den thermischen Aufwinden ausruhen. Du bist auf dem Schnittpunkt des Meridians und des Breitengrades angekommen, du befindest dich über einer 2000 Quadratkilometer großen Fläche, die sich dem Ozean zuwendet und wo der beste Wein der Welt gemacht wird. In der Luft ist ein Duft, den du dir nicht vorstellen kannst. Hektar um Hektar Weinberge, so weit das Auge reicht. Ein sanfter Wind, leichte Regenfälle, wenn sie nottun. Ein Wunder der Natur und des Menschen.»

Ein Stich der Eifersucht verschließt mir den Magen. Ich öffne irritiert die Augen. Seine Frau ist in Bordeaux geboren und aufgewachsen, sie stammt aus einer Familie kleiner Winzer, die der Krieg ruiniert hat. Was will er von mir, mich in eine neue Inès verwandeln, die noch zerbrechlicher und einsamer ist? Trott ist vergnügt und aufgekratzt, seine Augen strahlen vor Erregung. Seit langem habe ich ihn nicht so erlebt.

«Vor fünfhundert Millionen Jahren, im Quartär, haben die Sedimente der Flüsse das Geröll aus dem Zentralmassiv und den Pyrenäen in das Becken der Gironde geschoben, wodurch ein Boden entstand, der sich praktisch für keinerlei Bepflanzung eignet, außer Wein. Es ist mit Erde vermischter Kies. Und das der erste Punkt: Ich habe deinen Boden analysieren lassen. Du besitzt einen Boden für Wein.»

«Und weiter?»

«Der zweite Punkt ist das atlantische Klima, das vom Golfstrom geprägt ist und daher milde, kurze Winter bedeutet, gefolgt von eher kühlen Frühlingen und meist heißen Sommern mit viel Sonne.»

«Bei uns ist es kalt im Winter, Trott, furchtbar kalt.»

«Aber du hast diese Fröste im Frühling nicht, die so gefährlich für die Trauben sind. In deiner Gegend sind sie sehr selten. Dieser mit Wäldern bedeckte Trichter, der deinen Hof umschließt, ist dein Glück. Bei dir drohen weniger Fröste als in der Umgebung, außerdem hast du heiße, trockene Sommer. Und etwas Regen im August. Drittens die Trauben. Früher hat man der Qualität der Reben keine große Bedeutung beigemessen. Man hat sich mit Rebsorten begnügt, die Trauben mit dem erforderlichen Zuckeranteil für die Fermentierung hervorbrachten. Das alles steht hier in diesem Buch. In Frankreich wird die Kunst der Weinherstellung seit vierhundert Jahren wissenschaftlich betrieben. Das ließe sich in der Toskana auch machen, auch du kannst einen guten Wein herstellen. Wenn du Glück hast, sogar einen großen Wein. Jede Rebsorte braucht ihren eigenen Boden. Dein Boden kann geologisch mit dem französischen nicht mithalten, aber du hast ein weites Tal mit waldbestandenen Abhängen, das viele Monate lang voll in der Sonne liegt. Du hast Wasser. Du hast einen großen Keller, du kannst dir Arbeitskräfte holen, Leute, die ihr Handwerk verstehen und die du nur ein bisschen anlernen musst. Lerne zu experimentieren, kreuze die Trauben, bis du die richtige für dich findest. Damit daraus ein Wein wird, der so samtig ist wie deine Augen.»

Florenz ist in einem wässrigen Dunst fast verschwunden.

Ich senke die Lider, und neue, im Licht des Nachmittags verschwimmende Farben dringen durch die Wimpern in meine Augen. Es mag sieben, acht Uhr abends sein, ein Teil des Flusses liegt schon im Schatten. Die violetten, die Veilchentöne, alle Nuancen des Grau und des Indigo vermischen sich, der Bürgersteig, auf dem wir gehen, wird zu einem silbernen Band. Die Stadt und das Tageslicht sind der verzauberte Garten, in dem alles möglich ist. Ich kann einen Weinberg pflanzen. Nicht einen oder zwei Hektar, nein, zehn, zwanzig, in den günstigsten Lagen. Ich kann die Bandita in ein großes, modernes Weingut verwandeln. Ich kann Trott an mich und an den Boden binden. Ich kann daran denken, wieder etwas aufbauen, nachdem ich so viel Zerstörung gesehen habe.

Trott macht eine Handbewegung, als wollte er mir über den Arm streichen, dann wird sein Griff nachdrücklicher, er packt mich am Ellenbogen. Ich drehe mich um, erwarte, dass er spricht, aber nichts geschieht. Er sieht mich nur an. Dann sagt er in einem Atemzug:

«Hör zu. Lass uns gehen.»

«Wohin?»

«Wir kehren nach Hause zurück. Ich werde bei dir wohnen. Ich bringe dir bei, wie man Wein macht.»

VII

Trott ist zu mir auf die Bandita gezogen.

Novella hat keine Bemerkung darüber fallenlassen, aber es ist trotzdem so, als würde sie mir schwere Vorwürfe machen. Ich muss ihr sehr liederlich vorkommen. Verständlich, sie ist gerade zweiundzwanzig Jahre alt und schon seit drei Jahren verheiratet. «Entweder – oder», sagt sie immer. Was bedeutet: Eine verheiratete Frau lebt nicht mit einem anderen Mann zusammen. Ein einfacher, strenger Grundsatz, wie sie selbst. Doch nach ein paar Wochen ist der mürrische Ausdruck aus Novellas Gesicht verschwunden. Sie hat erkannt, dass Trotts Anwesenheit ihren Mario von vielen Verpflichtungen und Ärgernissen befreit. Den ganzen Tag lang wirtschaftet Trott im Keller herum, streicht die Dachtraufen mit Mennige, repariert die Pumpe im Brunnen. Nach und nach fasst Novella Zuneigung zu ihm, und wenn sie ihn ins Haus kommen sieht, grüßt sie ihn lächelnd und bringt ihm ein Glas Wein.

Alles ist wieder in Bewegung gekommen. Ich hatte gedacht, nach dem Krieg würde es Jahre dauern, um das Land wieder urbar zu machen. Stattdessen packen wir die Arbeit an und machen Riesenfortschritte. Vom Morgengrauen bis zum Abend wird gearbeitet, sieben Tage die Woche. Es ist Herbst, und wir haben noch Zeit, bis die heftigen Regenfälle kommen, welche die Landarbeit unmöglich machen. Trott hat die besten Lagen für die zukünftigen Weinberge sondiert. Wir müssen den Boden fast einen Meter tief umgraben und das Gefälle nutzen, um Drainagen zu legen, durch die das Wasser ungehindert ablaufen kann. Mario führt eine Gruppe Arbeiter an, die Steine ausgraben und sie zu großen Haufen stapeln, um sie später zum Ausfüllen der Abwassergräben zu benutzen. Ein guter Wein, sagt Trott, beginnt bei sorgfältig gepflanzten Weinstöcken. Geduldig erklärt er mir alles, was er weiß. Er kennt Winzer, die mit derselben Rebsorte arbeiten und doch Weine von höchst unterschiedlicher Qualität erzeugen. An der Küste, erzählt er, experimentiert ein Winzer aus dem Piemont mit französischen Trauben, die er, von allen skeptisch beobachtet, wenige Meter vom Meer entfernt angepflanzt hat. Doch das sei wenigstens mal ein neuer Weg. Trott wird nicht müde, mir zu erklären, dass Wein mit Intuition, Zeit, großer Sorgfalt für die Details und technischem Knowhow gemacht wird. Stundenlang spricht er von den hier üblichen Rebsorten, der Sangiovese oder «Sangue di Giove», was «Blut des Zeus» bedeutet, der Trebbiano- und Malvasiatraube, er erzählt von San Gimignano, wo schon im Mittelalter der Vernaccia gekeltert wurde, von Griechen und Römern, die einen eigenen Gott für den Wein erfanden. Und für uns Christen, sagt er, wird der Wein zum Blut Christi. An den Mandelbaum neben dem Brunnen gelehnt, erzählt er, stundenlang, und hört nicht mehr auf. Er nimmt das Fahrrad und fährt zu den Alten hier in der Gegend, damit sie ihm von ihrem Boden erzählen, wann und wie sie den Wein geerntet haben, vom Keltern und von Schädlingen oder Traubenkrankheiten. Manchmal kommt er staubig und müde zurück, seine Augen funkeln nicht mehr, und er sagt, es sei verlorene Zeit, die Leute hier hätten keine wirkliche Weinkultur, weil sie Hungerleider sind. Novella murrt, sie schweigt beleidigt, die schmalen Schultern unter der Wollstola zucken, sie beugt den Kopf und blickt zu Boden, und sogar Mario wird ärgerlich. Er sagt, man soll nicht so viele Umstände machen, seit je wird hier Wein getrunken. Ja, erwidert Trott, der aus der Flasche. Versuch mal, den Flaschenwein altern zu lassen. Versuch's, Mario, und du wirst sehen, was dabei rauskommt.

Abends, nach dem Essen, setzen Trott und ich uns an einen Tisch voller Papiere. Wir lesen in den Büchern, die er mir geschenkt hat, überprüfen, ob wir das Entwässerungssystem richtig angelegt haben, genau den Neigungslinien entlang, damit das Wasser ablaufen kann, ohne den Wurzeln zu schaden. Ein guter Weinberg, sagen die Leute von hier, muss nicht nur tiefe Gräben haben, sondern auch einen Neigungswinkel, der dem Sonneneinfall entspricht. Danach werden wir die Absenker pflanzen und die Pfähle aus Kastanienholz am oberen Ende der Reihen in die Erde stecken, dann kommen die Haltedrähte, und dann müssen drei Jahre vergehen, bevor wir ein paar Trauben sehen werden. Was den Wein betrifft …

«Man braucht zu viel Zeit für Wein, Trott, und zu viel Geduld», sage ich.

«Du hast doch sehr viel Geduld.»

Manchmal hat Trott schlechte Laune. Er bleibt zwei oder drei Tage weg, um das zu erledigen, was er seine «Angelegenheiten in Florenz» nennt, von denen er häufig mit finsterem Gesicht heimkehrt. Wir reden nie über seine Geschäfte und auch nicht über seine Frau. Sehr selten spricht Trott von seiner Tochter, und so, als wäre sie das Kind eines anderen, mit einer Distanz, die Trauer oder Sehnsucht ausdrücken könnte. Wenn er gefragt wird, antwortet er nicht, er igelt sich ein, und das Thema scheint tagelang erledigt. Dann taucht es plötzlich wieder auf, denn Trott muss es versteckt haben, wie einen Gedanken, der das Bewusstsein nur flüchtig gestreift und sich dennoch festgesetzt hat, einen jener Gedanken, die sich nicht entscheiden können, ob sie irgendwann hervorkommen oder für immer verschwinden sollen. Die Kraft des Gefühls, das uns verbindet, beruht, glaube ich, auf all diesen verschlossenen Türen in unserer Beziehung, die wir keinesfalls öffnen wollen.

Heute Morgen schläft Trott noch und merkt nicht, dass ich aus dem Bett geschlüpft bin. Es ist sehr früh. Wir haben uns fast die ganze Nacht lang geliebt, mit kurzen Pausen, in denen wir der Müdigkeit nachgegeben und geschlafen haben, aber eine zärtliche Berührung genügte, um wieder anzufangen. Es ist völlig unbedeutend, dass seit unserer Begegnung in Paris fast zwanzig Jahre vergangen sind. Für manche Menschen, denke ich, ist der Rhythmus, an dem sich die Tiefe und Kraft ihrer Gefühle messen, die langsam, nicht die schnell vergehende Zeit. Lautlos sammle ich meine Kleider ein, gehe hinunter in die Küche und mache mir einen Kaffee. Novella hat gestern Abend alles aufgeräumt. Ich öffne die Dose mit Novellas köstlichen Keksen und bröckele sie in den Kaffee, um seinen bitteren Geschmack zu mildern.

Ich muss einen Streifen Wiese überqueren. Es ist nicht mehr der englische Rasen aus der Zeit, als ich noch einen Gärtner hatte, sondern etwas, das meine Mutter «Gestrüpp» nennen würde, getränkt mit Tau, der Flecken auf meine Stiefel macht.

Meine beiden Klepper erwarten mich schon.

Heute Morgen möchte ich Monregale satteln, der ein wenig Bewegung braucht. Ich komme näher, streichle ihn und reibe meine Wange an seinem Maul. Monregale beugt den Kopf, er möchte noch mehr Liebkosungen.

Ich denke an Trott, der schläft.

Plötzlich habe ich die Gewissheit, die absolute Gewissheit, dass dies der glücklichste Moment meines Lebens ist.

6.

Alles wie früher

I

2. Juni 1946. Es ist Sonntagabend. Die Tage sind sehr viel länger geworden, es war bis gegen neun Uhr hell. Im Laufe des Nachmittags und Abends sind alle eingetroffen.

«Diese Hügel scheinen näher gerückt zu sein», sagt Oddone, als er aus dem Auto steigt.

«Und schau dir an, was für eine Farbe dieser Himmel hat, Blauviolett, wie in Sankt Moritz.»

Am Nachmittag habe ich Novella gebeten, Omelette mit Brennnesseln zu machen und Blumen in die Vasen zu stellen.

«Was feiern wir, Signora Contessa, die Wahlen?», hat sie mich skeptisch gefragt, und da ich nicht reagiere, antwortet sie selbst: «Wir feiern nichts Besonderes, das ist besser so.»

Nach dem Abendessen sind wir unten im Salon geblieben und haben bis spät in die Nacht geplaudert.

Wir haben auch gewettet.

Heute ist uns die alles entscheidende Frage gestellt worden: Monarchie oder Republik? Zum ersten Mal haben auch die Frauen abgestimmt, alle außer Novella, die sich geweigert hat mitzugehen, es mache sowieso keinen Unterschied, sagt sie.

Nina möchte auf das Referendum anstoßen, und sie ist schon ein wenig beschwipst, als sie Carlino mitteilt, dass sie sich für den Anlass ein geeignetes Kostüm hat schneidern lassen, natürlich im Blau der Savoyer, um beim Thema zu bleiben …

«Es versteht sich, dass ich meine Stimme abgegeben habe. Das wollte ich mir nicht entgehen lassen. Aber ich sage euch nicht, wofür ich gestimmt habe. Versucht zu raten. Maria José ist eine überaus anziehende Frau, elegant, geistreich und temperamentvoll. Das wäre endlich einmal eine Königin mit einem gewissen Schick … Meint ihr nicht auch?»

«Hast du gesehen, wie fotogen sie auf den Porträts ist, die Ghitta Carel von ihr gemacht hat?», fällt ihr Oddone mit einem Anflug von Bosheit ins Wort. Wir alle wissen, dass Nina mit ihrem Porträt von Ghitta Carel unzufrieden ist.

«Sie ist wirklich eine schöne Frau, so *racée*, jede andere hätte sich hoffnungslos aufgerieben bei so vielen Kindern, eines nach dem anderen … Aber sie hat sich eine wunderschöne Taille bewahrt.»

«Völlig vergeblich», bemerkt Oddone. «Man weiß ja, dass der König …»

«Ich verstehe nicht, was du meinst», unterbricht Carlino scharf und fährt fort: «Das Ganze droht eine echte Katastrophe zu werden. Für den König und für uns alle. Stellt euch mal vor, was passiert, wenn die Republikaner gewinnen … welch Unglück. Sie werden eine Revolution in Gang setzen.»

«Ach Unsinn, was denn für eine Revolution, Carlino? Du bist so melodramatisch, wenn es dir in den Kram passt.

Auch der Krieg war eine Katastrophe, oder etwa nicht? Aber du hast damals gesagt, es würde ein ruhmreicher, kurzer Krieg ohne schädliche Folgen, der aus Italien eine große Nation macht», fertigt Nina ihn ab. «Und dein König hat auch nicht gerade eine gute Figur abgegeben … oder?»

«Bis zur Auszählung der Stimmen ist er auch dein König, meine Liebe. Bilde dir ja nicht ein, du wärst etwas Besseres als wir, bloß weil du dich mit einer Gruppe Aufrührer in den Bergen zusammengetan hast. Mit denen du dich wahrscheinlich bloß vergnügt hast, wie ich dich kenne.»

«Du bist schon immer ein Vollidiot gewesen, Carlino. Vor und nach dem Krieg. Gut zu wissen, dass es im allgemeinen Wandel der Verhältnisse hier und da noch Gewissheiten gibt, an die man sich halten kann.»

Oddone fängt leise an zu lachen, und schließlich lachen wir alle. Dann steht er auf. Im Lichtschein der Lampe sieht er aus wie ein Schauspieler auf der Bühne. Carlino schnaubt ärgerlich, er fühlt sich angegriffen, doch Oddone zieht nur eine Seite aus einer ausländischen Zeitung hervor, die er säuberlich gefaltet in seiner Brieftasche aufbewahrt hat. Er räuspert sich und übersetzt:

«‹Wir werden viele Jahre brauchen, um all unsere Toten zu zählen. Es gibt wenig offizielle Angaben, dennoch kann man sagen, dass die Anzahl der Toten sich, nach einer vagen Schätzung, um fünfzig Millionen bewegt, zu denen Millionen Vermisste hinzukommen. Seit Menschengedenken hat es in keinem Krieg eine so hohe Zahl ziviler Opfer gegeben – etwa fünfzig Prozent aller Toten. Die Luftangriffe, die Massendeportationen, die Vergeltungsschläge und die Vernichtung von Millionen Menschen in den Arbeits- und Konzentrationslagern haben weder Frauen noch Kinder, weder Alte noch Kranke verschont …› Na, was sagst du dazu, Carlino?», fragt er leise.

Was sagen wir dazu?

Die Verantwortung. Warum kommt denn niemandem von uns in den Sinn, dass auch wir Verantwortung tragen könnten?

Wir sind alle verstummt.

Carlino beugt den Kopf, zieht die Schultern zusammen, und eine kaum wahrnehmbare Röte färbt ihm die Wangen.

«Es schien alles so einfach und logisch. Wer konnte sich das vorstellen … All diese Toten, diese Gräuel. Wie hätten wir damals glauben können, das alles sei wahr …»

Wir denken alle an dasselbe, den Ausgang des Referendums.

Außer Oddone ist jeder von uns überzeugt, dass wir eine Monarchie bleiben werden. Dass die Republik etwas für pragmatische, effiziente Menschen ist, für moderne Nationen wie Amerika oder Frankreich.

Ich weiß nicht, was ich denken soll, außer dass unser neuer König – Vittorio Emanuele III. hat vor einigen Wochen, Anfang Mai, abgedankt – einen erschrockenen und strengen Eindruck macht. «Er hat ja noch viel Zeit», hört man die Leute sagen, «genug, um in seine Aufgaben hineinzuwachsen.» Er wird reifer werden, hofft man, dabei habe ich immer gedacht, ein König müsste schon fix und fertig sein, wenn er den Thron besteigt. Allerdings hat Trott mich daran erinnert, dass auch Elisabeth I. und die Königin Viktoria am Tag ihrer Krönung junge Mädchen waren und England groß gemacht haben. Hoffen wir, dass unser Umberto aus demselben Holz geschnitzt ist. Oder wenigstens die Leute, die er um sich hat.

Wir werden alle ein wenig verwirrt zu Bett gehen, von all dem Reden und Cognactrinken dazu, von all dem Grübeln, was diese Kriegsjahre und unsere Ratlosigkeit für uns bedeuten. Jeder von uns merkt, dass seine Überzeugungen ins Wanken geraten sind, das ist im Grunde normal, wir wurden nicht zu bürgerlichen oder politischen Ambitionen erzogen. Wir haben höchstens Angst, dass die Dinge sich ändern, dass unser Land, wie Carlino sagt, ein sozialistischer Staat wird.

Wir hatten schon immer ein eher oberflächliches Verhältnis zu unseren Meinungen, nennen wir sie lieber Gewohnheiten – die wir allerdings erbittert verteidigen werden. Denn das ist es, was wir können: erhalten, nicht verändern. Wichtiger als Politik sind uns Pferde, Wein und dass die Mädchen eine gute Partie machen. So war es bei mir zu Hause, so wird es wohl auch bei den anderen gewesen sein.

Dies widerfährt nun einer ganzen Generation, meiner. Wir hören Radio, trinken Cognac dazu und wissen nicht, was morgen sein wird.

Oddone geht im Salon auf und ab, an seinem Glas nippend. Er scheint in Gedanken versunken. Manchmal platzt er los:

«Das ist Geschichte!» oder: «Theater ist das! Großes Theater! Hier sitzen wir nun, alle mit angehaltenem Atem. Wer weiß, ob wir morgen früh noch Marchese und Conte sind? Ist das nicht eigenartig? Vielleicht gehen wir gerade unter wie diese armen Teufel auf der *Titanic*, die dem kleinen Orchester zuhören, während das Schiff versinkt. Was für eine großartige Metapher … So sitzen auch wir hier in diesem schönen Salon, plaudern munter, und zack!, in wenigen Stunden werden unsere Titel ausgediente Worthülsen sein, die nur noch für Kindermärchen taugen. Aber was wird aus dem gestiefelten Kater, habt ihr mal daran gedacht, was ohne den Marquis von Carabas aus diesem armen Tier wird?»

Carlino wird nervös.

«Himmelherrgott, Oddone, wer sollte uns wohl den Marquis von Carabas nehmen? Im Unterschied zu dir wird der jede Wahl überleben, glaub mir.»

Ich blicke in die Runde: Iris ist damit beschäftigt, Zöpfe aus den Fransen des Schals auf ihren Knien zu flechten, Carlino wärmt den Cognac in seinem Glas, Oddone wandert auf und ab, und Nina kauert im Schneidersitz in einer Sofaecke. Sie werden noch ein paar Tage bei mir auf dem Land zusammen verbringen, reiten, spazieren gehen, Gespräche führen. Und das ist alles.

Es ist alles wunderbar einfach, ist es das nicht?

Oddone hat recht. Dies könnte der letzte Abend der Monarchie sein. Ist das wichtig für mich? Ich versuche, ohne ein parteiisches, von meinen Erinnerungen oder Ängsten getrübtes Urteil darüber nachzudenken, aber obwohl ich es möchte, gelingt es mir nicht, an der allgemeinen Spannung teilzuhaben. Meine einzige Sorge – die ich für mich behalte – ist, ob der Boden, nachdem es gestern unaufhörlich geregnet hat, morgen endlich trocken sein wird, damit ich meine Freunde auf einen Ausritt mitnehmen kann. Ich habe mir einen schönen, mehrstündigen Weg ausgesucht. Aber ich möchte die Pferde nicht auf rutschigem Boden in Gefahr bringen.

Ich schäme mich ein wenig für meine Oberflächlichkeit. Ich bin in Turin geboren, das vergesse ich nicht. Wie könnte ich?

Jahrelang haben erst mein Vater, dann Villaforesta mir gepredigt: «Turin ist die Wiege unserer Familie.»

Als hätte es mir dadurch mehr am Herzen liegen müssen. Nicht ich, sie waren blind, mein Mann und mein Vater, weil sie nicht gesehen haben, dass ich Turin ohnehin schon liebte, aber nicht als Wiege von irgendetwas, sondern um seiner Platanenalleen und schattigen Bogengänge willen.

Sollte ich mich mit Turin verbunden fühlen, weil die Villaforesta von dort stammen? Weil mein Mädchenname ein typischer Turiner Name ist wie die Namen der Pralinen und des Wermuts?

«Du bist in Turin geboren, und du gehörst ebenso zu Turin wie zu mir. Du kannst nicht weggehen. Du bist immer noch meine Frau, vergiss das nicht. Du wirst es nicht schaffen, einen Hof zu unterhalten. Das kriegst du nicht hin. Du bist keine Bäuerin. Und den Boden zu bestellen ist kein Gesellschaftsspiel. Du wirst in Schulden ertrinken, und ich werde dich da ganz sicher nicht herausziehen, denk daran», sagt Villaforesta, während ich die Tür zu meiner Wohnung in der Via Assietta schließe. Er ist gekommen, um mich abreisen zu sehen. Unten auf der Straße erwartet mich ein Auto mit meinem ganzen Gepäck, um mich nach Florenz und von dort aus zur Bandita zu bringen.

Die Autofahrt ist ein verspätetes Geschenk meiner Mutter. Ist sie zu der Überzeugung gekommen, dass sie mich zu oft hat leiden sehen, oder hat man ihr berichtet, dass die jetzige Villaforesta eine Bordellhure ist, die die Kleider ihrer Tochter trägt?

Sie schickt mich mit ihrem Fahrer zur Bandita, doch unser Automobil ist nicht gerade neu und ziemlich langsam, es wird eine höllisch unbequeme Fahrt werden. Es sind nicht genau diese Worte, die mein Mann zum Abschied benutzt, ich glaube eher, er sagt:

«Fahr zur Hölle.»

Und wo auch immer das ist, ich fahre gerne dorthin. Alles erscheint mir inzwischen besser, als hierzubleiben, in der «Wiege der Familie».

Als ich ein kleines Mädchen war, standen auf dem Flügel

eine Reihe Fotos in silbernen oder samtenen Rahmen, die am oberen Rand mit einer geschlossenen Krone verziert waren: Aufnahmen der königlichen Prinzessinnen mit zerzausten Hündchen im Arm, der jungen Prinzen und Herzöge in Uniform, alle mit diesem ernsten Ausdruck, alle ziemlich mager und melancholisch. Ich bin mir bewusst, dass meine Großmutter und Urgroßmutter Hofdamen der Königin und verschiedener Herzoginnen waren. Sie begleiteten sie nach Stresa, nach Rom oder nach Agliè, geduldig ertrugen sie ihre Launen, und zur Belohnung prangte ihr Name in den höfischen Annalen.

In dem ledernen Schmuckkästchen müssten, wenn ich sie nicht verloren habe, noch die Saphirohrringe sein, die Prinzessin Maria Adelaide mir zur Hochzeit schenkte. Bei der kirchlichen Trauung, die drei Tage nach der standesamtlichen folgt, waren viele Mitglieder des Königshauses dabei: Ihre Hoheiten Tommaso, Herzog von Genua, der Herzog und die Herzogin von Pistoia, der Herzog von Bergamo und die Prinzessin Maria Adelaide. Der Herzog von Pistoia war mein Trauzeuge, und während des anschließenden Empfangs ließ Francesco ihn keinen Moment lang aus den Augen – ich glaube, er beneidete ihn um den perfekten Schnitt seines Gehrocks. Enrico war dies aufgefallen, weshalb er mich foppte, sogar ohne zu flüstern: «Ich habe den Eindruck, dein junger Bräutigam zieht die Schönheiten von Pistoia deinem Liebreiz vor.»

Die Rechnung scheint mir beglichen. Meine Vorfahren haben für die Savoyer gekämpft, einige sind sogar gestorben oder versehrt worden. Gezahlt haben sie auch, denn sie haben die kleinen oder großen Scharmützel mit den Nachbarländern finanziert, die den Königen dazu dienten, ihr Reich zu errichten.

Als Dank wurden ihnen Lehen überlassen, was unter

anderem das Recht bedeutete, sich die Grafenkrone aufs Bettlaken sticken oder auf die Visitenkarte drucken zu lassen und dem eigenen Nachnamen den Ortsnamen irgendeines Dorfes in den nördlichen Langhe oder der Gegend um Monferrato hinzuzufügen.

Die Cousins des Königs kamen zu unseren Hochzeiten und Beerdigungen. Die königlichen Prinzessinnen ließen sich gelegentlich bei den Abendessen meiner Mutter sehen, wo sie wegen der Etikette eine gewisse Verwirrung in das *placement* brachten. Denn eine königliche Hoheit sitzt immer auf dem Platz des Hausherrn, darum musste die Sitzordnung neu geplant werden, und meine Mutter seufzte, unschlüssig, ob sie geschmeichelt sein sollte, weil sie, wie sie sagte, *repondue* war, oder ob sie sich über das Durcheinander ärgern sollte.

Ich habe meine beiden störrischsten Pferde auf die Namen Monferrato und Monregale getauft. Sie gehören in meinen Bestand, seit ich hier auf der Bandita lebe. Jetzt stehen sie dort unten im Stall, bereit, für den morgigen Ausritt gesattelt zu werden.

II

Das Radio läuft seit heute Morgen. Alle warten wir gespannt. Draußen im Flur höre ich Schritte. Das muss Novella sein, die das Tablett mit dem Frühstück vor der Tür abstellt, als wären wir im Hotel. Seit ich nicht mehr allein schlafe, betritt sie mein Zimmer nicht mehr. Neben ihren Schritten höre ich andere, leiser und unregelmäßig.

«Pssst!», flüstert Novella. Darauf hört man ein Wimmern,

gefolgt von einem dumpfen Aufprall, wie wenn etwas Gepolstertes zu Boden fällt. Das wird Novellas kleines Mädchen sein, das etwas über ein Jahr alt ist und ihr wie ein Schatten folgt.

«Pssst!», macht Novella wieder, und diesmal gehorcht das Kind.

«Sie schlafen alle noch, die wachen ja nicht mit der Sonne auf, so wie du.» Beide lachen, Mutter und Tochter, und die Schritte entfernen sich.

Ich kann mich nicht entscheiden, ob ich versuchen soll, wieder einzuschlafen. Ich wälze mich im Bett hin und her und finde keinen Schlaf mehr, es fällt schon zu viel Licht durch die Fensterläden.

Gedämpft durch die Entfernung, höre ich Stimmen. Novella, die mit dem Kind schimpft oder Mario zum Kaffeetrinken ruft.

Später wollen wir einen Ausritt machen. Ich möchte nicht den ganzen Tag am Radio kleben. Und um nichts auf der Welt würde ich an einem so schönen Tag wie heute, der schon nach Sommerluft riecht, auf einen Ritt durch den Wald verzichten.

Sollen die anderen machen, was sie wollen, das Radio anlassen, Stunde um Stunde auf die Nachrichten warten. Oder mit uns ausreiten, den Eichenwald hinunter in Richtung Monteti. Wendet man sich oben auf dem Gipfel um, sieht man ganz Siena und San Gimignano und als fernen, bläulichen Schleier Volterra. Genau dies ist unser Privileg, sage ich mir, dass uns, bis wir die Schwelle des Erwachsenseins erreichten, nicht einmal bewusst war, wie privilegiert wir waren.

Noch immer liege ich im Bett. Ich habe Lust auf Sex. So wie ich bin, ungeschminkt, mit wirren Haaren und noch warm vom Schlaf. Ich kreuze die Beine unter der Decke und drehe mich zu ihm um, betrachte ihn, sage aber nichts. Es ist mir ein wenig peinlich. Dieser Tag wird in die Geschichte eingehen, wir werden wissen, welche Verfassung die Italiener ihrem Land geben, und ich möchte mit Trott schlafen. Mich haben immer nur die kleinen Dinge interessiert. Wie eine, die auf Fresken nur die Einzelheiten sieht. Trott streichelt mich, und ich versteife mich. All meine Muskeln spannen sich an, auch der Busen, und ich lege meine Beine unter der Decke wieder nebeneinander.

«Gibst du mir keinen Kuss?», frage ich ihn leise.

Er antwortet nicht. Aber er schaut mich unverwandt an und fährt fort, mich zu streicheln.

Draußen sehe ich die Wipfel der Apfelbäume im vollen Sonnenlicht, ich höre die sommerlichen Geräusche auf dem Land, das monotone Brummen eines Mähdreschers auf dem Feld.

Ich bleibe bewegungslos liegen, ich möchte nicht, dass er aufhört.

Er lässt alles so unglaublich leicht erscheinen.

Ich halte den Atem an.

«Du begehrst mich sehr, hab ich recht?», fragt er, dann beugt er sich über mich. Ich suche nach einer Antwort.

Etwa so: «Natürlich begehre ich dich. Das kann man sich nicht aussuchen. Es geschieht einfach.» Stattdessen legt sich mir ein Schweigen auf die Lippen, das mich unbeholfen erscheinen lässt, nicht sinnlich, wie ich gerne möchte.

Er küsst mich, dann rückt er ab von mir, fährt mir über die Haare und mustert mich:

«Ich wusste es. Das ist nicht zu übersehen. Du sprichst mit den Augen.»

III

Den ganzen Morgen lang habe ich gewartet, bis ich mich entschließen konnte, den Brief zu öffnen, den Dino mir gebracht hat.

Noch nach einem halben Jahrhundert habe ich die Handschrift wiedererkannt, sie ist nur ein wenig unsicher geworden.

Dann habe ich mir Mut zugesprochen und ihn gelesen.

Schon nach wenigen Zeilen wurde mir klar, dass ich mir nicht genug Mut zugesprochen hatte.

«Liebste», so beginnt der Brief, eine durchaus übliche Formulierung, die mir dennoch wie ein Peitschenhieb erscheint.

Liebste,

ob es mir wohl gestattet ist, Dich nach all den Jahren noch so zu nennen?

Ich möchte Dich nicht beunruhigen, wenn ich plötzlich aus dem Dunkel auftauche wie eines dieser traurigen Gespenster, die Dich im Theater auf Deinem Stuhl zusammenzucken ließen. Schon jetzt fühle ich mich schuldig, weil ich Deinen vermutlich heiteren Gemütszustand nutze, um Dir eine persönliche Frage vorzulegen. Ich übergehe die Einzelheiten und fasse rasch zusammen: Als ich vergangene Woche wegen einiger Krankheiten untersucht wurde, die nicht heilen wollten, fand man alle nur erdenklichen Gebrechen. Ich beklage mich nicht: Ich habe einen klaren Kopf und bin relativ unabhängig, mein Sohn Aimone ist ein tüchtiger Anwalt. Jole ist vor zehn

Jahren gestorben, wie du vielleicht erfahren hast, und obwohl ich nicht behaupten kann, dass es mich drängt, ihr nachzufolgen, kann ich doch auch nicht sagen, dass mich der Gedanke ängstigt.

In Kürze: Man hat mir noch einige Monate zu leben gegeben, und ich habe mich in mein Schicksal gefügt. Ich darf mich in aller Ruhe verabschieden und meine Angelegenheiten richten, und das ist der Grund für diesen Brief. Ich schicke voraus, dass Dir einige Formulierungen dessen, was ich Dir zu sagen habe, bitter vorkommen mögen, aber ich versichere Dir, dem ist nicht so. Während ich schreibe, sieht mein Gesicht gewiss ebenso gutmütig aus, wie mir im Herzen zumute ist. Mehr noch: Wenn ich Zeit finde, mich brieflich an meine sonderbare Gattin zu wenden, ist dies auch immer eine Möglichkeit, mich von meinen düsteren Gedanken abzulenken. Wundere Dich bitte nicht, wenn Du aus diesem letzten Satz herauszulesen meinst, ich hätte Dir in fünfzig Jahren mehr als einen Brief geschrieben. Nein, Du bist nicht verrückt geworden, noch nicht. Dies sind die ersten mit Tinte niedergeschriebenen Worte, die Du von mir erhältst. Doch Briefe habe ich in all diesen Jahren unendlich viele an Dich geschrieben, in Gedanken. Sie waren mal voller Zorn, mal voller Zärtlichkeit oder aufrichtigem Schmerz, manchmal waren es viele Seiten heftiger Vorwürfe wegen der Art und Weise, wie Du gegangen bist, wie Du mich verlassen hast, ohne mir je auch nur eine einzige Gelegenheit zum Einspruch zu geben. Aimone würde sagen, gedachte Briefe sind nichts wert, aber er irrt, denn oft sind sie weitaus kräftezehrender als jene, die am Schreibtisch entstehen und, kaum abgeschickt, vergessen sind. Die Briefe, die ich Dir in der Phantasie geschrieben habe, haben unzählige Stunden in Anspruch genommen, die ich andernfalls mit wer weiß welchen nutzlosen Beschäftigungen vergeudet hätte. Du kannst es nicht wissen, aber ich habe Dir geschrieben, während ich durch die Straßen ging, während ich bei Platti einen Kaffee trank, in der Badewanne saß, auf dem jährlichen Ball der Philharmonischen Akademie war oder ein Konzert hörte.

Sogar jetzt, da ich gezwungen bin, Dir von nicht gerade angenehmen Dingen zu berichten, fließen mir die Worte rasch und ungehindert aus der Feder, ohne dass ich je stocken müsste, was meiner Meinung nach nicht so wäre, wenn ich Dir niemals geschrieben hätte. Genügt Dir das als Beweis meiner Treue?

Doch ich komme zum eigentlichen Punkt. Du wirst Dich sicherlich erinnern, dass wir im Oktober des Jahres 1928 in Turin geheiratet haben, und ebenso wenig hast Du vergessen, nehme ich an, dass wir nach unserer abrupten Trennung einvernehmlich – wenigstens dieses eine Mal! – entschieden hatten, nichts Offizielles zu unternehmen. Das bedeutet, meine Liebe, dass Du noch immer meine rechtmäßige Ehefrau bist. Sei unbesorgt: Wir zählen so viele Jahre, wir beide gemeinsam, dass ich Dir dies nicht als Drohung mitteile, sondern als einfache Feststellung. Diese Tatsache macht Dich zu meiner legitimen Erbin, jedenfalls was den Teil betrifft, der nicht gesetzlich und durch meinen eigenen Willen meinem Sohn zusteht. Ich fordere nichts von dem, was Du besitzt, um Himmels willen: Als Du fortgingst, hast Du meinen Familienschmuck auf dem Schreibtisch zurückgelassen und Deine Kleider im Schrank – die hättest Du wirklich mitnehmen müssen, vor allem das Abendkleid von Schiaparelli, das ich Dir in Paris geschenkt habe. Es stand Dir zauberhaft und machte Dich zu einer strahlenden Erscheinung wie eine Madonna auf Gemälden des fünfzehnten Jahrhunderts. Nie warst Du schöner für mich als in diesem Kleid, und oft habe ich mir Dich so vorgestellt, wohlwissend, dass Du stattdessen den größten Teil deines Lebens in Jagdhosen und Lederstiefeln verbracht hast. Um Deiner Eitelkeit zu schmeicheln, falls davon eine Spur geblieben ist, lass Dir außerdem verraten, dass es Jole nicht so gut stand wie Dir, auch wenn sie sagte, in ihrem Leben nie etwas Prunkvolleres getragen zu haben. Sogar den kleinen Zigarrenanzünder mit Deinem eingravierten Namen – und das war nun wirklich ein persönliches Geschenk! – hast Du verächtlich auf der Anrichte im Eingang liegen gelassen. Weißt Du, was ich damit gemacht habe? Ich erfuhr zufällig, dass die Gattin des faschistischen Bürgermeisters von Vercelli denselben Namen trägt wie Du, also habe ich ihr das Feuerzeug zu Weihnachten geschenkt. Sie glaubte, ich hätte es eigens für sie gravieren lassen, und war darüber so gerührt, dass sie ihren Mann und seine Handlanger dazu brachte, mich endlich in Ruhe zu lassen und mich nicht mehr mit diesen albernen Versammlungen der Schwarzhemden zu belästigen.

Ich glaube, ich verletze weder meine Würde noch Deine Moral, wenn ich Dich bitte, schriftlich auf die wenigen von meinem Vermögen übriggebliebenen Brosamen zu verzichten, die Dir von Rechts wegen zustehen. Ich werde nicht so rücksichtslos sein, meine wirtschaftliche Lage mit der Deinen zu vergleichen. Jeder von uns hat so gelebt, wie er wollte – oder wie er am besten zu leben verstand, was offenbar nicht dasselbe ist –, und muss sich dafür nur vor sich selbst und dem Allmächtigen verantworten. Ich muss mich jedoch auch vor Aimone verantworten, den ich immer noch meinen Jungen zu nennen beliebe, obwohl er schon über vierzig ist. Ich brauche Dir nicht zu sagen, dass Aimone von seiner Mutter lediglich den fröhlichen

Charakter und das Grübchen im Kinn geerbt hat. Alles andere hätte er von mir bekommen müssen, doch da ich kein umsichtiger Verwalter meines Vermögens gewesen bin, wofür ich mich schäme, betrachte ich heute diesen Brief an Dich als eine Strafe, wie sie demütigender nicht sein könnte. Denn, glaube mir, in meinem ganzen Leben gab es bisher keinen Moment, in dem ich mich unwürdiger empfunden hätte, den Namen meiner Familie zu tragen. Ich bitte Dich um ein wenig Nachsicht gegenüber einem Ehemann, dem das Schicksal nicht gnädig war – jetzt, nachdem ich das geschrieben habe, erkenne ich freilich, dass auch Du in Deinem ganzen Leben nicht einen Tag lang Gnade mit mir hast walten lassen –, und ich bitte Dich, mir zu glauben, dass das, was mich zu dieser beschämenden Bitte treibt, allein der Wunsch ist, Aimone nicht noch um mehr Güter zu bringen, nachdem ich selbst ihn schon durch jahrelange gewissenlose Verwaltung meines Vermögens um so vieles beraubt habe. Aimone ist ein uneheliches Kind, wie man zu unserer Zeit mit einer gewissen Geringschätzung gesagt hätte. Seine Mutter und ich haben selbstverständlich nicht geheiratet. Doch was Du vielleicht nicht weißt, ist, dass sie eine liebevolle und treue Gefährtin war, mütterlich, ausgeglichen und liebenswert. Für meinen unehelichen Sohn empfinde ich eine unermessliche, absolute, totale Liebe, schon seit dem Tag, an dem die Hebamme ihn mir in die Arme gelegt hat. Und als ich sein Gesicht betrachtete – denn die kleinen Augen hielt er fest geschlossen wie einer, der vom Licht, von der Welt, der Familie ganz und gar nichts wissen will –, ertappte ich mich bei dem Gedanken, dass ich diesem unbekannten Kind alles geben wollte, nicht nur alles, was mir gehört, sondern alles, worum es mich bitten würde, alle nur erdenklichen Reichtümer dieser Erde.

Nimm diesen Brief nicht als das irre Gefasel eines alten Mannes, oder tu es ruhig, wenn Du möchtest, aber bedenke, dass aus diesem irre Gerede auch die allergrößte, nach so langer Zeit noch immer lebendige Achtung und Verehrung für Dich spricht, und betrachte dieses Schreiben bitte als eine Anerkennung Deiner scharfen Auffassungsgabe. Denn Du bist eine intelligente Frau, eine der wenigen, denen man durchaus mit Gewinn in einem ungewohnten Ton schreiben kann. Im Übrigen hast Du selbst nie das Gewohnte gewollt, schon als junges Mädchen hast Du die Tanztees gehasst, zu denen man Euch zwang, damit Ihr Walzer und Quadrille lernt. Stattdessen bist Du allem nachgerannt, was unkonventionell war, und hast Dich als eine Exzentrikerin bezeichnet. Doch verzeih mir, wenn ich es Dir jetzt einmal sage: Das waren die billigen Tricks von Provinzschauspielern.

Der Kampf gegen Konventionen, gegen Heuchelei, wie Du es nanntest, fand schon damals woanders statt, und dort wird er noch heute ausgefochten. Im Turin der dreißiger Jahre hätten sich Dir unzählige Wege aufgetan, wenn Du diese Wege wirklich hättest gehen wollen, zumal Du jung, schön, reich und intelligent warst. Du hast Dir eingebildet, dass weder ich noch Dein Vater Dich verstehen würden, aber Du irrst Dich. Dein Vater verstand Dich sehr gut, doch er neigte aufgrund seines Charakters dazu, Stürme lieber aus sicherer Entfernung zu beobachten, statt mittendrin zu stecken. Du hättest das Feigheit genannt. Ein großes Wort. Dein Vater war ein Mann des neunzehnten Jahrhunderts, den es ins zwanzigste verschlug, in seine Katastrophen, seine Barbareien, ohne dass er sich daran gewöhnen und lernen konnte, damit umzugehen. Und auch mit Dir wusste er nichts anzufangen. Hinter Deiner schönen Stirn sah er Sturmwinde aufziehen, die Schlechtwetter ankündigten, also änderte er den Kurs, um das Schiff in Sicherheit zu bringen, wie man es bei der Marine lernt. Er schenkte Dir ein Pferd, er schickte Dich zu den Großeltern in die Toskana, und er drückte ein Auge zu, wenn man ihm berichtete, dass Du, anstatt bei Soundso zum Essen zu erscheinen, einem grässlichen Unwetter getrotzt hattest, um nach Moncalieri oder Pecetto zu reiten oder wo auch immer Du Dich mehr oder weniger heimlich herumgetrieben hast. Was mich betrifft, so machte Deine Verschrobenheit mich neugierig, ich habe Dich beobachtet, wie man Fohlen beobachtet, die Temperament und Kraft zeigen – sie sind ein Genuss für das Auge. Ich beobachtete Dich und dachte: Eines Tages werde ich sie begreifen, eines Tages werde ich diesen Übermut zähmen, und diese ungewöhnliche Frau wird mir das Leben versüßen. So ist es nicht gekommen, Du hast mir das Leben nicht versüßt, sondern vergiftet, wie ich übrigens auch das Deine. Wann war das, wann hat sich die Sonne in schwarzes Pech verwandelt, wann ist unser Haus zu dem biblischen Babel geworden, wo man nicht mehr versteht, was der andere sagt?

Dafür bitte ich Dich um Vergebung. Dass ich Dein Leben so ruiniert habe, wie es mir auch dann nicht besser hätte gelingen können, wenn mich der Teufel geritten hätte. Denn das Absurde ist, dass es zufällig passiert ist. Ich hatte nicht die geringste Absicht, zum Peiniger zu werden, weder für Dich noch für irgendjemanden sonst. Dafür tauge ich gar nicht. Meine Leidenschaft waren Pferde, weißt Du noch? Das war alles, was ich tun wollte, mich mit Pferden beschäftigen und in Frieden leben. Auch Du wolltest so leben, aber Du hast gedacht, Du müsstest Mauern einreißen, um das zu bekommen, was Du wolltest. Wo waren sie denn, diese Mauern? Ist Dir je klar geworden, dass Du Dich für eine Gefangene gehalten hast, obwohl es um Dich herum gar keine Mauern gab? Blicke zurück und erinnere Dich an die junge Frau, die Du warst, sieh sie Dir an und ihren Kampf gegen die Konventionen, mit den weisen Augen, die Du heute sicherlich hast.

Was siehst Du?

Darf ich es Dir sagen?

Du siehst eine Frau, die um Nichtigkeiten kämpft. Sie ahnt, dass etwas in ihrer Umgebung nicht stimmt, aber sie ist zu faul, um von ihrer Intelligenz wirklich Gebrauch zu machen, sie liebt ihre Privilegien und kann sich nicht vorstellen, darauf zu verzichten. Meine Liebe, Deine Kämpfe von damals begnügten sich mit ziemlich armseligen Siegen. Sie lassen sich in wenigen Punkten zusammenfassen, wie ungepudert aus dem Haus zu gehen oder immer, egal zu welchem Anlass, *underdressed* zu erscheinen, und natürlich auch, Dich zu weigern, mit mir zu schlafen. Entschuldige meine Direktheit, aber ich bin in meinem Leben an einem Punkt angelangt, wo ich mich klar und unmissverständlich ausdrücken muss (nimm es, wenn Du willst, als eine physische, biologische Notwendigkeit).

Ich bitte Dich daher, mein Schreiben gelassen und vorurteilslos aufzunehmen und Dir bewusst zu sein, dass ich Dich, während Du diese Zeilen liest, mit unendlich zärtlichen Blicken betrachte, freilich eher verstohlenen und mit jener Zurückhaltung, die im Hause Villaforesta üblich war, wo man die eigene Empfindsamkeit niemals offen zur Schau stellte. Man hat mich gelehrt, stets sehr auf würdevollen Ernst im Ausdruck und im Benehmen zu achten, und schon als kleiner Junge waren mir nur die Einsamkeit und Stille ein Trost. Mein Charakter und meine Erziehung zwangen mich folglich dazu, meine Zuneigung zu verbergen, doch tat ich es auch, weil ich nach angemessenen, mir entsprechenden Ausdrucksformen für meine Gefühle Dir gegenüber suchte. Nie hast Du mich erforschen, nie durch meine zahlreichen Schwächen hindurchblicken wollen, Du hast nicht einmal versucht, Dir vorzustellen, dass ich Dein bester Freund hätte sein können, ein Verbündeter, eine Stütze. Von dem Tag an, an dem Dein Vater Dir meinen Namen genannt hat, bin ich in Deinen Augen zu einem Feind geworden, den es zu bekämpfen galt. Mit Deinen Waffen natürlich, und Du hast sie sorgfältig ausgesucht, wie man es früher vor einem Duell tat, als die Entscheidung erst nach einer genauen Einschätzung der Wendigkeit des Gegners, der klimatischen Bedingungen und der eigenen Fähigkeiten fiel, andernfalls konnte man es nicht wagen, ging es doch um das eigene Überleben.

Geschickt hast Du mich mit Schweigen, Gleichgültigkeit und Kälte in die Knie gezwungen. Und es gab nichts, was ich dagegen hätte tun können, nichts, was einem strengen, stolzen Naturell wie dem meinen erlaubt gewesen wäre. Was soll man machen, der Grundsatz, von dem ich mich damals tyrannisieren ließ, lautete: Alles oder nichts. Heute weiß ich, dass es unendlich viele Abstufungen zwischen dem Alles und dem Nichts gibt. Ich weiß, dass ich nicht hätte versuchen sollen, Deinen Panzer zu durchbrechen, sondern mich besser mit den Hoffnungsschimmern begnügt hätte, die durch meine liebevollen Blicke vielleicht hier und da entstanden wären, wenn ich gelernt hätte, mich zu offenbaren. Doch von einem Klepper kann man nicht verlangen, dass er das Grand National gewinnt, und ich bin mir sicher, diese Metapher erscheint Dir ebenso treffend wie mir … Heute würde es Dir möglicherweise leichter fallen, hinter dem hässlichen Zerrbild, das Du Dir von mir gemacht hast, einen Geist und eine Seele zu entdecken, die nicht ganz so oberflächlich sind, wie Du angenommen hast. Doch heute ist es natürlich zu spät, oder nein, es ist seit über fünfzig Jahren zu spät. Es mag recht kleinlich sein, Dich heute an Dein Verhalten von damals zu erinnern, wiewohl ich meine, dass Deine Haltung mir gegenüber weitaus kleinlicher war. Du hast Dich geweigert, die Möglichkeit – zumindest die Möglichkeit! – in Betracht zu ziehen, dass ich ein anderer Mann sein könnte als der, den Du Dir vorgestellt hast, als der, vor dem Du angewidert zurückgeschreckt bist, wenn er sich Dir näherte, um Deine Wange zu streicheln, Dich zu umarmen. Die abgrundtiefe Verachtung, die ich in Deinen schönen Augen gesehen habe, kommt vielleicht nur meinem unendlich gekränkten Stolz gleich, der sich ein wenig, nur ein wenig besänftigen ließ, wenn ich Dir erbärmliche Gemeinheiten antun konnte. Was für Dich Beleidigungen waren, war für mich, wie ich Dir jetzt fast versöhnlich schreiben kann, schlicht und einfach Selbstverteidigung. Ich muss lächeln, wenn ich mir vorstelle – und hiermit beende ich den Bericht über unseren persönlichen Fall –, dass dieser Brief Dich vielleicht etwas ratlos zurücklässt, ich sage nicht, verstört, das wäre wohl zu viel verlangt. Und wer weiß, ob Du mich jetzt nicht in einer revidierten, korrigierten Fassung des brutalen Peinigers vor Augen hast, der einst die Ehre hatte, Deine Hand zu erhalten. Deine Augen! Wie oft wechselten Schärfe und Trübung darin, und das in so wenigen Jahren!

In Bezug auf Dein früheres Verhalten mir gegenüber kann ich, selbst wenn ich es wollte, keinerlei Groll mehr gegen Dich hegen. Die Wunden, die Deine eisige Verschlossenheit, gepaart mit Verachtung und Gleichgültigkeit, geschlagen hat, sind nunmehr vernarbt. Das Alter ist doch zu etwas nütze, wenn es alte Reibungsflächen stumpf macht und lindert.

Ich bitte Dich um Entschuldigung für die Empfindungen, die das eine oder andere heftige Wort in diesem langen Brief bei Dir hervorgerufen haben mögen. Geschriebenes, das wird mir immer deutlicher, hat selten jene Weichheit und Wärme der Vergebung, wenn sie erbeten und gewährt wird.

Ich hoffe mit Inbrunst, dass Du mir den Brief schreibst, auf den ich warte, und dass Dein Hass auf mich mir nicht die Bitte verweigert, die ich aus Liebe zu meinem Sohn an Dich richte. Das Leben auf dem Land, auch Du wirst das erkannt haben, zwingt uns häufig zu derart trüben Kompromissen mit unseren Gefühlen, dass sie sogar in Kolportageromanen unwahrscheinlich wirken würden; und dieser hier gehört dazu.

Ich verlasse mich darauf, dass diese Zeilen keinen anderen Richter finden werden als Deine Intelligenz.

Ich küsse Dir die Hand
Francesco

IV

Ich habe lange nachgedacht.

Mein Schlaf war sehr unruhig, und heute Morgen habe ich Kopfschmerzen. Santa bringt mir zwei Tabletten, ich soll sie im Abstand von mehreren Stunden nehmen, doch ich kenne eine wirksamere Medizin. Ich rufe Dino, damit er sich keine Sorgen macht, wenn er mich nicht am Schreibtisch antrifft – ich bin nicht geflüchtet. Die Abrechnungen verschieben wir auf später. «Zum Bezahlen ist noch immer genug Zeit», neckt er mich ohnehin gerne. Also besuche ich Ricorsi.

Es geht ihm besser, er ist rüstig und munter wie früher. Nachbarn sind vorbeigekommen und haben ihm Süßigkeiten aus Lucca mitgebracht, die er nicht mag, wie er mir anvertraut, «aber es ist nett, dass sie an mich gedacht haben».

Ich habe keine Zeit, Höflichkeiten auszutauschen, was ich ihm auch sage. Ich brauche einen anwaltlichen Rat. Er blickt mich verblüfft an, lächelt aufgeregt, seit mindestens zehn Jahren hat ihn keiner mehr konsultiert.

Ich halte ihm einen Brief hin, den ich in aller Eile niedergeschrieben habe, mit Kugelschreiber auf kariertem Papier aus einem Notizblock. Maschineschreiben kann ich nicht, außerdem möchte ich nicht, dass außer Ricorsi jemand erfährt, was ich geschrieben habe.

«Hören Sie, Avvocato, sehen Sie sich das bitte an, ob es so in Ordnung ist, ich weiß nicht, ob man das so formulieren kann und ob ich vor Ihnen als Zeugen unterschreiben muss oder nicht, vielleicht muss ich zum Notar damit. Keine Ahnung, klären Sie mich bitte auf.»

«Wie bitte? Was wollen Sie wissen?»

«Lesen Sie. Hier steht geschrieben, wer was bekommt.»

«Soll das ein Testament sein?», fragt Ricorsi ungläubig. Neugierig setzt er hinzu: «Ausgerechnet Sie?»

Und der vertrottelte Alte lächelt.

«Da gibt es nichts zu lachen. Bemühen Sie sich wenigstens, mich ernst zu nehmen, wo ich doch selbst nicht weiß, warum ich das getan habe.»

«Nun ja, Sie werden wohl an Ihr Alter gedacht haben. Pardon, aber wir haben beide unsere besten Zeiten hinter uns.»

Ich werfe ihm einen schneidenden Blick zu.

«Entschuldigen Sie bitte. Wer weiß, warum ich mir manchmal solche Freiheiten herausnehme …»

«Wohl wahr. Wer weiß, warum.»

Ich tue so, als hätte ich nicht gesehen, dass er mich mit einer Handbewegung zum Hinsetzen auffordert. Ich möchte diese Angelegenheit schnell hinter mich bringen. Ricorsi wirft einen Blick auf meinen Brief, dann sieht er mich an und sagt:

«Was soll das denn? Ich dachte … Wir alle dachten … entschuldigen Sie, aber …»

«Avvocato, Sie scheinen tatsächlich schon seit langem nicht mehr zu praktizieren! Nicht nur, dass Sie die grundlegendsten Prinzipien Ihres beruflichen Ethos vergessen haben, Sie erlauben sich sogar, Kommentare abzugeben … Sind Sie noch bei Trost?»

Ricorsi läuft puterrot an, sodass ich einen Moment lang denke, ihm sei nicht wohl, aber er erholt er sich wieder und versichert, dass er dafür sorgen wird, alles klar zu formulieren, damit keine Zweifel oder Missverständnisse hinsichtlich meiner Absichten aufkommen. Wir verabschieden uns ein wenig kühl. An der Tür sagt Ricorsi, mit seiner Verlegenheit kämpfend:

«Bitte vergeben Sie mir. Ich habe es an Takt und Professionalität fehlen lassen. Ich dachte bloß … Alle dachten wir … Wo Sie Dino doch so gerne haben … Ich meine, die Bandita …»

Niemand kann mich so in Rage bringen wie Ricorsi.

«Nein. So ist es nicht. Die Bandita gehört *mir*. Mehr als irgendjemandem sonst, glauben Sie mir. Als ich hier ankam, war ich knapp dreißig Jahre alt, und ich bin nie mehr weggegangen. Sehen Sie diese Hügel, die Wälder, die Weinberge? Ich habe es Ihnen schon einmal gesagt. Sie gehören mir. Sie gehören mir nicht nur, das alles bin ich selbst.»

«Wie bitte?»

«Schauen Sie genau hin, Avvocato. Ja, Sie sehen mich, keine Landschaft. Aber ich bin diese Hügel, das Haus mit dem Turm, der Brunnen und der Olivenhain. Ich bin der Weinberg und der Wein in den Fässern, die im Keller liegen.»

Ricorsi drückt sich an den Türpfosten, als wollte er sich vor der stechenden Kälte an diesem Morgen schützen.

«Möchten Sie nicht doch einen kleinen Kaffee?», fragt er im Jammerton, fast flehend. Unter seiner Nase schimmert es feucht, wie von einer beginnenden Erkältung, und plötzlich empfinde ich großes Mitleid mit diesem einsamen alten Mann, der so unterwürfig ist wie ein Lakai. Warum schickt er mich nicht zum Teufel, wie ich es verdient hätte mit meinen Frechheiten, meinem scharfen Ton? Nein, denn Ricorsi besitzt eine Wunderwaffe, er hat nämlich sein ganzes Leben wie in einem Taucheranzug verbracht, geschützt vor der Welt durch einen undurchdringlichen Stoff, der alles abdämpft, was er nicht spüren will, eine Brille, die alles trübt, was er nicht sehen will, einen Anzug, der die Sinne abstumpft und die Reaktionen verlangsamt.

«O ja, einen Kaffee trinke ich gerne», sage ich. «Wenn ich ihn selbst machen darf.»

Auf dem unordentlichen Schreibtisch liegt mein Schreiben. Ricorsi zeigt darauf.

«Sind Sie sicher?»

«Wissen Sie, Avvocato», antworte ich, «als ich hier ganz allein ankam …»

Ich möchte Ricorsi von meinem Bruder erzählen, der die dunklen Augen der Barrinechea hatte und ein fröhliches Lachen, das man bei keinem anderen Mitglied unserer Familie hörte. Ich möchte ihm von dem Schmerz erzählen, den wir nicht zeigen konnten, niemand von uns. Man durfte sich nichts anmerken lassen, und sogar in den Tagen vor und nach seiner symbolischen Bestattung – wegen bürokratischer Schwierigkeiten und anderer Probleme war er erst viele Monate nach seinem Tod aus Afrika zurückgekommen, an Bord eines englischen Frachters stand sein Sarg zwischen Ballen ägyptischer Baumwolle, Kokosnüssen und anderen «Kolonialwaren» – durfte man nicht in der Öffentlichkeit weinen und musste die geröteten Augen verbergen.

Wenn er es verstehen könnte, würde ich ihm sagen, dass alle Tränen – und nicht nur die um Enrico –, die einem nicht die Wangen hinunterlaufen dürfen, sich einen anderen Weg in unserem Inneren graben wie unterirdische Flüsse oder, besser, Kanäle, denn sie sind so gewaltig und reißend, dass sie alles zerfressen, sie zehren einem das Herz und das Hirn auf.

«… war das an einem Sonntag. Ado, der damalige Verwalter, war bis hinauf in den Glockenturm gestiegen, um die Glocke zu läuten. Das war seine Weise, mir zu sagen, wie froh er war, dass endlich ein Besitzer auf die Bandita gekommen war. Ich kam aus Turin in einem unbequemen Auto mit einem Haufen Gepäck und Befürchtungen, über und über mit Staub bedeckt, weil die Straße nicht asphaltiert war. Ich war mehr tot als lebendig, und mein eigener Schatten konnte mich erschrecken. Aber alles ringsumher gefiel mir. Dieser Ort existiert für mich, dachte ich, er hat schon immer für mich existiert, und ich fühlte mich auf unerklärliche Weise von ihm angezogen wie von einem Geliebten. Glauben Sie mir, ich weiß, wovon ich rede.»

«Aber hier starb man vor Hunger, das wissen Sie, Contessa, und weiter zur Küste hin, in der Maremma, da starb man an der Malaria.»

«Sehen Sie, Ricorsi, ich bin schnell gealtert, ein ganzes Jahrhundert ist mir im Nu durch die Finger geglitten. Wenn ich zurückblicke, ist mir, als wäre ich bis vorgestern zwanzig gewesen. In Wirklichkeit bin ich über achtzig, auch wenn alle so tun, als hätten sie das vergessen. Wie sagt man beim Fußball, wir sind Spieler auf der Ersatzbank, Sie und ich, aber wir warten nicht darauf, dass wir spielen, sondern dass wir gehen dürfen. Ich muss Ihnen allerdings ehrlich sagen, für mich ist die größte, die überraschendste Veränderung das, was mit diesem Ort geschah. Erinnern Sie sich noch, wie die Bandita früher aussah? Schauen Sie sich jetzt um. Ein wunderbarer Anblick. Manchmal habe ich gedacht, ich schaffe es nicht. Zu schwer, Männerarbeit, zu viele Opfer. Stattdessen habe ich irgendwann angefangen, die Luft zu wittern wie ein Jagdhund. Ich sah, wie das Sonnenlicht seine Farben wechselt, ich hörte alle Geräusche, die sich in der Stille verstecken – es sind sehr viele, wussten Sie das? Unglaublich viele. Mehr als Duftnoten im Wein.»

Ich stelle die Espressomaschine auf den Herd, und während ich zu sprechen beginne, schaut Ricorsi mich unverwandt an.

«Glauben Sie wirklich, ich bin so gedankenlos, dass ich in all den Jahren nicht gemerkt hätte, dass Dino meine Liebe zur Bandita teilt? Glauben Sie, ich bin blind, und der graue Star hätte mir außer den Augen auch den Geist getrübt? Sie irren. Ich weiß es – und besser als Sie. Ich weiß alles über Dino. Alles.»

Ricorsi reibt sich die Hände, dann hält er mitten in der Bewegung inne: «Entschuldigen Sie, wenn ich Sie danach frage, aber warum haben Sie sich nicht woanders ein bisschen Glück gesucht? *Sie* hätten das doch *gekonnt.*»

«Ricorsi, das Glück besteht aus Kleinigkeiten, es begnügt

sich mit Kleinigkeiten, und es hängt von Kleinigkeiten ab … Man braucht Talent für das Glück wie für die Musik oder wie Sie, Steinpilze zwischen den Eichen zu finden. Das ist alles. Sorgen Sie dafür, dass meine Verfügungen berücksichtigt werden, wenden Sie alle Tricks an, die Sie für nötig halten. Ich möchte, dass die Bandita im Tal Santa Delfina geteilt wird, das macht gut zweihundert Hektar Grundbesitz für Dino, den Hof inbegriffen, und hundert für Aimone Villaforesta, diesen Mann, den ich nicht einmal kenne. Setzen Sie alle nötigen Klauseln hinzu, ich lasse Ihnen diesbezüglich freie Hand, damit dieser Villaforesta mein Land an niemanden außer an Dino oder an seine Nachkommen verkaufen kann. Es wird doch wohl juristische Bestimmungen geben, die das zulassen. Tut mir leid, aber so muss es geschehen.»

«Aber …»

«Hören Sie, Avvocato, mir ist klar geworden, dass ich möglicherweise – sicher bin ich nicht – ziemlich viel Schaden angerichtet habe, nun ja, man wird älter und weicher, es lässt mir eben keine Ruhe.»

«Mmh. Wenn Sie wüssten, wie viele Ungerechtigkeiten und Grausamkeiten ich in fünfzig Berufsjahren erlebt habe. Und fast immer steckten die besten Absichten dahinter, glauben Sie mir.» Ricorsi blickt unruhig umher, als wüsste er nicht, worauf er seine Augen ruhen lassen kann.

«Was ist los mit Ihnen, Avvocato? Nehmen Sie die Sache nicht persönlich. Sie erweisen mir einen Dienst als Anwalt, ich dachte, das wäre Ihr Beruf. Was beunruhigt Sie so? Villaforesta? Das ist mein Ehemann, wie Sie wissen. Gescheiterte Ehen werden Sie doch auch erlebt haben, denke ich. Meine war kein Erfolg, aber das wissen Sie ja. Worum sorgen Sie sich? Ist es Villaforesta, vor dem Sie Angst haben? Na, kommen Sie, das ist bloß ein alter Herr, der sich in Turin verkriecht und in fünfzig Jahren kein einziges Mal von sich hat hören lassen. Wenigstens bis gestern nicht.»

Ricorsi stöhnt und errötet.

«Was ist denn nur los mit Ihnen, Avvocato?»

«Nichts, gar nichts. Nur … Sind Sie sicher, dass er nie von sich hat hören lassen?»

«Ganz sicher, Avvocato.»

«Fünfzig Jahre sind eine lange Zeit. Vielleicht hat Ihr Mann ja versucht … Man kann nie wissen … Vielleicht ist es ihm nicht gelungen …»

Ich kann Ricorsi nicht erklären, was ich empfinde, wenn ich die Augen schließe und Villaforesta wieder vor mir sehe, wie er mir reglos gegenübersteht, während ich ihm mitteile, dass ich fortgehen werde.

Villaforesta schaut auf seine Taschenuhr – mein Verlobungsgeschenk – und sagt nur:

«Es ist schon halb sieben. Ich komme zu spät. Gibt es noch mehr zu besprechen?»

«Ich werde Turin verlassen. Ich denke daran, mich auf der Bandita niederzulassen. Ich glaube, das ist das *Richtige.*»

«Das *Richtige?*», fragt Francesco in sarkastischem Ton, während er sich mit einem Handkuss von mir verabschiedet.

An der Haustür schlägt er den Kragen seines Paletots hoch, dreht sich zu mir um und sieht mich an. Diese Einzelheiten möchte ich Ricorsi nicht erzählen. Also sage ich, er würde staunen, aber möglicherweise hätte ich ganz andere Gründe.

Von wegen schwach und alt werden, ich fühle mich noch stark wie ein Löwe, genauso wild sogar, denn mit dieser unverdienten Schenkung möchte ich jemandem beweisen, dass er sich hundert-, ja tausendfach in mir geirrt hat, dass er nichts von mir verstanden hat, von dem, was ich bin, nicht das Geringste. Oder doch …

«Glauben Sie, was Sie glauben möchten, Avvocato, das überlasse ich Ihnen. Forschen Sie nicht nach den Ursachen, begnügen Sie sich mit den Folgen. Mit diesem Schriftstück überlasse ich einem Menschen etwas, worum er mich vor langer Zeit gebeten hat.»

Ricorsi beobachtet mich mit düsterem Gesicht, und dann tut er etwas, was er, seit wir uns kennen, noch nie getan hat: Er kommt auf mich zu, nimmt meine Hand und hält sie mit beiden Händen fest.

Ich hasse Rührseligkeiten, jede Art von Rührung, also fliehe ich, indem ich Ricorsi meine Hand entreiße und hastig meine Jacke zuknöpfe, ohne mich zum Abschied umzuwenden. Im Geist sehe ich ihn hinter mir, runzelig und klein, wie er erschrocken dasteht, die Hand noch halb erhoben, unschlüssig, ob er mir folgen oder mich gehen lassen soll; doch ich bleibe nicht stehen und sage kein Wort.

Während ich auf dem Nachhauseweg langsam die Serpentinen hinauffahre, merke ich, dass meine Kopfschmerzen fast verschwunden sind. Das bedeutet, dass ich genug Kraft habe, um mich den letzten Vorbereitungen für meinen Empfang zu widmen.

Obwohl es eben erst zu regnen aufgehört hat, ist der Himmel blassblau wie auf einem barocken Gemälde. Auf der Fahrt und als ich später aus dem Mercedes steige und auf das Haus zugehe, fühle ich mich so leicht, zart und durchsichtig, als hätte ich Flügel anstelle meiner Arme und im Kopf die heiteren Gedanken eines jungen Mädchens.

Ich laufe ins Haus, um einen Brief zu schreiben.

7.
Das Fest

I

Trott beugt sich über mich. Mit einem Finger streicht er mir leicht über die Stirn, die Nase und die Schultern, wie er es macht, wenn er ein Gemälde erforscht, in das er sich vernarrt hat. Dann fährt er mit dem Zeigefinger sanft über die Oberfläche, um irgendwelche Farb- und Firnisschichten zu prüfen oder ausgebesserte Stellen und Übermalungen zu entdecken, die man mit bloßem Auge nicht sieht. Bei mir macht er es ebenso. Während ich noch nackt und erhitzt bin, zeichnet er mit dem Finger sanft mein Profil nach und schließt mich in ein imaginäres Bild ein, das mich aus dem Raum unseres Schlafzimmers ausschneidet. Ich nehme sein Gesicht in meine Hände. Er hat einen zarten Knochenbau und feine Gesichtszüge, und die stark gebogenen Augenbrauen verleihen ihm einen fragenden, erstaunten Blick. Die kleinen Falten um die Augen, die rissigen Lippen und eine tiefe Furche, die sich von der Stirn zwischen den Augenbrauen hindurch bis zur Nasenwurzel zieht – eher ein Bleistiftstrich als eine Falte –, sind die Zeichen der Zeit, die ich an ihm sehe und in denen ich mich wiedererkenne, als blickte ich in den Spiegel. Ich bekomme ein Kind. Ich weiß es seit zwei Wochen, aber ich habe noch nicht den Mut gefunden, es ihm zu sagen.

«Bist du glücklich mit mir?»

Trott antwortet nicht. Er fängt wieder an, meine Umrisse mit dem Finger nachzuzeichnen, streichelt meinen Nabel und küsst ihn.

«Freust du dich, dass du mich wiedergefunden hast?», frage ich weiter, ein bisschen ängstlich.

«Wiedergefunden?», fragt Trott, während er den Kopf hebt, um mich fast erstaunt anzusehen. «Wiedergefunden? Ich habe dich nie verloren. Du bist immer da gewesen.»

Jetzt sehe ich ihn verwundert an. Was soll das heißen? Demnach hat er mich all die Jahre warten lassen, weil er wusste, dass ich mich nie vom Fleck rühren würde, wie der Meilenstein in der Biegung der Landstraße, an dem in vielen, wie im Nu verflogenen Jahren erst die Karren mit Milcheimern und Heu, dann der blaue Alfa Romeo von Conte Martini, dann die Panzer der Deutschen, die Jeeps der Amerikaner und heute Marios Kleinlaster und der Bus nach Florenz vorbeigekurvt sind?

Trott hat meinen Blick aufgefangen und drückt mich an sich. Er umarmt mich so fest, dass ich den Atem anhalten muss, dann flüstert er mir ins Ohr:

«Ich habe andere Dinge verloren, nicht dich. Komm, zieh dich an. Lass uns zu unseren Gästen hinuntergehen, sie warten auf uns.»

«Das italienische Volk hat seine Pflicht getan.» So heißt es im Radio.

Das bedeutet nur, dass wir fast alle zur Abstimmung gegangen sind.

Der Radiosprecher hat eine aufdringliche, gellende Stimme, und ihm sind offenbar die Worte ausgegangen, denn er hat schon mindestens ein Dutzend Mal gesagt: «Die hohe prozentuale Wahlbeteiligung beweist die politische Reife des italienischen Volkes.» Nachdem er das eine halbe Stunde lang wiederholt hat, werden wir ungeduldig und schalten das Radio aus.

Erst vorgestern wurde abgestimmt. Wenn wir alle «unsere Pflicht» getan haben, wird es mindestens bis Mittwoch dauern, bis die Stimmen vollständig ausgezählt sind.

Da kann man ebenso gut einen Ausritt machen.

Meine Gäste sind einverstanden.

Mario ist nach Siena gefahren und wird dort den Tag verbringen. Novella, die für uns alle kochen muss, hat ihm das Kind anvertraut.

Trott möchte auch heute, an diesem Dienstagmorgen, nicht mit uns auf einen Spazierritt kommen. Er zieht es vor, zu Hause zu bleiben, um sich an irgendetwas zu schaffen zu machen: Ich sehe, wie er mit der Werkzeugkiste auf den Schuppen zugeht. Er kleidet sich nicht wie ein Hausherr, er unterhält sich nicht mit den Gästen, andauernd erfindet er Vorwände, um allein zu bleiben. Ich weiß nicht, ob es sich um eine förmliche Rücksichtnahme handelt. Nachts schläft er immerhin bei mir, aber die Nacht ist ein Freiraum. Tagsüber unterhält er sich lieber mit Mario und Novella und verbringt Stunden im Weinberg.

Es tut mir leid, dass er nicht mitkommt. Ich will mich nicht damit abfinden.

Ich gehe hinter ihm her, beharre darauf, dass er wenigstens später nachkommt. Aber Trott sagt, später müsse er zu diesem Anwalt gehen, bei dem er immer schlechte Laune bekommt.

Als ich ihn frage, warum, zuckt er mit den Schultern,

dann streicht er mir mit einem Kuss über die Wange und lächelt mich an.

«Geh», sagt er, «und amüsier dich.»

Oddone findet, ich sollte weiter versuchen, ihn zu überreden, es sei doch ein so schöner Tag.

Oddone weiß nicht, dass Trott einer von denen ist, die ihre Meinung nie ändern.

II

Ich müsste einen Spaziergang durch den Wald machen, aber mich durchlaufen Kälteschauder. Ich möchte nicht krank werden, schließlich habe ich ein Fest vorbereitet.

Ich werde auch meinen Mann einladen, schriftlich. Wenige Zeilen nur, höflich und ohne Bitterkeit.

Ich glaube, wir schulden einander einige Erklärungen.

Seit der Zeit vor dem Krieg habe ich Villaforesta nicht gesehen. Eine Begegnung kann man die hastige Umarmung nicht nennen, die wir bei der Beerdigung meines Vaters ausgetauscht haben. Die Augen der ganzen Stadt waren auf uns gerichtet, und man spürte genau, dass alle sich dabei das grelle Flittchen mit den bemalten Lippen vorstellten, das meinen Platz eingenommen hatte. Unter dem Krieg hat Francesco sicher nicht besonders gelitten. Soviel ich weiß, hat er sich weder freiwillig zum Wehrdienst gemeldet noch in den Wäldern versteckt. Schlimmstenfalls hat man ihm mit diesen lästigen Ausgangssperren den Tagesrhythmus durcheinandergebracht, und wahrscheinlich mussten seine Lieblingslokale ihre Pforten schließen. Vermutlich hat man seinen Club in Schutt und Asche gelegt, und er musste sich damit zufriedengeben, bei einem Freund zu Hause Karten zu spielen.

Ich habe gehört, dass er unser Haus niemals verlassen hat – er wird sich während der schlimmsten Luftangriffe höchstens im Keller oder in Revigliasco verschanzt haben. Das Gesetz gestand ihm zu, ungestört seinen Geschäften nachzugehen, da er zur Kategorie der «Einzelkinder mit verwitweten Müttern» gehörte (obwohl bei meiner Schwiegermutter Irene niemand, wirklich niemand an eine trauernde Witwe denken wird).

Ich jedenfalls war immer, wenn ich in all den Jahren aus zwingenden Gründen, wegen Beerdigungen, Erbschaftsangelegenheiten oder Vermögensfragen, nach Turin zurückkehren musste, peinlich darauf bedacht, jede mögliche Begegnung zu vermeiden.

Villaforestas Brief liegt schon seit ein paar Tagen offen auf dem Schreibtisch, wo ich ihn liegen gelassen habe. Jedes Mal, wenn ich dort vorbeigehe, fallen sie mir ins Auge, diese vielen Seiten aus festem Bütten mit ausgezacktem Rand – könnte Villaforestas Briefpapier irgendwie anders aussehen? Der Brief ist wie eine Ermahnung, ein lästiger Vorwurf, doch ich kann mich nicht dazu durchringen, ihn in den Umschlag zurückzustecken und in eine Schublade zu legen oder ihn zu zerreißen, ich möchte ihn nicht einmal anfassen, ich möchte nicht gezwungen sein, mich zu erinnern.

Ohnehin werde ich von Erinnerungen überflutet. Die Dämme vor dem Gedächtnis sind gebrochen, und ich schwimme mühsam gegen diese Flut an, immer erschöpfter. Manchmal schlägt das Wasser über meinem Kopf zusammen.

Santa ahnt etwas.

Wer weiß, wie sie das macht, aber sie merkt sofort, wenn

etwas nicht stimmt. Dann reagiert sie flink wie ein Wiesel und tut genau das Richtige, sie ruft unter einem Vorwand ihr Söhnchen, damit es mir andauernd über den Weg läuft. Für dieses Kind ist mein Haus ein verzaubertes Schloss voll dunkler Winkel und Überraschungen: ausgestopfte Vögel, Wildschweinköpfe mit gelben, aber immer noch furchterregenden Hauern, riesige Schlüssel aus Bronze für unbekannte Türschlösser, sogar ein Paar Florettdegen mit silbernem Knauf, die als Trophäe an der Wand hängen. Überall schleicht Tommaso sich ein und bringt mich mit seinem Lächeln auf den Boden der Tatsachen zurück.

«Was wünschst du dir zu Weihnachten?», frage ich ihn.

«Ein Unterwassergewehr», antwortet er prompt.

«Zu Weihnachten? Bist du sicher? In der Weihnachtszeit kann man nicht fischen gehen.»

«Man weiß nie», entgegnet er. «Besser man hat eins.»

III

Acht Personen. Nina und ihr Neffe, Iris und Carlino, Oddone und Trott. Ricorsi, ich.

Neun, wenn Villaforesta meine Einladung rechtzeitig bekommt und zusagt.

Wir haben einen runden Tisch hervorgeholt, an dem man auch zu zehnt bequem sitzt. Ich werde die silbernen Kandelaber aus Peru nehmen, die ich von meinem Vater geerbt habe. Schön sind sie nicht, aber hoch genug, um die Girlande aus Blättern und Pinienzapfen zu halten, die Santa gerade flicht. Sie hat noch nie eine Girlande geflochten, aber nachdem ich ihr ein paar Tricks gezeigt habe, hat sie es schnell gelernt. Ich glaube allerdings, für Santa ist das Flechten von Girlanden ein unmissverständliches Zeichen, dass ich endgültig vertrottele. Wahrscheinlich sieht sie nicht ein, welchen Sinn das haben soll: Warum telefoniere ich nicht mit dem Blumenhändler in der Stadt und lasse mir zwei Dutzend Rosen schicken, oder besser, vertraue ihm gleich meine Kandelaber an, damit er sie schmückt und mir das fertige Gesteck zwei Stunden vor dem Fest nach Hause liefert? So etwas würde ich natürlich niemals tun. Der Unterschied zwischen diesen luxuriösen Dekorationen und meinen bescheidenen Eichenblättern macht eine ganze Welt aus.

Wir arbeiten in der Garage, wo Dino ein Brett auf zwei Böcken befestigt und zwei Hängelampen angebracht hat, damit wir ein bisschen Licht haben. Auch über die Eingangstür möchte ich eine Girlande hängen, die Blätter der Stein- und Korkeichen sehen so fröhlich aus, und Dino ist tief in den Wald gegangen, um die Blätter der jüngsten Eichbäume zu suchen. Während wir an den Girlanden basteln, geht er schweigend hin und her, ununterbrochen beschäftigt, er kontrolliert den Heizkessel, damit er nicht verstopft wie im letzten Herbst, er schaut nach, ob im Haus nichts fehlt, Feuerholz für die Kamine, Glühbirnen – immer brennt eine im letzten Moment durch –, er fragt, ob ich etwas brauche, noch mehr Draht, zusätzliche Scheren, einen Eimer Wasser.

Ich habe beschlossen, dass wir die Fasanen essen werden, die Dino geschossen hat, der Kühlschrank ist voll davon, und natürlich werden wir unseren Wein und unser Öl nehmen, unser Gemüse, unsere Steinpilze, Eier und Kastanien. Dieser Fleck Erde ist ein Paradies, es gibt alles, was ich brauche, selbst wenn ich ein Bankett für Könige ausrichten wollte.

Santa hat mir ihre Frauen vorgestellt, «meine Gehilfinnen», wie sie stolz erklärt. Gemma, Santas Cousine, eine stämmige Person mit roten Wangen, und ihre Tochter Oletta, ein reizendes Mädchen, das besser daran täte, nach Mailand zu gehen und dort Fotomodell zu werden, statt an den Rockzipfeln ihrer Mutter zu hängen.

«Ihre Tochter ist eine wahre Schönheit.»

«Gehen Sie mir weg damit, es ist zum Verzweifeln. Den ganzen Tag steht sie vor dem Spiegel und isst nichts von dem, was ich koche. Es bekommt ihr nicht, sagt sie! Sehen Sie sich das Mädchen doch an, sie scheint ja nur Haut und Knochen, obwohl ich zugeben muss, hübsch, ja hübsch ist sie, aber mit fünfzehn ist das leicht, da sind wir alle noch ganz brauchbar.»

«Nun, alle nicht unbedingt, Gemma. Oletta ist etwas Besonderes, von wegen Haut und Knochen. Hören Sie auf mich: Sie weiß, was sie tut.»

«Da bin ich nicht sicher. Na ja, wenn Sie es sagen. Genügen zwei Kilo Kastanien, oder soll ich noch mehr schälen?»

Santa ist dafür zuständig, dass in jedem Zimmer Blumen in den Vasen stehen und die Weißwäsche frisch gewaschen ist. In der Küche verteilt sie die Einkäufe auf ihre Helferinnen, die eine schneidet Zwiebeln, die andere schält Kastanien. Alle werden von ihr hin und her geschickt, Gemma und Oletta, Dino und eine gewisse Dolores, die zum Putzen des Silbers abkommandiert wird. Sie kommt nicht aus Mexiko, sondern aus Careggi, und in ihrem durchaus reichen Vokabular gibt es kein einziges c ohne den toskanischen Hauchlaut.

Heute wird das Silber, sofern noch vorhanden, von irgendwem geputzt, doch als ich ein kleines Mädchen war, herrschten in der Welt der Dienerschaft eiserne Regeln. Die

Zimmermädchen polierten Messinggegenstände und das Holz, sie wachsten die Fliesen, klopften die Teppiche und fuhrwerkten hier und da mit dem Staubwedel herum. Die Hausdiener waren für das Silber, die Fensterscheiben und das Leder zuständig, also die Koffer und das Schuhwerk des Hausherrn. Hemden schickte man zum Bügeln außer Haus, vor dem Krieg schickten die besonders eleganten Herren sie sogar nach Berlin oder, wenn es schnell gehen sollte – aber dafür musste man Beziehungen haben –, in den Vatikan, wo es hervorragende, an Priestergewändern und Altartüchern geschulte Bügelfrauen gab.

Die Küche war eine Welt für sich. Für Unbefugte verboten. Weder meine Mutter noch die Großmama betraten sie, sogar Miss Woodruff ging ungern hinein, nur wenn sie gezwungen war, uns herauszuholen, zum Beispiel wenn wir in der Speisekammer vom Zucker naschten. Es war Angelo, der nach den vagen Anweisungen meiner Mutter die wöchentlichen Speisen kochte und die Menüs für wichtige Empfänge zubereitete, und er war es, der festlegte, was die Dienerschaft aß: kräftige Suppen zumeist, Kartoffeln und ein-, zweimal in der Woche einen Schweinebraten, außerdem viele wiederverarbeitete Reste, die auch bei uns auf den Tisch kamen.

«Mein lieber Vittorio, die wahre Ersparnis ist ein Koch wie der unsere», erklärte meine Mutter in den Kriegsjahren meinem Vater geduldig, wobei sie ihn ansah, als stünde sie vor einem dummen Kind. «Ein Koch, der weiß, wie man die Reste für Hackbraten, Soufflés, Baisers und Sauce Hollandaise wiederverwendet.»

Für meine Mutter waren Soufflés, Baisers und holländische Soße «billiges Essen», weil sie aus Bratenresten und Eiern gemacht wurden.

IV

Gestern bin ich nach Siena gefahren, weil ich etwas in der Apotheke besorgen musste.

Dino wollte mich hinbringen.

Ich mag es nicht, wenn man mich wie eine alte Frau behandelt, deswegen habe ich mich lange geweigert. Außerdem klettere ich nicht gerne in seinen unbequemen, hohen Geländewagen, auf den er so stolz ist.

Ich hasse es, wie ein zerbrechlicher Gegenstand zu erscheinen, aber so fühle ich mich, wenn Dino und Santa mir diese besorgten Blicke zuwerfen.

Sie stehen dort und starren mich an, wie hypnotisiert von meinen Beinen, meinen Armen, voller Angst, ich könnte zerbröseln, falls ich hinfalle, denn sie sind absolut sicher, dass die Osteoporose auch mir droht, trotz meiner morgendlichen Spaziergänge und obwohl ich, falls nötig, immer noch die Leiter zum Dachboden hochsteige. Ich gebe zu, Dino ist jetzt weniger hartnäckig, er verbringt mehr Zeit in seinem Haus, um dies oder jenes zu reparieren, doch manchmal schaffe ich es nicht, nein zu sagen und mich seiner Fürsorglichkeit zu entziehen. Also verspotte ich ihn, schimpfe mit ihm, er habe Frau und Sohn, auf die er aufpassen muss, und das sei schon genug. Dann blickt er mich erstaunt an, entsetzt sogar, und sagt leicht entrüstet:

«Wo denken Sie hin? Das fehlte gerade noch, dass ich das Kindermädchen für Sie mache!»

So war er schon als Kind, immer ernst, immer präzise, ohne einen Hauch Ironie, ganz und gar in seinem Tun aufgehend. Konzentriert wie ein Schachspieler schoss er mit seiner Schleuder, und so macht er es heute mit dem Gut: Er verwaltet dreihundert Hektar Land, als wären sie die ganze Welt.

Als ich aus dem Landrover gestiegen bin, wollte Dino mich in die Apotheke begleiten. Ich habe ihn mit einem eisigen Blick an seinen Platz gebannt, er wagt nicht mehr, sich zu rühren.

In der Apotheke zucke ich zusammen: Nichts ist mehr wie früher. Der Ladentisch aus dunklem Holz ist verschwunden, an seiner Stelle steht eine graulackierte Theke wie in einer Krankenhausrezeption, und in den Regalen gibt es nicht mehr die unzähligen Schublädchen mit winzigen Knäufen aus weißem Porzellan. Verschwunden ist die lange Reihe blauer oder durchsichtiger Glasgefäße, manche mit Verschlüssen aus Kork oder Blech, manche noch ganz aus hellblauer Keramik, und die ordentlich nach der Größe aufgereihten Mörser oder die kleinen Waagen … Wo sind die Apothekerwaagen, die Grammgewichte und der akkurate Stapel Papiertüten, dünn wie Hostien, für die abgewogenen Pülverchen? Wer hätte eine so revolutionäre Veränderung erwartet, und das in so kurzer Zeit? Das sage ich dem Apotheker, ich beschwere mich, wie ist es denn bloß möglich, man schaut einmal woandershin, schon hat sich alles verändert, man findet sich ja gar nicht mehr zurecht, gebt einem doch wenigstens Zeit, damit man sich an das Neue gewöhnt, das auf einen einstürmt, und außerdem, warum musste die alte Apotheke denn unbedingt erneuert werden, sie war doch schön, wirklich schön, so wie sie war, wann haben Sie sie denn eigentlich umgebaut?

«Im Januar ist es dreißig Jahre her», antwortet der Apotheker gelangweilt und dann im gleichen Ton: «Sie wünschen?»

Mir ist, als müsste ich im Boden versinken.

«Nichts», antworte ich und gehe rasch hinaus, um meine

vor Verlegenheit glühenden Wangen zu kühlen. Bedrückt schlüpfe ins Auto, verzagter als Tommaso, wenn er unabsichtlich großen Unfug gemacht hat.

«Was ist los, was haben Sie?», fragt Dino.

«Nichts. Gar nichts», antworte ich, und bis wir zu Hause sind, sage ich kein Wort mehr. Dann überrede ich ihn, mir bei einer Tasse Tee Gesellschaft zu leisten, nehme all meinen Mut zusammen und erzähle ihm, was mir in der Apotheke passiert ist. In allen Einzelheiten.

Er bleibt stumm, bis ich sage: «Das heißt, dass ich alt bin, Dino, und mich nicht mehr erinnern kann.»

Da lächelt er, aber nur mit den Augen.

«Ach was. Sie sind der einzige Mensch, den ich kenne, in dessen Kopf es nichts Altes gibt.»

So ist Dino, es gelingt ihm immer, mich zu trösten. Aber ich habe ihm nicht gesagt, dass die Episode in der Apotheke nur die Spitze des Eisbergs ist, denn schon seit längerem verwirren sich Gegenwart und Vergangenheit in meinem Gedächtnis, und tief vergrabene Erinnerungen an die Zeit vor über sechzig Jahren tauchen mit derselben Lebendigkeit auf wie das, was heute oder gestern Morgen passiert ist. Ich möchte gerne Ordnung in mein Gehirn bringen, so wie ich Strümpfe oder Taschentücher ordne.

Seit vielen Jahren schon reite ich nicht mehr, ich habe aufgehört, Cognac zu trinken und zu rauchen. Wenn ich mich tagsüber zu sehr anstrenge, ist die Nacht eine Höllenqual, ich ersticke unter den Laken, die Decken sind schwer wie Blei, sie verrutschen oder fallen vom Bett. Sogar das Federkissen wird zu einem Bündel, das ich hundertmal umdrehen muss, um einen kühlen Fleck für meine erhitzten Wangen zu finden. Die Jugend hat keine Ahnung, welch ein Luxus, welch ein Geschenk eine durchschlafene Nacht ist.

8.

Enthüllungen

I

Trotts Ausflüge nach Florenz sind sehr viel seltener geworden. Ich ahne, was Nina, Iris und Carlino, dieser Miesmacher, von ihm denken. Carlino hat sogar gesagt: «Du weißt nichts von diesem Mann und hast ihn dir ins Haus gesetzt. Seit dem Krieg laufen da draußen die merkwürdigsten Leute herum, liest du denn keine Zeitungen? Abenteurer, Betrüger, Leute, die man früher nicht gesehen hat und mit denen wir nie Umgang haben würden. Und wenn er ein Spion ist?» Ich habe ihm entgegnet, bei der ungewissen politischen Situation und dem ganzen Durcheinander in der Welt täte er besser daran, über andere Dinge nachzudenken als über den Charakter meiner Freunde. Freilich muss ich zugeben, dass Trott manchmal flüchtet.

Das sage ich niemandem.

Als wäre er, ich weiß nicht, wankelmütig und charakterlos, fast ein Weichling. Wie einer, der sich von den Ereignissen mitziehen lässt, statt sie zu lenken.

Vielleicht ist es meine Schuld. Ich habe mein Geheimnis bewahrt. Jedes Mal, wenn ich kurz davor bin, ihm zu sagen, dass ich ein Kind von ihm erwarte, kommen mir tausend Ängste. Wie wird er es aufnehmen? Wird er lieb und verständnisvoll sein, sich bemühen, eine schickliche Lösung für uns beide zu finden – ich vergesse nicht, dass wir beide noch verheiratet sind. Oder wird er zornig werden? Wie soll ich es allen anderen sagen? Meiner Mutter?

Sein unerschütterlicher Gleichmut verwirrt mich. Ebenso bekümmert es mich, wenn er manchmal plötzlich verstummt.

Vielleicht will er mich an manchen Gedanken einfach nicht teilhaben lassen, damit ich mir keine Sorgen mache.

Vermutlich vernachlässigen wir aus diesem Grund bestimmte Themen, wie zum Beispiel den Fortgang seiner Geschäfte. Er arbeitet lieber auf dem Hof und reitet aus, statt für den amerikanischen Fabrikbesitzer, der ihn noch immer bezahlt, die Toskana zu durchkämmen. Ich frage mich, wie lang es noch dauern wird, bis der Amerikaner Trotts Verzögerungstaktik satthat und ihm die monatlichen Bezüge streicht, die ihm erlauben, einigermaßen anständig zu leben. Heute Morgen ist der Anwalt Ricorsi, ein tüchtiger junger Mann mit Adlernase, aber ein ziemlicher Snob, zu uns gekommen, nachdem Trott gestern bei ihm war. Er sagt, er habe ein gutes Geschäft für ihn. Ich nehme an, dieser kleine Winkeladvokat hat irgendeine alte Witwe an der Hand, der man gegen ein bisschen Bargeld ihre Gemälde und Silbersachen abschwatzen kann.

Trott und Ricorsi haben eine gute halbe Stunde in der Bibliothek zusammengesessen. Als Ricorsi gegangen ist, sah er so zufrieden aus wie einer, der seine Verhandlungen erwartungsgemäß abgeschlossen hat. Trott dagegen war den ganzen Tag schlechter Laune.

Ich bin zu ihm gegangen und habe versucht, ihn zu

umarmen. Er hat sich geschüttelt und ist im Garten spazieren gegangen gegangen, allein.

So wütend habe ich ihn noch nie gesehen.

II

Heute Morgen bin ich früher als sonst von meinem Spaziergang mit den Hunden zurückgekehrt. Am Weg mit den Nussbäumen lag ein toter Fuchs.

Die Hunde umkreisten ihn unaufhörlich, zögerten, ob sie an ihm schnüffeln oder einen Bogen um ihn machen sollten. Ich glaube, sie spürten etwas Schreckliches.

Es heißt, auch Tiere hätten Angst vor dem Tod, wenn es sich um einen gewaltsamen, unnatürlichen Tod handelt, und dieser Fuchs, ein junges und dem Anschein nach keineswegs schwaches Tier, ist wahrscheinlich an einem dieser vergifteten Köder gestorben, die starke innere Blutungen und furchtbare Schmerzen verursachen – kurzum, die Hunde witterten seine Todesangst.

Der Geruch nach Angst bleibt noch ziemlich lange in der Luft und dringt auch in die Erde, das trockene Laub und das Moos auf der Rinde der Bäume.

Ich wusste, dass der Jagdinstinkt bei meinen Hunden früher oder später die Oberhand gewinnen würde, dass sie sich dem Fuchs nähern, ihre Nasen überall hineinstecken und vielleicht sogar an etwas Gefährlichem in der Umgebung lecken würden, wo der arme Fuchs wahrscheinlich seinen Köder gefunden hatte.

Der Frieden des schönen Morgens war ohnehin gestört, ich konnte ebenso gut umkehren, die Hunde rufen und sie hinter einem Stock herlaufen lassen, den ich in Richtung Haus werfen würde, wo sie in Sicherheit waren.

Ich hatte mir den Mantel und die Wollhandschuhe noch nicht ausgezogen, als das Telefon klingelte.

So früh klingelt es äußerst selten.

Mir war sofort klar, dass es sich um einen besonderen Anruf handeln musste.

Wer weiß, überlegte ich. Ich erwarte Gäste. Ich habe Einladungen verschickt. Es wird jemand sein, der nicht kommen kann. Es wird jemand sein, der kommen will. Es wird der grässliche Doktor Scauri sein, der mir eine schlechte Nachricht überbringen will («Soundso ist gestorben»).

Die Hand noch im Handschuh, ergreife ich den Hörer.

«Hallo», sagt eine tiefe Männerstimme.

«Ciao, Francesco», antworte ich, «wie geht es dir?»

Wir haben uns seit Jahrzehnten nicht gesehen, und Francesco wünscht – er hat wirklich «ich wünsche» gesagt – mich zu besuchen, auch wenn er nicht zum Essen bleiben kann. Unaufschiebbare Angelegenheiten zwingen ihn, schnell nach Turin zurückzukehren, doch wenn die Ankündigung nicht zu kurzfristig kommt, könnte er morgen zum Tee bei mir sein.

«Morgen?», frage ich und antworte, ohne darauf zu warten, ob er noch etwas sagt: «In Ordnung. Um fünf Uhr.»

Ich willige ein, er hat mich überrumpelt.

Nachdem ich den Hörer aufgelegt habe, frage ich mich, ob ich jetzt völlig verblödet bin, ärgere mich über mich selbst und rufe sofort Dino und Santa an, damit sie schnell kommen, ein weiteres Zimmer muss vorbereitet werden. Es muss für morgen Abend eingekauft werden – ich werde Francesco wohl oder übel verköstigen müssen, freilich mit einfachen, improvisierten Gerichten. Dann rufe ich Ricorsi an – ich weiß, dass ich ihn nicht aus dem Bett hole, er leidet an schlimmer Schlaflosigkeit –, der seinen Ohren nicht traut und von einer, ehrlich gesagt, unangenehmen Aufregung gepackt wird: «Ihr Mann? Der, der in Turin lebt?» Ich hänge ein und hole das Bettzeug aus dem Schrank, die Gästehandtücher und ein zusätzliches Plaid, das aufs Bettende gelegt wird.

Nach etwa einer halben Stunde kommt Santa endlich und fragt mich mit scheelem Blick:

«Ist der Heizkessel schon wieder ausgegangen?»

«Nein», antworte ich, «er funktioniert sehr gut.»

«Entschuldigung, aber warum sind Sie dann so eingemummelt?», fragt sie misstrauisch.

Da merke ich, dass ich noch immer vollständig angezogen bin, in Mantel, Handschuhen und Wollmütze.

Ich fange an zu lachen, und Santa lacht auch.

Natürlich denkt sie, dass ich immer zerstreuter werde oder dass diese Nachricht mich völlig durcheinandergebracht hat. Sie fürchtet, das lese ich in ihren Augen, dass ich eines Tages wirklich nicht mehr zurechnungsfähig bin.

Mein Lachen resultiert aus Anspannung, ich merke, dass ich neugierig bin – vielleicht sogar erschrocken –, meinen Mann wiederzusehen.

III

Sommers wie winters setze ich mich pünktlich um halb eins zu Tisch. Eine Angewohnheit, die ich aus meiner Kindheit beibehalten habe, als die *pendule d'officier*, die heute auf meiner Anrichte steht, die halbe Stunde mit einem so leisen Schlag läutete, dass man ihn nur hörte, wenn man vorbereitet war. Um diese Zeit standen Enrico und ich schon seit ein paar Minuten an der Tür zum Speisezimmer und warteten darauf, dass Mama und Papa kamen. Diesen Moment nutzte Miss Woodruff immer, um eine neue Schleife in das Band aus Ripsseide zu flechten, das meinen Zopf zusammenhielt, und um es gerade zu rücken. Natürlich hatte sie bereits kontrolliert, ob wir uns die Hände ordentlich gewaschen und die Fingernägel gebürstet hatten.

Mein Vater und meine Mutter saßen sich an den beiden Tischenden gegenüber, um einander – so dachte ich – glücklich in die Augen schauen zu können.

Mein Bruder und ich saßen nebeneinander und hatten das spitze Gesicht von Miss Woodruff vor uns, die uns von Zeit zu Zeit, wahrscheinlich eher aus beruflicher Gewohnheit denn aus Notwendigkeit, strenge Blicke zuwarf.

Wir warteten schweigend darauf, dass unsere Eltern das Gespräch eröffneten, und hörten nur zu. Vieles von dem, was sie sich erzählten, erschien uns damals außergewöhnlich, dabei handelte es sich um banale häusliche Angelegenheiten und allgemeine Berichte aus dem Gesellschaftsleben. Die Stimme meiner Mutter war ein Singsang aus wechselnden hohen und tiefen Tönen, sehr angenehm anzuhören. Manchmal, nicht immer, unterhielten meine Eltern sich auf Englisch, aus Rücksicht gegenüber Miss Woodruff (eine überflüssige Höflichkeit, meinten Enrico und ich, denn inzwischen verstand Miss Woodruff ausgezeichnet Italienisch und Französisch, obwohl sie, wer weiß warum, so tat, als verstünde sie nicht). Manchmal machte auch Miss Woodruff eine Bemerkung, was allerdings selten geschah. Man hatte immer den Eindruck, dass sie sich nicht im Geringsten für das Gespräch interessierte. Mein Vater behauptete, es sei Mangel an guter Erziehung, doch meine Mutter widersprach, genau das Gegenteil sei der

Fall, hierin drücke sich auf besonders raffinierte Art und Weise jener typisch britische Esprit aus, der so großen Respekt vor den Freiheitsprinzipien habe, dass ihm sogar die schweigende Teilnahme an der Konversation anderer als inakzeptable Einmischung erscheinen müsse.

Dieses Speisezimmer war der Raum in unserem Haus, der mir am wenigsten gefiel. Er war dunkel, und man musste ein Paar ziemlich große Zwillingslampen anmachen, deren Schirme aus Keramik mit einem Geflecht aus Rosen und Tulpen dekoriert waren. Mir erschienen sie furchtbar hässlich, doch meine Mutter sagte, als müsste sie sich rechtfertigen: «O ja, die sind wirklich Belle Époque.»

Ich beneidete meine Cousine Letizia – die meine Mutter «das Braquemond-Mädchen» nannte –, denn mir gefiel die moderne Schlichtheit des Appartements ihrer Familie im Corso Vittorio Emanuele, wo das Sonnenlicht durch die Fenster hereinfiel und unter dem Esstisch ohne Tischtuch ein weicher Teppich lag.

Bei mir zu Hause waren die Stühle unbequem, mit steifer gerader Rückenlehne, eine Mischung aus bemaltem Holz und stacheligem Korbgeflecht, der Tisch war zu hoch und das Licht der Blumenlampen gelblich und trist. Überdies mussten die Lampen immer leuchten, denn meine Mutter hatte vor dem Erkerfenster eine Barrikade aus Pflanzen errichtet, sodass fast kein Licht hereinkam, nicht einmal im Sommer.

Miss Woodruff fand unser Speisezimmer abends, wenn Kerzen angezündet wurden, besonders schön. Die Samtvorhänge, die Kenzia-Palmen und die Skulptur von Thomire aus vergoldeter Bronze, die einen neoklassischen Platz mit Balustraden und Obelisken im *Retour d'Égypte*-Stil darstellte, die sich im glänzenden Pflaster spiegelten – eine *imagérie* nach dem Vorbild des Place de la Concorde, über die mein

Vater grimmig sagte: «Ich mag diesen Platz nicht, wegen der Guillotine, und ihr solltet ihn eigentlich auch schauerlich finden.» Musste das alles ein neunjähriges Mädchen nicht mit staunender Bewunderung erfüllen? In der Skulptur spiegelten sich die Kerzen, die kleinen, kristallenen Tischaufsätze, die meine Mutter mit Bonbons, Orangenblüten und Schokolade füllte, und die ebenmäßigen bronzenen Karyatiden der Kandelaber.

Das alles war pure Magie, da stimmte ich mit Miss Woodruff ganz und gar überein.

Oft beobachteten Enrico und ich heimlich die Vorbereitungen für ein Essen. Von diesen Festen waren wir ausgeschlossen, man würde uns höchstens am nächsten Tag die Reste auftischen, wenn das Soufflé zu einem gelben, gummiartigen Etwas geschrumpft und die Schlagsahne zu einem weißen Brei zerflossen war. Doch wir waren Kinder, und diese Köstlichkeiten gehörten in die Welt der Erwachsenen.

Wir hatten uns damit abgefunden und daran gewöhnt, nicht zu widersprechen: So war es eben. Nur am 24. Dezember wurden wir abends im Speisezimmer geduldet.

Am Abend vor Weihnachten war das Menü dürftig: eine Gemüsesuppe, in der zwei oder drei Fleischklößchen und ein gekochter Fisch schwammen, der mit Haut und Schwanz und weißen Augen auf den Tisch kam. Das Schlimmste aber war das Büschel Petersilie, das ihm aus dem Maul ragte und uns erschreckte. Doch das goldene Licht der Kerzen und das Zittern der Flämmchen verwandelten unser Speisezimmer, es wurde fröhlich, und wir bewunderten die funkelnden Tischaufsätze, gefüllt mit Obst und kandierten Früchten, die wir am nächsten Tag essen würden.

Sogar die Vorhänge aus rotem Samt, die tagsüber so

traurig aussahen, wurden zu einem Bühnenvorhang, hinter dem wer weiß welche Herrlichkeiten zum Vorschein kommen konnten.

Unsere Tanten und Cousinen waren da, und weil es der Weihnachtsabend war, wurde um halb zehn gegessen statt wie üblich Punkt acht Uhr. Es ging darum, wie Enrico sagte, den Abend in die Länge zu ziehen, weil wir hinterher alle zur Mitternachtsmesse gehen würden, auch wir Kinder.

Wenn ich diese Jahre gelegentlich wieder aufleben lasse, fühle ich mich verjüngt. Bemüht man sein Gedächtnis, belohnt es uns plötzlich mit Überraschungen, mit Erinnerungen, von denen wir nicht einmal gewusst haben, dass wir sie verloren hatten, und das ist eine ganz besondere Befriedigung.

Doch es gibt auch Tage, an denen mich dieses Zurückblicken ganz und gar nicht tröstet oder amüsiert. Dann ist mir, als hätte ich mich in einer Höhle voll labyrinthischer Verzweigungen und gefährlicher Spalten verlaufen, in denen ich abrutschen kann.

So geht es mir auch jetzt, wenn ich nach vorn schaue und sehe, dass der Weg nicht weiterführt. Dann blicke ich zurück und sehe, dass auch hinter mir kein Weg mehr da ist.

IV

Ich sehe ihn vom Fenster aus.

Punkt fünf Uhr – Villaforesta hat noch diesen altmodischen Hang zur Schweizer Pünktlichkeit – sehe ich ein dunkles Auto, das oben auf dem Hügel anhält. Ein junger

Mann springt heraus, öffnet den Kofferraum und holt einen kleinen Koffer, während aus der anderen Tür langsam ein großgewachsener Mann steigt, der sich noch immer gerade hält. Er trägt einen dunklen Mantel und einen Filzhut.

Der junge und der alte Mann wechseln ein paar Worte, und als der Jüngere wieder ins Auto steigt, berührt der Alte seine Schulter in einem raschen Abschiedsgruß. Ich bin zu weit weg, um zu erkennen, ob Villaforesta sich von seinem Sohn hat bringen lassen und ihn schnell verabschiedet, um peinliche Vorstellungen zu vermeiden, oder ob es ein Fahrer war, den er in Siena angeheuert hat. Neugierig würde ich gern das Fenster öffnen und beide ins Haus rufen, doch eine stolze Zurückhaltung aus der Kindheit, die ich nicht abschütteln kann, und ein gewisser – vielleicht missverstandener – Sinn für Schicklichkeit hindern mich daran, mich aus dem Fenster zu hängen und mir die Kehle nach egal wem aus dem Hals zu schreien. Hinter der Gardine versteckt, sehe ich Villaforesta mit kleinen Schritten über den Hof gehen, ich sehe die Hunde, die ihn anbellen – er verliert nicht die Fassung, denn er liebt Tiere und erkennt den Charakter eines Hundes. Ich höre die Haustür schlagen und Dinos Stimme, die meinen Gast auffordert, im Salon Platz zu nehmen. Während Dinos Schritte auf der Treppe dröhnen wie die seines Vaters, trete ich vom Fenster weg, um ein wenig Lippenstift und Puder aufzulegen. Eigentlich müsste ich mich für diese kleinen Eitelkeiten schämen, doch meine Haut ist so grau und welk geworden. Dino klopft leise an die Tür, und ich bin ihm dankbar dafür, dass er nicht sagt:

«Ihr Gatte erwartet Sie im Salon», sondern nur: «Man erwartet Sie unten.»

«Ja», antworte ich.

Gut.

Ich hole tief Atem, straffe den Rücken und beginne, langsam und vorsichtig die Treppe hinunterzugehen, eine Stufe nach der anderen.

V

Ich habe ihm Tee und Kekse angeboten, die er keines Blickes gewürdigt hat.

Wir hören ein Geräusch an der Tür, und Santa taucht auf, mit zerzausten Haaren, als sei sie in aller Eile aus dem Haus gelaufen.

«Guten Abend. Ich bitte um Entschuldigung. Ich dachte nur, der Signor Conte möchte vielleicht etwas Tee.»

«Nein. Er möchte keinen», sage ich.

«Wie Sie wünschen. Ich gehe jetzt in die Küche und koche etwas zum Abendessen. Jawohl.» Santa huscht in die Küche, und nachdem sie eine Weile dort hantiert hat, kommt sie in den Salon zurück.

«Ich dachte nur … Verzeihung, wenn ich störe … Ich habe vergessen, es Ihnen zu sagen, ich möchte Vieri anrufen.»

«Wen bitte?»

«Vieri, den Sohn von Gervaso, na ja, der die Waschmaschinen repariert.»

«Den Techniker», schlägt Villaforesta vor.

«Ja, genau den. Er soll kommen und sich die Maschine ansehen. Seit zwei Tagen läuft ein bisschen Wasser heraus, nicht viel, aber wenn es schlimmer werden sollte …»

Ich nicke. Santa nimmt das Telefonbuch aus dem Regal und geht zurück in die Küche.

Wir hören sie telefonieren. Ich schaue auf die Uhr und überlege, wie viele Minuten es dauern wird, bis sie zurückkommt.

Fünf. Genau fünf Minuten.

«Heute Abend mache ich eine Brühe mit Ei und zwei Schnitzel ... Der Techniker kommt am Mittwoch gegen zehn.»

Santa kehrt in die Küche zurück, und durch das Wohnzimmerfenster sehe ich Dino mit der Gartenschere in der Hand, der die Kletterrosen am Haus stutzt. Ich hoffe inständig, dass Villaforesta es nicht bemerkt: Wer würde im November Pflanzen stutzen, zumal wenn es draußen fast schon dunkel ist?

Das Telefon klingelt. Es ist Ricorsi, es geht ihm besser, sagt er, und er möchte sich die Beine vertreten. Er hat sich gedacht, da es draußen schon kalt ist und bald stockfinster sein wird, könnte er doch, statt nach Siena zu fahren, bei mir vorbeikommen, um ein wenig zu plaudern.

Villaforestas Ankunft scheint alle in Aufregung zu versetzen. Jeder beliebige Vorwand muss herhalten, um einen Blick auf ihn zu erhaschen.

Wieder taucht Santa im Salon auf, sie will mir sagen, dass Dino vergessen hat, Eier zu kaufen. Sie kann keine Brühe mit Ei machen.

«Das ist egal. Eine normale Brühe tut es auch, oder?», frage ich Francesco, der lächelt.

«Das ist sogar besser so.»

Santa nickt und geht hinaus.

Wie lange wird sie in der Küche bleiben?

Villaforesta hat entdeckt, dass Dino vor dem Fenster mit der Schere hantiert.

«Dein Gärtner ist spät dran für den Herbst», sagt er lächelnd.

«Das ist nicht mein Gärtner, das ist Dino. Er macht alles. Ohne ihn wäre das hier eine Katastrophe. Er ist meine rechte Hand, ach was, alle beide.»

«Ja. Das kann ich mir vorstellen. Es ist schön hier.»

«Ja.»

Ein fast vertrauter Austausch von banalen Sätzen.

Es ist schwierig, nach so langer Zeit miteinander zu sprechen. Schwierig, nicht zu lügen, zu beteuern, dass der andere prächtig aussieht, obwohl wir jung und schön waren, als wir uns zuletzt gesehen haben. Es ist schwierig, den richtigen Ton zu finden. Unangreifbare Förmlichkeit? Vertraute, fast liebevolle Verbundenheit? Distanz, gar Zerstreutheit? Melancholische Erinnerungsseligkeit?

Wir können uns beide nicht entscheiden und bleiben stumm, um einander eine Weile zu studieren.

Warum kommt Santa auf einmal nicht mehr in den Salon, verflixt, was soll diese plötzliche Diskretion? Und wieso braucht Ricorsi so lang, um endlich zu erscheinen?

Francesco ist sehr gealtert. Er trägt eine abgewetzte Jacke, die ihm zu weit ist. Man erkennt auf den ersten Blick, an welcher Krankheit er leidet. Er wirkt müde. Ich frage ihn, ob er sich vor dem Essen ein wenig ausruhen möchte. Wir haben später noch Zeit für ein Gespräch oder morgen, wenn die erste Aufregung über diese Begegnung sich gelegt hat.

«Nein danke. Es geht mir gut. Wie viel Uhr ist es?»

«Fast halb sechs.»

«Ich habe mich von meinem Sohn herbringen lassen.»

«Aha.»

«Er musste nach Florenz. Geschäftlich. Es war kein großer Umweg.»

«Nein. Höchstens eine Dreiviertelstunde. Er wird inzwischen angekommen sein. Fährt er gerne schnell?»

«Ja, ziemlich. Aber er ist vorsichtig.»

«Gut.»

«Und du?»

«Ich?»

«Hast du keine … Kinder?»

«Nein.»

«Konntest du keine …?»

Solche indiskreten Fragen kann nur Villaforesta stellen. Er ist ein Schatten seiner selbst, aber der Charakter ist derselbe geblieben.

«Jeweils nur eine Frage für jeden», sage ich und bringe ihn zum Lächeln.

«Entschuldige bitte.»

«Ist dein Sohn verheiratet?»

«Ja. Ich habe auch eine Enkelin. Sie heißt Caterina und ist acht Jahre alt. Ein sehr intelligentes Mädchen. Sie ist verrückt nach Tieren und möchte Tierärztin werden. Hunde mag sie am liebsten. Zu Weihnachten möchte ich ihr einen Labrador schenken, ich habe es ihr versprochen. Ihre Mutter ist dagegen, aber sie wird sich an das Tier gewöhnen.»

Wir werden vom Geräusch eines Autos unterbrochen, das vor dem Tor parkt. Ricorsi kommt lächelnd herein. Aufmerksam mustert er Villaforesta, und in Francescos Augen sehe ich Interesse aufblitzen. Der Anwalt brennt darauf, ihm ein paar Fragen zu stellen, doch Francesco kommt ihm zuvor, er hat nicht die geringste Lust, sich zu einem persönlichen Gespräch zwingen zu lassen. Im Piemont sei der Herbst schon viel weiter fortgeschritten, bemerkt er, hier sei man noch fast einen Monat zurück, so würden die Rosen hier zum Beispiel erst jetzt beschnitten – mit einem Lächeln deutet er auf Dino dort draußen –, nicht wie im Norden zwischen Ende September und Mitte Oktober. Übrigens würde es ihn interessieren, wann die Weinlese hier stattfindet, denn in Monferrato …

Ricorsi verzieht die Lippen zu einer enttäuschten Grimasse, die Konversation hat eine banale und völlig uninteressante Wendung genommen. Ob man im September oder im Oktober Rosen stutzt oder den Wein erntet, ist ihm herzlich egal, dieser Piemontese lässt sich offenbar nicht dazu bewegen, ein bisschen persönlicher zu werden, da kann man sich ebenso gut morgen mit ihm unterhalten, in aller Ruhe …

Erst um halb sieben geht Ricorsi. Zum Abschied küsst er mir mit einer förmlicheren Geste als sonst die Hand – fast warte ich darauf zu hören, dass er die Hacken zusammenschlägt. Der arme Ricorsi, er kann seine Enttäuschung kaum verbergen, noch immer steht er wie angewurzelt vor Francesco und mir, kann sich nicht dazu durchringen, zu gehen, und wirft mir besorgte Blicke zu.

Villaforesta hat ein ironisches Flackern in den Augen, das ich an ihm nicht kenne.

Ricorsi bebt noch stärker als sonst, es muss Schüchternheit sein.

Plötzlich habe ich den Eindruck, dass Villaforesta und Ricorsi sich kennen. Es ist absurd, ich weiß. Offenbar bringt auch mich Francescos Besuch ganz durcheinander.

Ich weiß, dass der Anwalt insgeheim hofft, er würde zum Abendessen eingeladen, aber darauf sollte er heute Abend lieber nicht hoffen.

Ich beobachte ihn, wie er das Haus verlässt, und bin mir sicher, während ich ihm belustigt nachschaue, dass er denkt, dass dieser Villaforesta ein sonderbarer Charakter ist, ein wirklich boshafter Typ. Seit einem halben Jahrhundert versuchen hier alle, ihn sich vorzustellen und herauszufinden, was für ein Mensch er ist, und was tut er? Redet den ganzen

Nachmittag lang über das Wetter, die Kälte und wie schnell die Tage kürzer werden, Sachen, die jedes Kind weiß.

VI

Meine Gäste fragen nach Trott. Auch ich suche ihn, ich habe ihn weder im Schuppen gefunden, wo er sich oft verkriecht, um mit irgendwelchen Werkzeugen herumzuhantieren, noch im Lager oder im Keller. Erst als ich beschließe, die Speisenfolge für heute Abend zu besprechen, finde ich ihn zufällig in der Küche. Voll Bewunderung, stumm und sehr interessiert beobachtet er Novella bei der Arbeit.

Novella hat kleine emsige Finger, schmal und flink wie die Scheren einer Krabbe. Sie rollt eine Teigrolle auf und schneidet sie in kleine, wenige Zentimeter lange Quadrate. In die Mitte dieser Quadrate tut sie eine Mischung aus Feldkräutern, wildem Mangold und Quark, jeweils einen nussgroßen Klecks, dann verschließt sie jede Teigtasche mit einem raschen Druck der Fingerknöchel, bestäubt sie mit Mehl und schiebt sie beiseite. Trott ist fasziniert, er beobachtet sie staunend und vergisst alles um sich herum, wie Kinder vor den Tricks eines Zauberkünstlers. Novella hat die richtigen Hände für Pasta, sagt Mario, lauwarme Hände mit einer gleichbleibenden Temperatur, so wird der Teig elastisch und glatt wie Seide. Trott, der sich mittlerweile ihr Wohlwollen erobert hat, macht Späße mit ihr, er möchte diese Zauberhand sehen, sagt er, und sie streckt ihm glücklich eine weiche, gerötete, mit Mehl verklebte Handfläche entgegen. Mein Freund verbeugt sich vor ihr und gibt ihr einen vollendeten, opernhaften Handkuss, was ihr durchaus nicht missfällt. Im Gegenteil, sie lacht schallend, und während sie sich zurückzieht, droht sie ihm mit erhobenem Zeigefinger.

«Wenn Sie nicht artig sind, koche ich Ihnen Katzenbrühe, passen Sie auf, das mache ich wirklich!»

Auch Trott lacht, und beide hören gar nicht mehr auf, denn ihr Gesicht bringt ihn zum Lachen und umgekehrt.

VII

Villaforesta und ich haben um acht Uhr gegessen. In Wasser gekochte Suppennudeln – scheußlich – und Putenschnitzel mit Zitrone.

«Krankenhausessen», hat Francesco ohne Ironie bemerkt, «danke für die Rücksichtnahme.»

Wir haben über vieles gesprochen, es war ein angenehmes Gespräch. Unerwartet angenehm. Francesco spricht ganz ohne Bitterkeit, manchmal schlägt er sogar einen fast liebevollen Ton an. Ich erzähle ihm, wie das Gut bewirtschaftet wird, berichte von den nicht enden wollenden Schwierigkeiten und gestehe, dass man sehr viel Fachkenntnis, Leidenschaft und Glück braucht, um einen guten Wein zu erzeugen. Villaforesta hört aufmerksam zu, fragt, gibt Ratschläge. Über seine Krankheit spricht er ganz offen, er bedauert, dass er nicht einmal mehr ein Glas Wein trinken darf. Dann gehen wir zu anderen Themen über, gemeinsame Freunde, aktuelle Begebenheiten.

Ich frage ihn noch einmal nach seinem Sohn. Ich möchte mehr über Aimone wissen.

Villaforesta zieht eine zerknitterte Fotografie aus seiner

Jackentasche, ich erkenne ihn, wie er einem hochaufgeschossenen, blonden Jungen die Hand auf die Schulter legt. Neben dem Jungen steht eine Frau.

«Jole?», frage ich.

«Ja. Es war der Tag, an dem Aimone sein Studium abgeschlossen hat.»

Jole hat auf dem Foto nichts von dem hübschen Flittchen, das ich mir vorgestellt habe. Ich sehe eine Frau in mittleren Jahren, etwas fülliger geworden, die zufrieden lächelt. Hinter den dreien sieht man eine Piazza mit modernen Häusern. Ich erkenne den Ort nicht.

Mein Gott, wie glücklich bin ich, dass ich nicht diese Frau auf dem Foto bin. Wie glücklich bin ich, dass ich einen anderen Weg genommen habe.

Ich schaue Villaforesta direkt in die Augen: «Nach dem Krieg habe ich hier einige Monate lang mit einem Mann gelebt.»

Ich erwarte, dass er etwas sagt, aber er bleibt stumm. Also sehe ich mich gezwungen weiterzureden, nur damit er weiß, dass auch ich meine Erinnerungen habe, auch wenn ich kein Foto mit mir herumtrage.

«Dann … war es zu Ende.»

«Und danach?»

Immer stellt Villaforesta diese peinlichen Fragen.

Ich schenke mir noch ein Glas Wein ein, um die verlegene Stille zu überbrücken.

Das hätte ich mir denken können, jetzt lächelt Villaforesta mich scheinheilig an und fragt noch einmal:

«Und danach?»

«Wonach?»

«Sag mir wie viele Männer es nach ihm gegeben hat.»

«Warum fragst du mich das?»

«Warum antwortest du mir nicht?»

«Warum sollte ich?»

«Warum solltest du nicht?»

Stimmt. Warum sollte ich auf seine Frage nicht antworten?

Kein Problem. Die Wahrheit ist ganz, ganz einfach.

«Keinen. Nach Trott hat es keinen mehr gegeben.»

Ist es möglich, dass Villaforesta blass wird? Dennoch kommt es mir so vor.

Jetzt sind wir beide verlegen.

Die besondere Atmosphäre des Abends ist verschwunden. Wir spüren beide, dass es Zeit wird, schlafen zu gehen, bevor das Gespräch eine noch intimere Wendung nimmt.

Ich bringe Villaforesta in sein Zimmer. Santa hat sein Bett gemacht, die Fensterläden geschlossen, die Vorhänge zugezogen und die Thermosflasche auf dem Nachttisch mit frischem Wasser gefüllt.

«Ich möchte dich etwas fragen, Francesco.»

«Ich höre.»

«Wirst du mir ehrlich antworten?»

«Ja.»

«Gib mir dein Ehrenwort.»

«Du hast es.»

«Habe ich dir *wirklich* dein Leben zerstört?»

«Gibt es etwas, was einem *wirklich* das Leben zerstören kann?»

«Keine Wortklaubereien. Antworte mir.»

Francesco zögert. Er schüttelt leicht den Kopf.

«Du hast es geschafft. Dies ist ein wunderschönes Zuhause. Ein Landgut, beim Spiel verloren, war für den Besitzer ein böser Scherz und für dich die Rettung.»

«Hast du mich wirklich so sehr geliebt?»

«Du bist hier glücklich gewesen, oder?»

«Ich bin allein gewesen.»

«Das tut mir leid.»

Francesco lehnt sich gegen den Türpfosten.

«Ich bin etwas müde. Das muss die Reise sein. Wenn du mich bitte entschuldigen willst, gehe ich mich jetzt ausruhen.»

«Gute Nacht. Bis morgen.»

«Ja, bis morgen.»

VIII

Italien ist eine Republik.

Die Auszählung der Stimmen ist abgeschlossen. Das haben sie im Radio gesagt.

Das Telefon klingelt, es ist meine Mutter, die vor Aufregung fast nicht sprechen kann. Sie schäumt vor Wut. Ich warte, bis sie sich abreagiert hat, höre ihre Seufzer und stelle mir vor, dass sie vielleicht sogar weinen möchte – jetzt, da sie alt ist, erlaubt sie sich derartige Schwächen. Dann nimmt sie sich zusammen, und ich höre eine Flut wütender Beschimpfungen: Opportunisten, Verräter, Revolutionäre, Betrüger. «Das war ja zu erwarten», schließt sie und beendet das Telefonat abrupt. Ich nehme an, sie hat aufgehängt, um jetzt mit ihren Freundinnen Gespräche nach demselben Muster zu führen.

Meine Gäste, Nina, Oddone und die anderen, wirken ruhiger, ich weiß nicht, ob sie resigniert oder fassungslos sind. Es ist, als würden all unsere Diskussionen aus den vergangenen Tagen schon zu einer anderen, weit entfernten Zeit gehören. Die Geschichte hat ein neues Kapitel aufgeschlagen, unsere Welt, die Welt, die wir kennengelernt haben, gehört der Vergangenheit an. Ich frage mich, ob das bedeutet, dass auch wir der Vergangenheit angehören. Es ist ein seltsames Gefühl, ein Riss, der weder Schmerzen noch echte Wehmut verursacht. Die Welt wird sich ändern, neue Gewohnheiten, neue Rituale werden entstehen. Mir fällt der Zaubertrick ein, den ich einmal im Theater gesehen habe. Auf der Bühne stand ein mit Tischtuch, Tellern und Gläsern gedeckter Tisch. Der Zauberer trat auf, ergriff einen Zipfel des Tischtuchs und zog es mit einem scharfen Ruck weg. Unglaublich: Das Tischtuch war jetzt in der Hand des Zauberers – er schwenkte es stolz hin und her –, und auf dem Tisch standen noch immer die Teller und Gläser. Nichts war auch nur um einen Millimeter verrückt.

So wie wir, die wir hier unter der Pergola sitzen, lächelnd, gelassen, wohlerzogen, um uns von der Junisonne wärmen zu lassen, das Summen einer Biene im Hintergrund.

Nur Trott fehlt.

Ich bitte Oddone, ihn zu suchen. Trott verschwindet oft in letzter Zeit.

Ich weiß nicht mehr, wann es mir aufzufallen begann. Anfangs waren es Träume, die mich warnten. Manchmal wachte ich nachts schweißgebadet und zu Tode erschrocken auf, mir war, als würde ich zittern, aber das war nur Einbildung. Trott schlief fest und wachte nie auf, trotz meiner Albträume. Ich dachte, ich hätte geschrien oder laut geweint.

Am Morgen versuchte ich, diese Träume mit Hilfe von Trotts Zärtlichkeiten zu vergessen.

Wenn ich mich beruhigt hatte, ärgerte ich mich über mich selbst. Man darf sich nicht so gehenlassen, dachte ich. Es treten exaltierte romantische Züge zutage, die ich gar nicht von mir kenne.

«Überempfindlichkeit schadet den Nerven», sagte meine Mutter immer. «Du denkst zu viel, du stellst dir zu viel vor.»

Meine Beziehung zu Trott ist noch jung, sagte ich mir auch. Tatsächlich lag unser Wiedersehen erst so kurz zurück, dass ich jeden Tag neue, unbekannte Seiten an ihm entdeckte. Dieser Widerwille, über sich zu sprechen, zum Beispiel.

«Ich entziehe mich von Natur aus gerne, versuch mich zu verstehen, Schatz», sagte er. Oder: «In meiner Vergangenheit gibt es nichts Interessantes, glaub mir.»

Ich merkte, dass es in Trotts Charakter einige Seiten gab, die mich verletzten oder auch ärgerten.

Seine plötzliche Kälte zum Beispiel, war das ein Wesenszug oder eine Reaktion auf die Missgeschicke in seinem Leben, durch die er sein Geld verloren und dann jede Beziehung zu seiner Familie abgebrochen hatte? Zeigte er dieses Verhalten nur mir gegenüber? War es das unmissverständliche Zeichen einer zwiespältigen, unausgeglichenen Persönlichkeit, das Symptom für wer weiß welche Störungen?

Manchmal denke ich, ich hätte viel früher begreifen müssen, vor dem Krieg schon, noch bevor ich ihn in der Pension Nannini wiedertraf, schon damals, als wir einen Spaziergang am Po machten und mein Mantel mich nicht vor der feuchten Kälte schützen konnte, die aus dem Fluss aufstieg. Hatte ich ihn denn nicht im Haus eines deutschen Diplomaten kennengelernt? Reiste er nicht durch ganz Europa und hatte Beziehungen in jede Hauptstadt des Kontinents?

An dem Nachmittag, an dem wir ein Liebespaar geworden waren, hatte Trott versprochen, zu schreiben, Kontakt zu mir zu halten. Aber nichts folgte, nicht das kleinste Zeichen.

Das ist begreiflich, dachte ich damals, er hat Frau, Tochter und wahrscheinlich sehr wichtige Geschäfte. Außerdem bin auch ich wohl oder übel eine verheiratete Frau, obwohl ich allein lebe.

Man muss eine gewisse Contenance bewahren. «Ausdrückliche Liebesbekundungen passen nicht zu uns», hätte Großmama gesagt.

Aber Trott hatte mir beim Abschied ein Versprechen gegeben.

Und zwischen Liebenden werden keine Versprechen gebrochen.

Nicht mal, wenn ein Krieg dazwischenkommt.

Oder?

Ich werde dich anrufen. Ich werde dir schreiben. Ich habe deine Telefonnummer in der Brieftasche. Schau her, da ist sie. Siehst du?

Diese flüchtige Ahnung ist verschwunden, hat sich zwischen anderen Episoden aufgelöst, ich habe sie vergessen. Wollte ich sic vergessen? Erst viele Jahre später, nachträglich, ist das, was ich damals nur vage gespürt habe, zu einer unwiderruflichen Gewissheit geworden. Ein Abenteurer, mehr war er nicht. Hat er Dokumente gestohlen? Informationen weitergegeben? Nahm er Geld von den Deutschen, den Russen, den Amerikanern oder Engländern? Stand er auf der richtigen oder der falschen Seite? Tat er es aus Überzeugung, aus Langeweile oder zum Zeitvertreib? Es ist verrückt, dass mir das passieren musste, und ich höre das höhnische Lachen von Großmama: Das kommt dabei heraus, das hast du nun davon, dass du deinem ängstlichen Wesen, deiner entsetzlichen Unsicherheit nachgegeben hast, als du dich kopflos, ohne nachzudenken, wie eine Närrin in alle möglichen Dummheiten gestürzt hast …

IX

Heute Morgen frühstücken Francesco und ich in dem kleinen Turmzimmer. Es ist ein quadratischer Raum mit Bücherregalen an den Wänden, aber die Bücher sind ungeordnet, zwischen Blechschachteln und Zeitschriften gepfercht – ich besitze sämtliche Jahrgänge von «Der blühende Garten».

Santa hat eine ausgebleichte Serviette über den Servierwagen aus Kirschbaumholz gelegt, die an den Seiten zu kurz ist und trübselig über den Rand ragt.

Tee, dünne, knusprige Scheiben Toastbrot, Brombeermarmelade – die mache ich selbst, immer im September – und eine Kanne Milchkaffee für Francesco. Die Butter schmeckt leicht ranzig, doch ich beschwere mich nicht. Als er sich setzt, lächelt Villaforesta mich an, weil ich nicht vergessen habe, was er gern zum Frühstück isst.

Ich möchte ihm erklären, dass dies keine besondere Aufmerksamkeit darstellt, die ich mir eigens für ihn ausgedacht habe. Ich musste mich nicht konzentrieren, um mich zu erinnern, was er vor über einem halben Jahrhundert zum Frühstück aß. Denn ich vergesse zwar immer öfter, was ich in der letzten Woche getan oder gesagt habe, aber mein Gedächtnis funktioniert hervorragend bei allem, was zu meiner weit zurückliegenden Vergangenheit gehört. Francesco wirft mir einen liebevollen Blick zu, der mich, offen gestanden, überrascht und in Verlegenheit bringt. Ich schlage ihm vor, bis nach Monteti hinaufzugehen, es ist kein besonders anstrengender Spaziergang, und von dort oben hat man einen schönen Blick auf mein Haus und das traumhafte Panorama der Umgebung.

Francesco ist einverstanden.

«So verstehe ich besser», sagt er in ernstem Ton, aber mit einem winzigen Lächeln, das seine Lippen kräuselt, und mir ist nicht klar, ob er mich auf den Arm nimmt oder es ernst meint.

«Ja. So verstehst du besser, wie wundervoll es hier ist, wie viel Glück ich hatte, diesen Platz zu finden. Das Chianti-Gebiet ist wirklich ein gesegneter Fleck Erde, besänftigend für die Seele.»

Dino kommt uns mit dem Auto abholen. Ich habe mir gedacht, dass es besser ist, wenigstens einen Teil der Strecke im Auto zurückzulegen, denn Francesco scheint mitunter etwas wackelig auf den Beinen. Er ist wirklich vergreist. Ich bin also nicht die Einzige.

Als wir allein oben auf dem Hügel stehen, während Dino unten auf uns wartet, erkläre ich Villaforesta, wie die Dörfer heißen, die an der Landstraße liegen, und wem die Villen mit den langen Zypressenalleen auf den Hügel gehören. Ich zeige ihm die Grenzen der Bandita, meinen Weinberg, den Olivenhain und den Wald, der an manchen Stellen so dicht ist, dass man nicht einmal mehr hineinkommt, und ich erzähle, dass es hier inzwischen ein lebhaftes Kommen und Gehen von Ausländern gibt – Engländer, Amerikaner und Deutsche –, die diesem Land einen unglaublichen Respekt und große Liebe entgegenbringen.

«Sie bekommen auch etwas zurück», sagt Francesco.

Ja, das stimmt, sie werden mit diesen hellen, warmen Tagen belohnt, einem Wind, der niemals zu heftig weht, einem Winter, der trotz gelegentlicher Fröste oder ein bisschen Schneefall im Januar und Februar angenehm und mild bleibt. Andersherum könnte man auch ganz einfach sagen, sie werden dadurch belohnt, dass sie das ganze Jahr über am Zeitungskiosk von San Giusto die «Times», die «Herald Tribune» und die «Frankfurter Allgemeine» finden.

Punkt halb eins nehmen wir ein leichtes Mittagessen zu uns, von Santa zubereitet, Fettuccine in Butter und gegrilltes Kalbfleisch. Ungezwungen sprechen wir über alle möglichen Themen und erzählen uns angeregt ein paar lustige Anekdoten. Die gepflegte Konversation ist eine Kunst, die wir nicht verlernt haben, und sie gestattet uns, nichts preiszugeben.

Noch nach so langer Zeit scheinen wir uns voreinander schützen zu müssen.

Von außen bieten wir das Bild einer stabilen, dauerhaften, von gegenseitigem Respekt getragenen Ehe.

Beide wissen wir – und werden es nie vergessen können –, dass zwischen uns glühender Hass und erbitterte Verachtung war. Dem Anschein nach sind wir zwei im Laufe der Jahre mild gewordene alte Menschen, doch wenn jemand in unseren Herzen lesen könnte, würde er unverändert all den Groll und die Angst eines jungen Mädchens finden, das noch nicht zwanzig ist und seit ein paar Stunden die Ehefrau eines fünfundzwanzigjährigen jungen Mannes, der sie zerstreut auffordert, sich auszuziehen, während er, aus dem Fenster blickend, ihr den Rücken zukehrt und sich im Schlafzimmer eine Zigarre anzündet.

Jetzt, da sie alt sind, wissen beide, worum es sich wirklich handelte.

Diese Nachlässigkeit bedeutete nichts. Gar nichts.

Es war ein bisschen Schüchternheit, ein wenig Bangigkeit, maßloser Stolz. Gespielte Gleichgültigkeit, hinter der sich Angst versteckte.

Ganz einfach.

Jetzt wissen beide, dass diese Grausamkeiten unfreiwillig waren wie die von Kindern.

Obwohl sie es jetzt besser machen könnten, wissen sie, dass sie weder Zeit noch Lust dazu haben. Mit bewundernswerter Perfektion haben sie sich gegenseitig das Leben ruiniert. Aber dieses Wissen tröstet sie nicht und genügt natürlich nicht, damit sie wieder aufeinander zugehen.

Sie können nicht mehr ohne diesen Groll leben, der noch immer in ihrem Herzen nistet. Nehmt ihnen auch den, und sie sind endgültig verloren.

X

Nach dem Essen hat sich Villaforesta hingelegt. Als ich ihn zwei Stunden später noch immer nicht aus seinem Zimmer kommen sehe, schicke ich Santa zu ihm. Ich habe mich nicht geirrt, es geht ihm schlecht.

Ich zögere, den Arzt zu rufen, vielleicht ist es nur die Müdigkeit. Ein paar Stunden später ist er noch blasser, und ich habe den Eindruck, sein Atem geht schwer.

Um Viertel vor sechs rufe ich Scauri an.

«Warum haben Sie mich nicht früher gerufen?»

So ist der grässliche Scauri immer – brummig. Das ist sein Naturell. Doch diesmal scheint er ernsthaft besorgt. Er wollte, dass ich dabei bin, während er Villaforesta untersucht. Für mich sah Francesco gar nicht so übel aus. Wenn da nicht die Wangen gewesen wären, die innerhalb eines Nachmittags ungewöhnlich stark eingefallen waren, hätte ich gesagt, er sei nur ein wenig abgemagert.

Francesco möchte nicht, dass ich seinen Sohn anrufe, er sagt, diese Schwankungen des Blutdrucks und diese plötzlichen Schwächeanfälle seien mittlerweile an der Tagesordnung. Ich setze mich neben ihn, lese ihm die Zeitung vor und scherze sogar ein wenig:

«Wer hätte das gedacht, dass ich mich je an dein Bett setzen würde, um dir Gesellschaft zu leisten, was?»

«Von außen betrachtet», sagt er, «wirken wir wie Reklame für die goldene Hochzeit.»

Ich hätte Francesco gerne von meinem Entschluss erzählt, auf alle meine Erbansprüche zu verzichten und einen Teil des Gutes Aimone zu hinterlassen.

Ich bin sicher, dass diese Neuigkeit ihn ein wenig aufmuntern würde, aber Scauri, der mir damit ja nur wieder auf die Nerven gehen will, hat gesagt, dass ich Francesco jede Art von Aufregung ersparen muss, weil er ein beschädigtes Herz hat und von der Krankheit und den Medikamenten bereits stark geschwächt ist.

«Was reden Sie denn da, Dottore, erklären Sie mir, was los ist.»

«Tut mir leid, aber das geht nicht. Ich habe ihm ein leichtes Beruhigungsmittel gegeben, damit er sich etwas ausruht. Aber Sie müssen den Sohn anrufen, Sie können die Verantwortung nicht allein tragen. Hören Sie auf mich! Sie müssen mit allem rechnen, auch mit dem Schlimmsten. Er ist ziemlich schwach.»

«Villaforesta will nicht, dass wir seinen Sohn benachrichtigen.»

«Das ist Ihre Entscheidung. Ich würde ihn anrufen.»

Scauri geht, will aber heute Abend gegen zehn wiederkommen.

Santa macht mir eine Tasse Tee und fährt in die Apotheke, um das Rezept einzulösen.

Francesco ist eingeschlafen, und mich überkommt Rührung, als ich sehe, wie sorgfältig er gestern Abend vor dem Zubettgehen seine Hosen gefaltet und die Jacke über die Stuhllehne gehängt hat. Als wir zusammenlebten, ließ er alles einfach irgendwo fallen.

Auf dem Tisch steht sein Lederköfferchen, Santa hatte noch keine Zeit, es auszupacken. Das kann ich tun, ich werde seinen Anzug in den Schrank hängen, wenn er so zusammengefaltet liegen bleibt, zerknittert er zu sehr.

Auf dem Boden des Koffers liegen ein Buch, eine Zeitschrift über Uhren und eine Brieftasche aus bordeauxrotem Leder. Ich erkenne sie, die hatte ich bei Pineider in Florenz gekauft, um sie ihm an unserem ersten gemeinsamen Weihnachtsfest zu schenken.

Es ist nett, dass er sie aufbewahrt hat.

Ich hatte ihm seine Initialen in die Tasche einbrennen lassen, das hatte ihm gefallen.

Neugierig öffne ich die Brieftasche.

Vier oder fünf Fotos von Jole und Aimone.

Ein Foto von mir, in Paris aufgenommen, mit einem über die Augen gezogenen Glockenhut und einem Mantel, der mir bis zu den Fußknöcheln reicht.

Ich nehme die Zeitschrift «Uhren für Sammler» und das Buch, um sie auf den Nachttisch zu legen. Villaforesta sammelt Uhren seit unserer Hochzeit, schon damals durchstöberte er die Juwelierläden in den Kleinstädten, die Antiquariate und die Häuser seiner Großonkel, auf der Suche nach seltenen, vielleicht kostbaren Exemplaren.

Ich werfe einen Blick in das Buch, ein Handbuch aus der Jahrhundertwende mit einem Einband im Art-Nouveau-Stil, noch recht gut erhalten: *Tricks und Schliche für Sammler* von einem gewissen Algernon Murray.

Das Büchlein des Herrn Murray hat noch mehr zu bieten: eine Reihe Karikaturen, Illustrationen der Missgeschicke, die einem unvorsichtigen Sammler passieren können, außerdem eine humorvolle Auflistung der zehn häufigsten Irrtümer, die ein angehender, aber unerfahrener und vielleicht einfältiger Jäger von Raritäten begehen kann.

Ich fühle mich nicht unwohl beim Blättern in dem Büchlein, mir kommt gar nicht in den Sinn, dass ich Villaforesta unrecht tun, dass ich indiskret sein könnte. Im Gegenteil, ich meine, neue, interessante Seiten seines Charakters zu entdecken, die ich nicht kannte oder vergessen hatte, wie die Vorliebe für eine bestimmte Art Lektüre und die anhaltende Leidenschaft für historische Uhren.

Zwischen den Seiten steckt ein Brief, der mir aus der Hand gleitet und zu Boden fällt.

Auch ich benutze häufig Eintrittskarten oder Ansichtskarten als Lesezeichen, alles, was mir gerade in die Hände fällt und was ich meistens nicht wegwerfen, aber auch nicht unbedingt behalten oder archivieren will.

Keinen Augenblick lang denke ich daran, diesen Brief zu lesen, aber er ist heruntergefallen, also muss ich ihn aufheben – eine nichtssagende Geste, oder? Als ich ihn in die Hand nehme, kann ich nicht umhin, zu bemerken, dass der schwarze Stempel auf dem Umschlag in Großbuchstaben verkündet: FLORENZ – EISENBAHN. (Eine nichtssagende und unwiderrufliche Geste.)

Der Umschlag ist sehr deutlich mit einem Absender versehen: ANWALTSKANZLEI VESPUCCI-RICORSI, RECHTSANWALT PIETRO VESPUCCI – RECHTSANWALT GIUSEPPE RICORSI.

Im Stummfilmkino wäre jetzt ein Zwischentitel erschienen:

«Ironie des Schicksals? Ein böser Scherz?»

Der Umschlag ist an meinen Mann adressiert.

Ich setze mich, damit ich nicht umkippe.

Das Zimmer dreht sich wie ein Karussell.

9.
Rossovermiglio

I

Euer Erlaucht
Conte Villaforesta
c/o Anwaltskanzlei Barberis & Quaranta
Via Bligny 16
Turin

Florenz, 5. April 1946

Sehr geehrter Signor Conte,

heute erhielt ich Ihr Schreiben vom 22. März, auf welches ich Ihnen hiermit unverzüglich antworte. Ihren Empfehlungen folgend, habe ich persönlich alle mir zugegangenen Informationen über den derzeitigen «Gast» der Frau Gräfin auf der Bandita nachgeprüft. Wie Sie bereits wissen, handelt es sich leider um beunruhigende Nachrichten.

Die Informationen, die Sie vorab von Signor Buricchi erhielten – dem Sie bitte erneut meine Anerkennung für seine Tüchtigkeit und die auf so diskrete Weise gesammelte Fülle an Details aussprechen wollen –, wurden durch meine Nachforschungen vollauf bestätigt. Wie Sie wissen, haben wir es keinesfalls mit einem vertrauenswürdigen Individuum zu tun, sondern ganz offensichtlich mit einer Persönlichkeit ohne Prinzipien, einem zu Betrügereien neigenden Menschen, deren Opfer vorwiegend weiblichen Geschlechts sind und die letzten Endes immer auf das Geld abzielen. Denn unser Galan besitzt kein Geld, obgleich er zeigt, dass er die damit verbundenen Vorteile sehr zu schätzen weiß, und ich kann es Ihnen nicht verdenken, lieber Signor Conte, wenn dieser Gedanke Ihnen gewisse Sorgen bereitet. Nichtsdestoweniger muss ich Ihnen erneut mitteilen, dass ich das Benehmen dieses angeblichen Ehrenmanns in jüngster Zeit nicht nur für eine Folge von Egoismus und Habgier halte. Ich muss vielmehr einräumen, dass mir mehrmals berichtet wurde – und auch ich selbst habe es beobachtet –, dass die Gutessa und ihr ausländischer Gast deutliche Zeichen einer intensiven gegenseitigen Zuneigung zeigen, die allgemein als stark und dauerhaft eingeschätzt wird. Er umgibt sie mit allen nur erdenklichen Aufmerksamkeiten, und die schönen Augen der Contessa lächeln fortwährend, heißt es. Vergeben Sie mir bitte, dass ich so unverblümt und zwanglos zu Ihnen spreche, doch das Vertrauen, das Sie mir nun schon seit einigen Jahren entgegenbringen, führt mir, wie es häufig geschieht, die Feder.

Es gibt nur wenige Informationen über die erste und, soweit bekannt, einzige Ehe unseres französisch-italienisch-österreichischen Mannes (welch ein Durcheinander).

Was ich bisher erfuhr, ist wenig ermutigend: Nachdem er das Vermögen seiner Frau durchgebracht hatte, schickte er sie zusammen mit einem wenige Jahre alten Töchterchen nach Bordeaux zurück. Mehr konnte ich nicht in Erfahrung bringen.

Ihrem Wunsch entsprechend, habe ich ein Treffen mit dem Gast Ihrer Gemahlin vereinbart. Ich stimme mit Ihnen überein, dass seine beschränkten finanziellen Möglichkeiten einen für uns günstigen und vorteilhaften Umstand darstellen.

Ich werde in diesem Sinne Erkundigungen einziehen und Ihnen alsbald genaue Mitteilung machen.

In Erwartung, Sie persönlich kennenzulernen, bitte ich Sie meine ergebensten Grüße entgegenzunehmen

Ihr
RA G. Ricorsi

II

Ich melde mich nicht an.

Bestimmt werde ich den Anwalt zu Hause antreffen. Im Unterschied zur Fledermaus verlässt er sein Haus nach dem Dunkelwerden nicht mehr. *Rata vuloira,* so heißen Fledermäuse im Dialekt des Piemont.

Als ich vor dem Gartentor parke, sehe ich das Licht des Fernsehers durch die Rollläden vor dem Wohnzimmer schimmern. Es ist stockfinster, der Mond ist noch nicht aufgegangen, und ich muss achtgeben, dass ich nicht stolpere.

Ich frage mich, welchen Gesichtsausdruck ich aufsetzen soll.

Denn ich bin nicht deprimiert. Nicht einmal nervös oder wütend. Ich fühle mich weder verraten noch betrogen. Auch enttäuscht bin ich nicht. Ich versuche herauszufinden, welche Art Gefühl ich empfinde. Vom Auto bis zu Ricorsis Eingangstür sind es etwa zwanzig, höchstens dreißig Meter. Ungefähr vierzig Schritte. Ich habe etwa vierzig Schritte Zeit, um zu entscheiden, was mir in der Seele gärt. Das Verrückte ist, dass ich es nicht weiß. Ich kann mich selbst nicht enträtseln. Angespannt bin ich, das ja, aber wenn ich in mein Inneres schaue – welch ein dummer Ausdruck das ist –, sehe ich nichts. Absolute Leere.

Wie einfach das war. Eine Viertelstunde hat genügt.

Ich habe geklingelt und gewartet, dass er aufmacht, ich bin ins Haus gegangen und habe, ohne meine Jacke auszuziehen, gefragt:

«Haben Sie mir nicht etwas zu sagen, Avvocato?»

Ricorsi reißt seine dunklen Augen auf, steckt beide Hände in die Taschen seines Hausanzugs, fährt sich mit der Zunge über die Lippen und sagt: «Mm.»

Ich habe mich zusammengenommen, bin unbewegt stehen geblieben, stumm wie ein Fisch. Eine plötzliche Eingebung sagte mir, wenn ich angefangen hätte, Ricorsi auszufragen, wäre er wieder in seine Anwaltsrolle geschlüpft und hätte tausenderlei Vorwände ausgegraben, um meine Fragen zu umgehen oder ausweichende Antworten zu geben.

Mein einsames Leben hat mich gelehrt, dass die Stille aufdringlich ist. Manchen ist sie fast unerträglich, und Ricorsi gehört dazu. Tatsächlich zeigt er fast sofort Zeichen von Unbehagen, schnaubt, schnalzt mit der Zunge.

«Mm», sagt er wieder, doch in einem anderen Tonfall, wie einer, der schon zu erzählen entschlossen ist, weil er sich lang genug gequält hat, aber noch nicht weiß, wie er das Knäuel von seinem Ende her entwirren soll – sagen wir es so.

Ich bin immer noch stumm.

«Mm.»

Zum dritten Mal setzt er an, dann fängt er endlich an zu erzählen.

Doch Aufregung und Verlegenheit spielen ihm einen üblen Streich, denn seine gewohnte Eloquenz ist dahin, stattdessen kommt eine verworrene Geschichte zustande, die weder Hand noch Fuß hat. Er erzählt von einem Juristenkongress in Florenz, bei dem er einen berühmten Turiner Anwalt kennengelernt hat – einen Staranwalt, sagt er –, der ihm wenig später schrieb, um ihn mit meinem Mann in Kontakt zu bringen. Er erzählt, dass Villaforesta sich Sorgen machte, weil ich allein auf die Bandita gekommen war, überdies so verstört und so zerbrechlich, dass alle, wirklich alle, das Bedürfnis verspürten, mich zu beschützen …

«Hören Sie, Ricorsi. Noch einmal, alles der Reihe nach. Ich möchte die Geschichte besser verstehen. Worum hat mein Mann Sie gebeten? Und wann war das genau? Erinnern Sie sich an das Datum?»

In meiner Stimme schwingt eine Aufregung mit, die ich nicht unter Kontrolle habe.

«Das weiß ich nicht.» Ricorsi spricht langsam. «Ich habe nur verworrene Erinnerungen, und außerdem bin ich müde. Lassen Sie mich ausruhen. Sie behandeln uns alle schlecht. Wir lassen Sie gewähren, weil wir Sie mögen. Ich weiß nicht, ob Ihr Mann Ihnen unrecht oder mit meiner Hilfe einen Gefallen getan hat. Für mich als Anwalt handelte es sich um ein ganz normales Mandat.»

«Aber warum denn? Wann war das? Sagen Sie mir bitte, was geschehen ist.»

«Wenn es Ihnen so wichtig ist, werde ich Ihnen Unterlagen geben, die sich in meinem Archiv befinden müssten.» Der verrückte alte Ricorsi gibt ein nervöses Kichern von sich, bei dem mir übel wird. «Ich werfe nichts weg, ist doch klar. Ich bin schließlich Anwalt.»

«Geben Sie mir die Papiere jetzt.»

«Aber es ist acht Uhr abends!»

«Bitte. Geben Sie mir diese Papiere.»

Ricorsi schneidet eine missbilligende Grimasse und schnaubt ärgerlich.

«In Ordnung. Wie Sie wollen. Setzen Sie sich, ich gehe sie suchen. Sie sind wirklich störrisch wie ein Maulesel, entschuldigen Sie den Vergleich. Wie ein Maulesel.»

Er braucht nicht lange. Als er ins Wohnzimmer zurückkehrt, hat er eine Mappe aus grauem Leinen unter dem Arm, die mit verknoteten Bändern zusammengehalten wird. Seine Haare sind zerzaust, sein Hausmantel verrutscht, er muss bis zu den höchsten Reihen des Bücherregals hinaufgeklettert sein, und da der Gürtel sich gelöst hat, steht dieser offen und enthüllt einen Pyjama aus hellblauem Flanell.

«Hier bitte. Das ist alles. Die Entwürfe meiner Briefe und die Originale des Conte. Außerdem eine Kopie des Berichts von diesem ehemaligen Carabiniere, den Ihr Mann engagiert hat, ich weiß nicht mehr, wie er hieß.»

«Buricchi.»

«Ja. Genau der. Buricchi. Hat Ihr Mann Ihnen das gesagt? Was für ein gutes Gedächtnis.»

«Mein Mann hat mir gar nichts gesagt.»

«Wie ‹gar nichts›?»

«Absolut nichts. Nicht ein Wort.»

Ricorsi sagt nur: «O mein Gott.»

Ich gehe zur Tür. Hinter meinem Rücken spüre ich das

blanke Entsetzen Ricorsis, der nun denkt, er habe wer weiß was für ein Geheimnis verraten, er habe die ehernen Prinzipien seiner Berufsethik verletzt, er sei nicht nur mir, vor vierzig Jahren, sondern nun auch Villaforesta in den Rücken gefallen.

Als ich schon weit weg bin, ruft er hinter mir her:

«Aber … Entschuldigung … Wie haben Sie es dann erfahren?»

III

Ich sage Santa, dass ich keinen Hunger habe und ins Bett gehen werde.

«Wieso ins Bett?» Sie ist besorgt. «Und Doktor Scauri, der um zehn zurückkommt? Und wer passt auf den Signor Conte auf?»

«Ruf Dino an», antworte ich, «ich brauche ihn.»

Kopfschüttelnd geht Santa telefonieren. Sie fürchtet, dass ich auch noch krank werde und die Bandita sich in ein Hospital verwandelt.

Kurze Zeit später höre ich Dinos Stimme. Er klopft an die Tür zu meinem Zimmer, um zu erfahren, wie es mir geht.

Gut geht es mir, sehr gut, sage ich, ich bin nur ein wenig müde. Ich höre, wie er mit Scauri telefoniert, er berichtet ihm von Villaforestas Zustand und setzt sich in den Salon, um mich den ganzen Abend nicht allein zu lassen. Der liebe Dino.

In Ricorsis Mappe stecken Briefe, Originale und Entwürfe. Ich sinke in den Sessel und beginne zu lesen.

IV

Turin, 9. März 1939

Sehr geehrter Herr Rechtsanwalt Ricorsi,

im Vertrauen auf Ihre Unterstützung und Fachkenntnis habe ich mir erlaubt, einem teuren Freund und bedeutenden Mann, dem Conte Villaforesta, Ihren Namen zu nennen. Er bat mich um eine Einschätzung und konkrete Hilfe in einer delikaten Angelegenheit, von der er Ihnen selbst schreiben wird.

Da ich bei unserer kurzen, aber unvergessenen Begegnung vergangenen Juni in Florenz den Eindruck gewann, dass Sie nicht nur ein junger, vielversprechender Anwalt sind, sondern auch – bitte vergeben Sie mir den vertraulichen Ton, doch bedenken Sie, dass ich in nahezu fünfundzwanzig Berufsjahren gelernt habe, meine Gesprächspartner auf den ersten Blick einzuschätzen – ein weltläufiger, tatkräftiger junger Mann, der über ein klares Urteilsvermögen verfügt – habe ich meinen Freund Villaforesta an Sie weitergeleitet.

Der Conte wird Ihnen in meinem Namen schreiben, und ich darf vorausschicken, dass Sie Ihre Fähigkeiten in den Dienst einer gerechten, doch heiklen Sache stellen werden, die mit dem allergrößtem Takt behandelt werden muss. Ich habe Villaforesta versichert, dass er bei Ihnen, mein lieber Ricorsi, absolute Diskretion und jede Art von Unterstützung finden wird, die er benötigt.

Ich vertraue darauf, dass Sie meinem Freund Villaforesta eine wertvolle Hilfe und ein weiser Ratgeber sein werden.

Auch in Zukunft stehe ich zu Ihrer Verfügung, wann immer Sie mich brauchen.

Rechtsanwalt Guido Barberis

Turin, 15. März 1939

Sehr geehrter Herr Rechtsanwalt,

mein Freund Barberis hat mir freundlicherweise Ihren Namen genannt, und so schreibe ich Ihnen unverzüglich in einer delikaten Angelegenheit, die mir sehr am Herzen liegt.

Ich komme gleich zur Sache: Meine Frau und ich haben einvernehmlich beschlossen, zumindest vorläufig eine größere Distanz zwischen unsere impulsiven Charaktere zu legen. Uns beiden schien es, als habe unsere eheliche Beziehung, statt von zärtlicher Fürsorge und Respekt voreinander geprägt zu sein, sich eher in Richtung ständiger wechselseitiger Kränkung entwickelt – was nach fast zehn Jahren Zusammenleben zu einem wahrhaft unerträglichen Zustand geführt hat.

Ich bin ein optimistisches Naturell und denke, dass die Probleme meiner Ehe durch das jugendliche Alter meiner Frau zur Zeit der Eheschließung bedingt sind, fernerhin durch ihren überschwänglichen Charakter und die anachronistische Erziehung, die ihr ein liebevoller, aber autoritärer Vater angedeihen ließ. All das hat sie zu einer Frau gemacht, die noch heute, an der Schwelle zu ihren Dreißigern, erstaunlich unvernünftig und naiv, ja sogar störrisch wie ein Rassefohlen ist. Sie neigt zu Kurzschlusshandlungen, Dickköpfigkeit und leichtsinniger Schwärmerei.

Sie werden bemerkt haben, verehrter Avvocato, dass ich sehr offen, wie zu einem Freund, mit Ihnen spreche, und ich glaube, dass ich recht daran tue, wurde Ihr Name mir doch von einem lieben, klugen Freund genannt, den ich seit langem kenne.

Worum ich Sie bitte, ist schnell gesagt: Meine Frau hat beschlossen, auf ein Landgut in ihrem Besitz vor den Toren Sienas zu übersiedeln – ich hoffe, nur vorübergehend –, einen Ort, an den ich mich weder begeben kann noch will. Ich gestehe Ihnen, dass ich es entschieden vorgezogen hätte, sie weiterhin hier in Turin zu wissen … Doch ich erspare Ihnen gewisse Details, die zu berichten ebenso unangenehm ist, wie sie sich in Erinnerung zu rufen.

Jede Ehe habe ihre Höhen und Tiefen, belehrt man mich, ihre eigenen gewundenen Wege und besonderen Gründe, die sie einzigartig und unnachahmlich machen. Ich muss Ihnen jedoch ehrlich gestehen, dass ich ganz anderer Ansicht bin, denn ich glaube, dass dergleichen Wechselfälle sich in höchst banaler Weise immer ähneln. Darum möchte ich mich, auf die *vox populi* vertrauend, die mich in Gestalt von Freunden, Verwandten und Ratgebern tröstet, in der Hoffnung wiegen, dass meine eigenartige und eigensinnige Gemahlin eines Tages zurückkehrt, um wieder den Platz einzunehmen, den Gott und meine Liebe ihr bestimmt haben.

Während ich darauf warte, dass wir in einer hoffentlich nahen Zukunft zu einem friedlicheren und liebevolleren Zusammenleben zurückfinden als bisher, wünsche ich allerdings, dass meine Frau keine Dummheiten macht, dass sie nicht zur leichten Beute für durchreisende Abenteurer wird oder sich selbst und ihr Vermögen auf der Jagd nach irgendwelchen Schimären verliert.

Rechtsanwalt Barberis meinte sich zu erinnern, dass Sie Ihren Beruf zwar in Florenz ausüben, doch weiterhin in Ihrem Haus in der Umgebung von Siena, unweit der Bandita wohnen.

Ich bitte Sie daher, meine Frau von dieser privilegierten geographischen Position aus diskret zu beobachten und sie wohlwollend, aber aufmerksam im Auge zu behalten, wie ein älterer Bruder oder Mentor. Ich könnte mir vorstellen, dass es Ihnen in einer kleinen Gesellschaft wie derjenigen Sienas nicht schwerfallen dürfte, einen zerstreuten – nur dem Anschein nach zerstreuten! – Blick auf die Bandita zu werfen. Ich bin sicher, dass ich mich deutlich genug ausgedrückt habe, und vertraue auf Ihre absolute Diskretion.

Wann immer Sie es für nötig halten, können Sie über die Kanzlei von Rechtsanwalt Barberis mit mir in Kontakt treten.

Ihr
Francesco Rocca di Villaforesta

Florenz, 28. März 1939

Sehr verehrter Signor Conte,

für die Antwort auf Ihren freundlichen Brief vom 15. dieses Monats habe ich mir mehr Zeit genommen als üblich, weil ich, offen gestanden, eine Weile über Ihre Bitte nachdenken musste.

Ungeachtet der Wertschätzung, die ein so bescheidener Vertreter unseres Berufsstandes wie der Unterzeichnende einem berühmten Kollegen wie Rechtsanwalt Barberis entgegenbringt, welcher mir die Ehre erwies, Ihnen meinen Namen zu nennen, habe ich mich gezwungen gesehen, mir über das, was Sie und Rechtsanwalt Barberis von mir wünschen, genaue Rechenschaft abzulegen.

Veranlagung und Erziehung lassen mich vor jedweder Art von Überwachung, Denunziation oder Kontrolle zurückschrecken.

Nicht nur *ad amici*, verehrter Conte, auch bei Anwälten *iuxta petamus.*

Ich spreche in dieser, wie Sie sagen werden, an Unverschämtheit grenzenden Offenheit zu Ihnen, weil ich möchte, dass Sie wissen, mit wem Sie es in Zukunft zu tun haben werden. Nun bin ich schon bis zum Endergebnis vorgesprungen, und Sie werden bereits erkannt haben: Ich willige ein. Doch ich willige nur darum ein, weil ich Ihrem Brief auch etwas entnommen habe, das Sie nicht geschrieben haben, nämlich eine tiefe Betrübnis und echtes menschliches Leiden.

Obwohl ein freundlicher Zynismus Ihre Worte geschickt verkleidet, habe ich zwischen den Zeilen eine Anhänglichkeit und Zuneigung erahnen können, die, wenn auch nicht herzensklug, so doch wenigstens hartnäckig sind, und daraus den, hoffentlich nicht irrigen, Schluss gezogen, dass Ihre Sorgen berechtigt und wohlbegründet sind.

Bitte vergeben Sie mir den scharfen Ton: Kein Anwalt, ob er nun ein blutiger Anfänger oder ein alter Hase ist, möchte die Aufgabe des Zerberus oder Denunzianten übernehmen, und noch weniger möchte er aus der Ferne zum heimlichen Mentor für eine Person werden, die er kaum kennt und die aus dem Alter, da sie am Gängelband geführt werden muss, schon lange herausgewachsen ist. Würde ich nicht zwischen den Zeilen lesen können, klänge das, worum Sie mich bitten, eher nach polizeilicher Kontrolle als nach zärtlicher Fürsorge.

Andererseits hat mir eine flüchtige Begegnung mit der Contessa – Sie haben recht, die Sieneser Gesellschaft ist wirklich klein – genügt, um jenen impulsiven Charakter zu erahnen, von dem Sie sprechen. Die Gefahren, die Sie fürchten, erkenne ich wohl: Die Contessa ist außerordentlich attraktiv und sieht weit jünger aus, als man es bei ihrem Alter erwarten würde. Ich werde die Aufgabe nur unter einer Bedingung übernehmen, nämlich, dass ich Ihre Frau nicht fortwährend überwachen und monatlich über ihre Aktivitäten berichten muss. Dies erscheint mir, mit Verlaub, entwürdigend für Sie, für Ihre Frau und für mich selbst. Ich werde mich darauf beschränken, einen, wie Sie sagen, liebevollen und wohlwollenden Blick auf die Contessa zu werfen, einen, sagen wir ruhig, wachsamen Blick, ohne mich darum gleich in einen detailbesessenen Biographen zu verwandeln.

Abgesehen natürlich von Fällen, in denen mir unvorhergesehene oder besorgniserregende Ereignisse zu Ohren kommen. Dann werde ich ein zuverlässiger, rascher Informant sein.

Zu mehr sehe ich mich vor meinem Gewissen und bei vollem Bewusstsein nicht in der Lage.

In Erwartung Ihrer geschätzten Antwort verbleibe ich

hochachtungsvoll
Rechtsanwalt Giuseppe Ricorsi

Turin, 15. April 1939

Sehr geehrter Herr Anwalt,

haben Sie Dank für Ihr Schreiben vom 28. März. Obwohl ich Ihnen gestehen muss, dass ich mir eine intensivere und kontinuierlichere Zusammenarbeit erhofft hatte, bin ich doch mit unserer Vereinbarung zufrieden.

Die finanzielle Regelung Ihres Honorars, über das wir noch nicht verhandelt haben, wird mit Sicherheit zur beiderseitigen Zufriedenheit ausfallen. Da die liebevolle Wachsamkeit, von der Sie sprechen, alles ist, was ich durch meine Worte bei Ihnen erreichen konnte, bleibt mir nichts anderes übrig, als mich damit zufriedenzugeben. Wollte ich mehr und Besseres haben, wüsste ich wirklich nicht, an wen ich mich wenden sollte. Seien Sie mir nicht böse, wenn ich Ihnen sage, dass ich Sie mit der Schilderung meines traurigen Falles stärker zu rühren hoffte.

Nun bleibt mir nur noch, Ihnen gute Arbeit zu wünschen, doch so wie die Dinge stehen, bin ich unsicher, ob ich mir wünschen soll, bald von Ihnen zu hören (in diesem Fall müsste das Benehmen meiner Frau jedoch Anlass zur Besorgnis geben), oder, nie mehr von Ihnen zu hören (das erscheint mir allerdings kein besonders höfliches Schlusswort für einen Brief).

Sehen Sie? Ihr Vorschlag bringt schon jetzt einige Schwierigkeiten mit sich …

Ihr
Villaforesta

Florenz, 18. April 1939

Geehrter Conte Villaforesta,

es ist mir nicht leichtgefallen, Ihnen schreiben zu müssen, dass ich den Auftrag nicht in der von Ihnen gewünschten Weise übernehmen kann.

Doch es wäre mir unmöglich gewesen, Ihren Wünschen nachzukommen und gleichzeitig eine, freilich bescheidene, Achtung vor mir selbst und meinem Beruf zu wahren.

Ich habe allerdings inzwischen eine Möglichkeit gefunden, wie ich Kenntnis von dem erlangen kann, was auf der Bandita geschieht. Eine Bekannte wird mir Bericht erstatten, Teresa Baratta, eine Kusine zweiten Grades von Ado, der, wie Sie vielleicht schon wissen, Verwalter auf dem Gut Ihrer Gattin ist. Teresa hilft dort von Zeit zu Zeit aus, wenn es etwas zu stopfen gibt oder ein Paar Hosen gekürzt werden müssen, und sie ist eine neugierige, listige Person mit einer Vorliebe für die Angelegenheiten anderer Leute.

Ich werde auf Signorina Baratta weder Druck ausüben noch mit Fragen in sie dringen, da ich die losen Zungen fürchte (die ein altes Laster in unserem Land sind).

Seien Sie gewiss, dass ich Sie auf dem Laufenden halten werde, sobald ich es für erforderlich halte.

Bitte grüßen Sie den Anwalt Barberis von mir.

Mit vorzüglicher Hochachtung
Rechtsanwalt Giuseppe Ricorsi

San Biagio, 20. September 1939

Hochverehrter Conte,

seit meinem letzten Brief vom April dieses Jahres sind einige Monate vergangen, und in diesen Monaten habe ich feststellen können, dass Ihre Gemahlin eine Frau mit bemerkenswerten Fähigkeiten und großer Willensstärke ist. Die Arbeit schreckt sie nicht, auch nicht die körperliche Anstrengung – hier bei uns ist jetzt Weinlese, und, glauben Sie mir, zum Winzer wird man nicht von heute auf morgen. Trotzdem hat die Contessa sich von nichts entmutigen lassen, auch nicht von der komplizierten Kunst der Önologie, von der sie absolut nichts verstand. Wie mir Signorina Baratta erzählt, von der ich Ihnen schon sprach, hat Ihre Frau sich mit erstaunlicher Fügsamkeit voll und ganz der Fachkenntnis und Routine von Ado anvertraut, einem verschlossenen, widerborstigen Mann, den sie im Handumdrehen gezähmt hat.

Weitere Informationen über das persönliche Verhalten der Contessa kann ich Ihnen nicht geben, da es nichts Tadelnswertes oder Wichtiges zu berichten gibt.

Ihre Frau scheint entschlossen, die Bandita in einen effizienten, ertragreichen landwirtschaftlichen Betrieb zu verwandeln, und widmet sich dieser Aufgabe mit leidenschaftlicher Hingabe. Man berichtet mir, dass die einzige weitere Beschäftigung der Contessa, ihr einziger Zeitvertreib, wenn man von gelegentlichen Besuchen in der vornehmen Gesellschaft von Florenz und Siena absieht, das Reiten ist, eine Aktivität, der sie jeden freien Augenblick ihres arbeitsreichen Tages widmet.

Mehr habe ich Ihnen nicht zu berichten.
Nehmen Sie meine achtungsvollen Grüße entgegen.

Rechtsanwalt Giuseppe Ricorsi

Turin, 30. September 1939

Sehr geehrter Herr Rechtsanwalt,

seien Sie bedankt für die beruhigenden Nachrichten über meine Frau.

Ich kann Ihnen gar nicht sagen, wie sehr es mich überrascht, von dieser neuen Rolle zu erfahren, in die sie geschlüpft ist. Wahrhaftig, man lernt einen anderen Menschen nie wirklich gut genug kennen, so sehr man sich auch darum bemüht.

Ich dachte, ich hätte nur eine anspruchsvolle Gefährtin verloren, und jetzt muss ich entdecken, dass mir gleich zwei Missgeschicke in einem widerfahren sind, denn in der Frau, die ich nur für eine Salonschönheit hielt, verbarg sich in Wirklichkeit die Seele einer Buchhalterin und die zähe Willenskraft eines Bauern! Wenn man dann bedenkt, dass ich in den letzten fünf Jahren mehr Geld durch mein Land verloren habe – mit seinen verfluchten Weinbergen, die sich irgendeine Krankheit von jenseits der Alpen geholt haben und völlig vertrocknet sind! – als beim Pferderennen oder am Spieltisch!

Wenn das keine Nemesis ist …

Ich danke Ihnen von Herzen, Avvocato.

Villaforesta

Florenz, 3. Februar 1940

Geehrter Conte,

ich habe Ihnen nur wenig zu schreiben.

Mit jeder Woche, die vergeht, stellt die Contessa eine Opferbereitschaft unter Beweis, die hier keiner von einer Fremden aus der Stadt erwartet hätte.

Ich nehme an, dass das Gut ihr inzwischen viel Befriedigung verschafft, und wenn die politische Situation in Europa nicht wäre, die uns allen große Sorgen macht, könnte ich Ihnen sagen, dass hier bei uns die Stimmung gut ist und alle bester Dinge sind.

Mit dem Ausdruck meiner vorzüglichen Hochachtung
Rechtsanwalt Giuseppe Ricorsi

Florenz, 12. Juni 1940

Sehr geehrter Conte,

ich schreibe Ihnen, obwohl die jüngsten Nachrichten mich in große Aufregung versetzt haben. Der Gedanke, dass wir nunmehr im Krieg sind, ist entsetzlich und besorgniserregend.

Ich halte es für sehr wahrscheinlich, ja, für sicher, dass ich zum Kriegsdienst eingezogen werde.

Unter diesen Umständen sehe ich mich gezwungen, unseren Briefwechsel und die, sagen wir, freundliche Obhut, in die ich Ihre Gattin im letzten Jahr genommen habe, vorerst zu beenden.

Von verschiedenen Seiten hört man, dass es ein kurzer

Krieg mit gewissem Ausgang sein wird. In der – hoffentlich nicht trügerischen – Hoffnung, dass dies zutrifft, nehme ich an, dass ich meiner Aufgabe wieder nachgehen kann, sobald der Friede zurückkehrt.

In respektvoller Verbundenheit
Rechtsanwalt Giuseppe Ricorsi

San Biagio, 9. Mai 1945

Hochverehrter Conte Villaforesta,

Sie können sich nicht vorstellen, wie sehr ich hoffe, dass dieses Schreiben Sie bei bester Gesundheit und in guter seelischer Verfassung antrifft.

Durch den Schwager meines Kollegen Barberis, Rechtsanwalt Quaranta, erhielt ich Nachricht von Ihnen, und ich habe ihn gebeten, Ihnen mein Beileid für das beklagenswert frühe Dahinscheiden Ihres Schwiegervaters zu übermitteln.

Bei der Gelegenheit sagte mir Quaranta auch, dass Sie nicht zum Kriegsdienst eingezogen wurden, sich aber nichtsdestoweniger, dank Ihrer gesellschaftlichen Verbindungen und großzügigen Geldspenden, für die freiheitliche Sache eingesetzt haben.

Das ist bei großen Katastrophen immer so, auf jeden Bekannten, für dessen Verhalten man sich schämen muss, kommt zum Glück ein anderer, auf den man mit Recht stolz sein kann.

Mir ist ein anderes Schicksal zuteil geworden, denn ich wurde eingezogen, wenn auch nur für kurze Zeit. Sie hat jedoch tiefe Narben hinterlassen, und nicht nur metaphorische. Auf dem Bauch trage ich seither ein Ehrenzeichen aus einer Operationsnaht mit zweiundfünfzig Stichen.

Ich habe alle nur erdenklichen Gräuel und Tragödien erlebt.

In diesen Jahren habe ich mir Mut gemacht, indem ich mir sagte, dass früher oder später alles wieder wie vorher sein und ich nach einem Kaffee an der Ecke des Borgo Ognissanti wieder mit meinen Akten unter dem Arm ins Gericht gehen würde.

Ich habe mich der Naivität schuldig gemacht. Nichts wird je wieder so sein wie früher, und ich spreche weniger von unserem schönen Florenz, das jetzt voller schwarzer Löcher und Ruinen ist, als von dem, was wir gesehen und erlitten haben.

Doch wenn erst der Alltag wieder beginnt und neue Büroräume gefunden sind, in denen wir unsere Kanzlei wieder eröffnen können – die Immobilie in der Via Cherubini ist schwer beschädigt –, dann werden wir schließlich wieder in unserem gewohnten Leben enden. So geht es in der Welt, ein Schleier zerreißt, schon webt man einen neuen.

Ihre Gattin hat die Bandita nie verlassen, soviel ich weiß, nicht einmal während der schlimmsten Bombardierungen oder Plünderungen. Mir wurde berichtet, dass sie die Kinder einer Grundschule beherbergt hat und jedem, der sie darum bat, moralische, finanzielle und praktische Hilfe leistete.

Sobald ich einen geeigneten Platz für die Wiedereröffnung meiner Kanzlei gefunden habe, werde ich Sie davon unterrichten.

Einstweilen bitte ich Sie, den außerordentlich vertraulichen Ton zu entschuldigen, in dem ich Ihnen zu schreiben wage. Ich kann ihn nur mit meiner rauschhaften

Freude über die lang ersehnte Befreiung unseres Landes rechtfertigen. Auch wenn unser Briefwechsel aus beruflichen Gründen erfolgte, bringt er mir doch eine Zeit in Erinnerung – den Frühling vor fünf Jahren –, die heute einer unendlich weit entfernten Vorgeschichte anzugehören scheint.

Mit freundlichen Grüßen
Rechtsanwalt G. Ricorsi

Turin, 22. Mai 1945

Lieber Herr Anwalt!

Endlich Nachrichten von Ihnen! Nicht weniger als drei Briefe gingen mit dem Vermerk «Empfänger unbekannt» an mich zurück, und ich befürchtete schon das Schlimmste! Welch eine Erleichterung zu erfahren, dass der Krieg Sie, abgesehen von der Operationsnaht, nur moralisch ein wenig in Mitleidenschaft gezogen hat.

Rechtfertigen Sie sich bitte nicht für Ihren vertraulichen Ton: In meinen brieflichen Herzensergüssen vor dem Krieg habe ich Sie weit ungenierter an meinen Kümmernissen und Schwächen teilhaben lassen.

Um zum Anlass meines Briefes zu kommen, dieses Mal schreibe ich Ihnen, um Sie formell von der Verpflichtung zur weiteren, sagen wir, Überwachung der Contessa zu befreien. Wie Sie mir so richtig schrieben, haben die letzten fünf Jahre unsere Perspektiven sämtlich verändert, außerdem natürlich das Gesicht Europas und der ganzen Welt wie auch unser eigenes – sehr viel ist geschehen, nichts ist mehr wie zuvor.

Sie mögen es nicht glauben, aber Sie sollen wissen, dass es in dieser ganzen Zeit, in all den langen Kriegsjahren mit ihrem Leid, keinen einzigen Moment gegeben hat, in dem meine Frau, wenn schon nicht den Wunsch, so doch wenigstens die Notwendigkeit verspürt hätte, sich an den Menschen zu wenden, der einmal – diese Zeit gehört tatsächlich in die Vorgeschichte! – ihr Ehemann war. Es gab kein Lebenszeichen, keinen Brief, gar nichts. Wir sind uns bei der Beerdigung ihres Vaters begegnet, und dort bestätigte eine förmliche, flüchtige Umarmung endgültig die Kälte, die unsere Beziehung nunmehr kennzeichnet. Was soll ich Ihnen sagen, Avvocato, Gefühle und Stimmungen verändern sich auf die Dauer, zunächst unmerklich, dann allmählich immer deutlicher, bis man entdeckt, dass man unwiderruflich ein anderer Mensch geworden ist. Nichts anderes ist mir geschehen. Darum entlasse ich Sie aus jeder Verpflichtung mir gegenüber.

Besuchen Sie meine Frau, wenn es sich ergibt, erfreuen Sie sich ohne Hintergedanken an ihrem Wesen und ihrem Geist, nehmen Sie sie als das, was sie ist, eine Frau, die vor einer Epoche und einer Welt floh, weil sie weder den Mut hatte, deren Regeln zu befolgen, noch, diese Regeln zu verändern.

Aus Ihren letzten Briefen meine ich schließen zu können, dass Sie meine Gattin als eine unzweifelhaft mutige Frau einschätzen. Sie dürfen mich nicht missverstehen – aus mir spricht nicht der verlassene und zornige Ehemann, wenigstens jetzt nicht mehr! –, wenn ich Ihnen sage, dass für alles, was meine geliebte Gattin in ihrem Leben getan hat, nicht Mut, sondern eine Art von Feigheit bestimmend war.

Es gibt keinen Grund mehr, warum dieser Briefwechsel zwischen uns fortdauern sollte, obwohl ich bekenne, dass ich wegen des angenehmen Tonfalls zwischen uns und unserer interessanten Gesprächsthemen nur ungern auf ihn verzichte.

Ich wünsche Ihnen, dass Sie bald Ihr gewohntes Leben wiederaufnehmen können, so wie ich es auch mir selbst, meiner Heimatstadt und ganz Europa wünsche.

Ihr
Villaforesta

Florenz, 30. Juli 1945

Sehr geehrter Conte Villaforesta,

entgegen Ihrem Wunsch erlaube ich mir, Ihnen erneut zu schreiben, weil sich hierorts ein neuer Umstand ergeben hat, ein Ereignis, über das, wie Sie sich vorstellen können, nicht nur unsere hiesigen Betschwestern, sondern die halbe Stadt redet. Ich halte es daher für unumgänglich, Sie davon in Kenntnis zu setzen.

Es geht darum, dass die Contessa seit etwa zwei Wochen mit einem ausländischen Herrn verkehrt (es ist mir noch nicht gelungen, seine Staatsangehörigkeit in Erfahrung zu bringen, der Nachname muss österreichisch oder deutsch sein, denn er lautet ungefähr Treunnersperg, doch der Herr scheint, wie mir meine eifrige Signorina Baratta berichtet, Italienisch zu sprechen, allerdings mit den für Ausländer typischen grammatischen Fehlern), und mehr weiß ich im Moment nicht.

In Erwartung Ihrer Anweisungen empfehle ich mich

hochachtungsvoll
Rechtsanwalt G. Ricorsi

Turin, 15. August 1945

Lieber Ricorsi,

Sie haben gut daran getan, mich zu benachrichtigen. Was meine Frau betrifft, nun, was soll ich Ihnen sagen: All unsere Wunden schließen sich, sogar die tiefsten.

Der Name Treunnersperg sagt mir nichts. Ich werde Erkundigungen einholen, seien Sie sicher, dass ich alle erforderlichen Informationen erhalten werde.

Lassen Sie von sich hören, wenn Sie Neuigkeiten haben.

Villaforesta

Turin, 30. August 1945

Herr Rechtsanwalt Ricorsi,

auch wenn man berücksichtigt, dass der Freund meiner Frau einen Nachnamen trägt, der deutsch klingt – ein Volk, dessen Beliebtheit abnimmt! –, sind die bruchstückhaften Informationen, die ich einholen konnte, doch alles andere als beruhigend. Es heißt, dass Treunnersperg – den man übrigens allgemein unter dem scheußlichen Spitznamen Trott kennt – vor dem Krieg die vornehme Welt von London und Paris frequentiert hat und beträchtliche Geldmengen am Spieltisch verloren hat. Doch da das Spiel eine Schwäche ist, die wir gemeinsam haben, bereitet wenigstens diese eine Tatsache mir keinen allzu großen Kummer. Viel mehr konnte ich hier in Turin nicht herausfinden. Es fällt mir schwer, in der Gesellschaft Nachforschungen über den Geliebten meiner Frau anzustellen.

Ich werde mich daher eines gewissen Buricchi oder Burichi bedienen, ein ehemaliger Polizist, der sich seinen

Lebensunterhalt damit verdient, dass er im Trüben fischt – dank betrogener Ehemänner wie dem Unterzeichneten.

Ich werde Sie auf dem Laufenden halten. Buricchi hat mir versprochen, dass er mir innerhalb eines knappen Monats einen ausführlichen Bericht liefern kann, falls dieser Treunnersperg Italien nicht verlassen hat. Sollte unser Mann allerdings im Ausland gelebt haben, könnte es bei dem gegenwärtigen Durcheinander in Europa auch drei oder vier Monate dauern, bis man ein paar kümmerliche Informationen zusammenbekommt.

Auf bald
Villaforesta

Turin, 10. Januar 1946

Sehr geehrter Herr Anwalt,

in der Anlage lege ich Ihnen eine Kopie von Buricchis Bericht bei. Lesen Sie ihn, und Sie werden sehen, dass es keinen Anlass zur Entwarnung gibt, denn dieser Treunnersperg ist ein billiger Casanova. Und er hat kein Geld, keine eigenen Mittel und keinerlei Aussichten auf Verdienstmöglichkeiten – in Buricchis Bericht steht, dass dieser Mensch nach dem Krieg Kunstexperte geworden ist. Ist das Ihrer Meinung nach ein Beruf, den man in neun Monaten erlernt?

Machen Sie sich selbst ein Bild. Ich habe Buricchi gebeten, sich mit Ihnen in Verbindung zu setzen und Ihnen eine Person zu nennen, die auch in Florenz aktuelle und detaillierte Informationen über Treunnersperg beschaffen kann. Bevor wir entscheiden, was zu tun ist, müssen wir wissen, mit wem wir es zu tun haben.

Was mich betrifft, so habe ich endgültig die Hoffnung aufgegeben, dass meine Frau wieder Vernunft annimmt, da sie sich diesen Herrn ins Haus gesetzt hat. Doch weil nicht nur sie mir am Herzen liegt, sondern auch der Name, den sie noch immer trägt, fühle ich mich verpflichtet, sie aus der Ferne zu überwachen. Wenn dieser Treunnersperg ein harmloser Betrüger ist, lassen wir ihn ihr. Doch wenn es sich, Gott behüte, um einen skrupellosen Abenteurer handelt, der sich eines Tages mit ihrem Herzen und ihren Juwelen aus dem Staube machen wird, dann sähe ich mich gezwungen einzuschreiten.

Ritterliches Ehrgefühl kann auch verflucht lästig sein.

Lassen Sie die Bandita bitte nicht aus den Augen.

Villaforesta

Turin, 5. März 1946

Lieber Ricorsi,

ich sehe mich gezwungen, die Unbequemlichkeiten einer Reise nach Florenz auf mich zu nehmen, um einen gewissen Ottavio Brioni zu treffen, der mir, wie Buricchi verspricht, offenbar ein aussagekräftiges, vollständiges Bild von der Persönlichkeit dieser italienisch-österreichischen Plage geben kann.

In der Zwischenzeit überlege ich, ob wir, falls es so weit kommen sollte, dass wir uns wünschen, Treunnersperg möge endgültig verschwinden, diesen Umzug möglicherweise … sagen wir, erkaufen könnten. Halten Sie das in Anbetracht seines Charakters nicht auch für möglich?

Es würde mich freuen, Sie endlich einmal persönlich

kennenzulernen, mein lieber Ricorsi. Ich werde vom 10. bis zum 15. April im Hôtel des Anglais logieren.

Lassen Sie mir eine Nachricht zukommen.

Villaforesta

Florenz, 20. März 1946

Sehr geehrter Conte,

meiner Meinung nach sollte der Weg einer finanziellen Vereinbarung mit Treunnersperg beschritten werden.

Die Informationen, die mir fortlaufend durch Buricchi und seinen Mittelsmann in Florenz zugehen, sind immer von derselben Art und recht beunruhigend. Buricchi hält es sogar für möglich, dass es sich um einen ehemaligen deutschen Spion handeln könnte, der in Anbetracht der Zeiten zu den Amerikanern übergelaufen ist. Gewiss, der Verdacht ist besorgniserregend, doch würde er das plötzliche Auftauchen Treunnerspergs in Siena und den langen Aufenthalt auf der Bandita erklären, da eine gute Deckung in einem völlig unverdächtigen Umfeld vonnöten sind.

Dennoch möchte ich Ihnen nicht verhehlen, dass die Contessa heiter und unbeschwert und so vollkommen ahnungslos wirkt, dass mir Zweifel kommen, ob nicht womöglich Sie und ich diejenigen sind, die hier einen großen, sehr großen Bock schießen.

Hoffen wir um Gottes willen, dass dem nicht so ist.

Hochachtungsvoll
Rechtsanwalt Giuseppe Ricorsi

Turin, 2. April 1946

Lieber Ricorsi,

tappen nicht auch Sie in diese Falle! Meine Frau hat sich seit zu vielen Jahren eine Einsamkeit erwählt, die ihr nicht entspricht – vergessen wir das nicht! –, und sobald ein Ehrenmann auftaucht, der ihr einen vollendeten Handkuss gibt, den richtigen Wein aussuchen und gewandt Walzer tanzen kann, ist das Spiel gewonnen – schon sind alle verhext.

Lassen wir die Fakten sprechen: Der junge Mann ist im günstigsten Falle ein Schwindler, der sich ins Bett meiner Frau geschlichen hat, weil sie schön ist, weil sie reich ist und weil sie einsam ist. Oder aber er ist – da sei Gott vor! –, wie Sie mir sagen, ein Spion!

Bleiben Sie ruhig, Avvocato. So läuft die Welt seit eh und je, und sie scheint sich nicht zu ändern. Ich habe jedenfalls meinen Beschluss gefasst. Geben Sie acht: Sie werden sich persönlich darum kümmern müssen.

Entwerfen Sie ein Schriftstück für eine finanzielle Vereinbarung, die mir nicht die Luft abdreht.

Ich erwarte Ihre Nachrichten.

Villaforesta

Florenz, 30. April 1946

Lieber Conte,

derzeit widme ich mich zielstrebig dem Vorhaben, Treunnerspergs Vertrauen zu gewinnen, um ihm – sobald sich die geeignete Gelegenheit ergibt und keine Gefahr mehr besteht, dass T. mich mit einem gut gezielten Faustschlag zu Boden streckt – die rosige finanzielle Zukunft in Aussicht zu stellen, die ihm Ihr großzügiges Angebot ermöglicht.

In der Zwischenzeit wäre ich Ihnen dankbar, wenn Sie mir freundlicherweise den Entwurf für eine Vereinbarung, den ich Ihnen vor Ihrer Abreise nach Florenz zukommen ließ, mit Ihren Bemerkungen versehen an mich zurücksenden würden, da ich keine Kopie davon besitze.

Wir wissen nicht, mit wem wir es zu tun haben, darum sollten die Überweisungen und die Überschreibung der Aktien auf mehrere Monate verteilt werden.

Erforderlich ist außerdem von Ihrer Seite eine möglichst genaue Schätzung der Gesamtsumme, die Sie zu überweisen bereit sind, um die oben genannte Transaktion abzuschließen. Ich gebe Ihnen zu bedenken, dass wir mit einer ziemlich hohen Forderung rechnen müssen.

Spätestens in ein paar Monaten, da bin ich sicher, werden wir diese unangenehme Angelegenheit endgültig zu den Akten legen können.

Mit freundlichen Grüßen
Rechtsanwalt Giuseppe Ricorsi

Florenz, 1. Juni 1946

Sehr geehrter Conte,

Auftrag erledigt! T. willigt ein. Übermorgen kommt er in meine Kanzlei. Ich habe eine Vereinbarung aufgesetzt, ein privates Schriftstück, das einen genauen Zeitplan für die Überweisungen festlegt.

T. sagt, dass wir zwei Herzen brechen, dass wir ihm wenigstens Zeit geben sollten, seine Abreise vorzubereiten (ich glaube, er meint: seinen Gläubigern mitzuteilen, dass bald eine hübsche Summe Geldes eintreffen wird).

Ich habe ihn daran erinnert, dass er sein Wort jederzeit zurücknehmen kann, wenn er es wünscht. Bestätigt er aber die Vereinbarung, sei absolutes Stillschweigen über unsere Abmachung eine unumgängliche Bedingung. Ich glaube, ich kann Ihnen versichern, Conte, dass wir auf der Zielgeraden sind.

Ich werde Sie unverzüglich informieren.

Mit freundlichen Grüßen
Rechtsanwalt Giuseppe Ricorsi

V

Ich bedaure, dass ich schließlich doch alles erfahren musste. Jahrelang habe ich mich in der Hoffnung gewiegt, dass es keinen bösen Grund für Trotts Verschwinden gab. Ich habe mir vorgestellt, am Ende hätte bei ihm das Bedürfnis überwogen, allein zu sein, frei umherzuschweifen, einem unwiderstehlichen Nomadengeist zu gehorchen, der die Oberhand über seine Liebe zu mir gewonnen hatte.

Ich weiß, echte Nomaden haben einen festen, heiteren Blick, wenn sie beobachten, wie die Landschaften und Gewohnheiten sich wandeln, sie schauen starr nach vorn, denn was zählt, ist die nächste Etappe, nicht das, was sie hinter sich lassen. Veränderungen ängstigen sie nicht, auch nicht das Verschwinden, eine subtilere und unheilbare Form der Veränderung. Sie zittern nicht, wenn der griechische Tempel in sich zusammenstürzt, weil sie daraus eine Pulverkammer gemacht haben, oder wenn neben dem Turm aus dem 13. Jahrhundert ein Schlösschen entsteht, mit Treppen aus polierten Fliesen, und wenn dieses Panorama nie, nie wieder dasselbe sein wird.

Sie zittern nicht, wenn etwas Unumstößliches geschieht, und es ängstigt sie nicht, dass sie eine ganze Welt hinter sich lassen müssen.

So ist Trott, sagte ich mir.

Ich dagegen habe mich für das Bleiben entschieden, und Trott wusste das. Er hat nicht einmal versucht, mich umzustimmen, im Gegenteil. Er hat mir geholfen, hier Wurzeln zu schlagen, denn «das ist dein Platz», sagte er. Er ahnte, dass man das Wesen der Dinge und der Menschen nicht verändern kann. Er hat versucht, mit mir zusammenzuleben, und hat durchgehalten, bis er nicht mehr konnte, bis der ruhelose Kern in ihm sein Recht forderte und er sich schließlich für einen neuen Aufbruch entscheiden musste. Er hat immer gewusst, dass er eines Tages wieder gehen würde, die innere Unruhe ist eine schwer zu zähmende Bestie. Und wer weiß, vielleicht war es sein Geschenk für mich, dass er mich lehrte, wie man Wein macht. Es gibt Menschen, für die nach einem Weg ein neuer kommt und dann wieder ein neuer, und dann gibt es eine Straße und dann wieder eine neue Straße, und wenn sie anhalten, dann nur, um Atem zu schöpfen, ihre Kräfte zu sammeln, bevor sie wieder aufbrechen, einen Schritt nach dem anderen. Und immer tun sie so, als gäbe es irgendwo ein Ziel, irgendein ein Ziel.

Ich musste mich mit der Einsicht abfinden, dass Trott ganz anders war als ich.

Und hatte nicht auch sein Blick sich immer im Ungefähren verloren, hatte er nicht eine Verschlossenheit gezeigt, die man ohne weiteres mit Gleichgültigkeit hätte verwechseln können? Seine Entscheidungsschwäche hatte mich überrascht und mir in jenem lang vergangenen Juni verwehrt, ihm zu erzählen, dass es zwischen uns etwas Neues, Zartes gab.

Ich habe diese Briefe gelesen, die von mir handeln, sich für mich interessieren. Aber statt endlich Gewissheit zu haben, dass dies das fehlende Stück im Mosaik ist, fühle ich mich, als hätte ich etwas beschmutzt, als hätte ich mir die Hände mit etwas Schleimigem, Widerlichem beschmiert, das ich besser dort gelassen hätte, wo es all die Jahre lang verborgen war. Ich denke an Trott zurück, wie er mich fest an sich drückte, mir in die Augen sah und dabei flüsterte: «Du verstehst nicht, du verstehst nicht.»

Was versuchte er mir zu sagen? Was verstand ich nicht?

Dass er mich verlassen hat, weil er Geld nötiger brauchte als Liebe?

VI

Die Stille in meinem Haus, nach so vielen Worten.

Nach so vielen Erinnerungen die Gegenwart.

Der Hof vor dem Fenster liegt schon im Dunkeln, doch man sieht die Schatten und die vagen Umrisse des Schuppens, des Gartentors und der vier Zypressen, die die Umfriedungsmauer vor dem Wind schützen. Der Mond muss aufgegangen sein. Zu Beginn des Winters ist das Licht der Sterne matt und kalt, vom Dunst verschleiert.

Aus diesem Hin und Her, einem immer wiederkehrenden Wechsel zwischen genau diesem dunklen Hof und dem Licht – dem Licht eines Junimorgens, der heiß zu werden versprach, oder dem Licht des Kinderzimmers, in das Enrico und ich verbannt wurden – besteht mein Leben.

Welcher Mechanismus des Gehirns ist bei dieser Bewegung eingerastet, diesem Vor und Zurück zwischen dem Dunkel eines feuchtkühlen Novemberabends und einem Tag im Juni, als durch das Zirpen der Grillen die aufgeregte Stimme der Radiosprecherin ertönte, die Zahlen und Daten auflistet, um dann das Ende einer Epoche und den Beginn einer neuen auszurufen. Italien ist eine Republik, und auch wenn wir uns alle fragen, was sich wirklich ändern wird – meine Mutter prognostiziert mit Falsettstimme «zahllose Verluste und Veränderungen» –, machen wir trotzdem einen Plan für diesen Tag, wann wir mittagessen werden, ob wir eine oder zwei Stunden ausreiten werden. Ja, es mag stimmen, dass unser Land sich verändert, doch einstweilen wird dieser Tag im Juni genauso so sein wie viele andere, wie gestern, wie morgen oder übermorgen.

Trott kommt zu mir, er streichelt meine Haare, und die Geste erscheint mir sehr zärtlich.

Ich erinnere mich an völlig unwichtige Einzelheiten, an das Huhn, das Novella gekocht hat, mit Salbei und Rosmarin in Weißwein geschmort. Ich erinnere mich, dass wir beschließen, nach dem Essen einen Ausritt zu machen, der Tag ist so schön, so klar, und am Nachmittag, als es nicht mehr so heiß ist, satteln wir erneut die Pferde. Trott kommt zuletzt doch nicht mit, er möchte in der Bandita bleiben, sagt er.

Ich erinnere mich, wie ich vom Pferd steige und im Haus die müden, schmerzenden Beine ausstrecke, während ich Mario frage, ob er weiß, wo Trott ist. Ich habe das Gefühl, ihn den ganzen Tag vernachlässigt zu haben, um mich ausschließlich meinen Freunden und meinen Pflichten als Hausherrin zu widmen. Seit Sonntagabend, das sind jetzt schon vier Tage, laufe ich immer nur hinter Novella her, um die Speisepläne zu besprechen, helfe Mario mit den Pferden – meinen eigenen und denen der Gäste, die wir geliehen haben –, organisiere Ausflüge zu Fuß und zu Pferd, Fahrten nach Siena und vieles andere mehr.

Ich erinnere mich an Mario, der sommers wie winters Hosen aus dunklem Leinen und eine Tuchjacke trägt, wie eine Uniform, und er schüttelt den Kopf, nein, er weiß nicht, wo Trott ist.

Meine Freunde strömen ins Haus, um sich die Reitstiefel auszuziehen, die Kleider zu wechseln, vielleicht auszuruhen, dabei lachen Nina und Iris, scherzen und flüstern. Ich gehe hinauf, um mich umzuziehen. In meinem Schlafzimmer herrscht eine Gluthitze, diese Junisonne ist schon sommerlich heiß, offenbar habe ich heute Morgen vergessen, die Fensterläden zu schließen. Seltsam, mir ist, als hätte ich sie zugemacht, und ich meine auch, dass ich die Schranktüren geschlossen hätte und die Schubladen der Kommode, da ich nicht unordentlich bin. Ich durchquere das Zimmer, um den Schrank zuzumachen, eine Bodenfliese nach der anderen, eine graue, eine schwarze, eine weiße. Ich erinnere mich an das Licht, das durchs Fenster dringt, ein breiter Strahl voller Sommerstaub, der schräg einfällt und jedes einzelne Bord, jede Schublade, jeden Kleiderbügel in Trotts Schrank beleuchtet.

Er ist leer, vollkommen leer, nur die Säckchen mit den Lavendelblüten gegen die Motten liegen noch da.

Ich erinnere mich an Nina, die mich – eine Stunde später, zwei? – auf dem Bett sitzend findet, immer noch auf den leeren Schrank starrend, so wie ich als Kind hypnotisiert dem Tanz der Schneeflocken im Licht der Straßenlaternen zugeschaut habe: ein Wirbel aus Flocken, alle verschieden, von dem ich die Augen nicht abwenden konnte.

Nina begreift sofort – wusste sie schon alles? – und versucht, mich zu trösten. Sie beruhigt mich mit dummen Erklärungen, die ich keine Sekunde lang glaube. («Er wird zurückkommen, dringende Geschäfte, schließlich ist die Monarchie abgeschafft, das ist eine große Sache, du kennst ihn erst seit kurzem, vielleicht ist er nach Rom gefahren, um zu feiern oder sich persönlich ein Bild zu machen, das sollten wir auch tun, die Geschichte ist ganz dicht bei uns vorbeigekommen, zweihundertfünfzig Kilometer weiter südlich, da darf man nicht fernbleiben. Vielleicht hat er sich auf irgendetwas Unklares eingelassen und musste deshalb abreisen, das ist vielen Leuten passiert, er hat nicht mal Zeit gehabt, dir eine Nachricht dazulassen, und das heißt, er will zurückkommen, mach dir keine Sorgen, er wird dir schreiben, er wird von sich hören lassen, du wirst zu ihm fahren, egal wohin, komm morgen mit mir nach Rom, dies ist ein Moment von großer historischer Bedeutung, es ist das Ende einer Welt und der Beginn einer neuen, bleib hier nicht allein, komm runter, ich mach dir einen Drink, wir sagen niemandem etwas, lass mich nur machen, du wirst schon sehen, alles wird wieder so wie vorher …») Wie viel Nina redet. Ich schließe die Augen. «Sei still, Nina, hör mir zu. Er ist weg, und ich bin allein. Allein, verstehst du? Und ich bin schwanger, Nina. Sag mir, was ich tun soll. Du bist eine weltgewandte Frau. Du bist mutig. Du hast nie vor etwas Angst gehabt. Ich bin anders als du. Ich hatte Angst vor allem. Ich bin hierher geflohen, um Turin und Villaforesta zu entkommen, und ich werde nie mehr zurückkehren. Das ist das Einzige, was ich weiß.»

Ich bin verrückt gewesen, zu glauben, ich hätte ein anderes Leben verdient als jenes, das mir zugedacht war. Es gibt erbarmungslose Privilegien, sie bringen Pflichten mit sich, denen man sich unmöglich entziehen kann. Auch mir war ein Weg vorgezeichnet, doch ich wollte einen anderen gehen. Mit welchem Ergebnis? Jetzt sitze ich allein hier, kaue die bittere Pille des Verlassenwerdens, beobachtet von Nina, deren mitleidigen Blick ich keine Sekunde länger aushalte.

Schwöre mir, dass du niemandem erzählen wirst, in welchem Zustand du mich hier angetroffen hast. Schwöre mir, dass niemand je erfahren wird, dass er so weggegangen ist. Schwöre mir, dass du diesen Tag vergisst. Schwöre. Und hilf mir, Nina, ich bitte dich.

Hilf mir, Nina. Seufzend setzt sie sich neben mich. Sie nimmt meine Hand. «Dummchen, das kommt alles in Ordnung. Du wirst schon sehen. Sag niemandem etwas. Du brauchst nur aufzupassen, und nicht mal dieser Einfaltspinsel Ricorsi wird was merken. Bring das Kind zur Welt und lass es von Mario und Novella aufziehen. Als wäre es ihr Kind … Sie haben doch schon ein Mädchen, was macht das für einen Unterschied? Du wirst für seinen Unterhalt aufkommen müssen, aber das würdest du ohnehin tun … Vertrau mir, das ist alles gar nicht so schwierig. Ich finde eine geeignete Hebamme für dich, die keine großen Umstände macht und den Namen auf dem Geburtsschein einträgt, den wir wollen … Erinnerst du dich an Alibrandi, diesen Arzt, den ich eines Nachts in dein Haus gebracht habe? Er soll uns helfen. Schließlich hast du uns damals auch geholfen. Du bist nicht die Erste und wirst auch nicht die Letzte sein. Und außerdem, wer soll dich hier schon sehen? Wer soll schon davon erfahren? Mario und Novella sind anständige Leute und haben dich gern. Und wer weiß, was Mario passiert wäre, wenn du ihn nicht so viele Monate in der Zisterne versteckt hättest? Du bist großzügig gewesen, jetzt lass dir von anderen helfen. Nun hör mir zu und tu genau das, was ich dir sage …»

Heute weiß ich, dass es der erste Beweis meiner Feigheit war, als ich meinem Vater nicht zu sagen wagte, dass ich mir keinen der fünf Namen, die er auf den hellblauen Zettel geschrieben hatte, zum Ehemann wählen würde. Dann folgten weitere Beweise, einer nach dem anderen, für fremde Augen nicht wahrnehmbar, doch für mich entscheidend. Wer mich sah, erblickte eine schöne, hochmütige Frau mit gewissen Härten und einer guten Dosis trotzigen Mutes. In Wirklichkeit war da gar nichts, außer maßlosem Stolz und Angst vor der Welt und dem Gerede der Leute. Ich habe meinen Sohn weggegeben. Ich habe die ganze Zeit an seiner Seite gelebt, ich habe ihn aufwachsen sehen und zugeschaut, wie er gehen lernte, laufen, Fahrrad fahren. Ich habe ihm beigebracht, wie man reitet und wie man diesen Hof bewirtschaftet, der eines Tages ihm gehören wird. Aber ich bin nicht seine Mutter gewesen. Ich hatte nicht den Mut dazu.

Unmittelbar nach Trotts Abreise war alles schwierig. Ich schlief schlecht, ich aß nicht und verspürte einen dumpfen Hass auf das Kind in meinem Schoß. Nach seiner Geburt beschloss ich, alles zu vergessen, von Anfang an, indem ich mein Gedächtnis leerte, wie man einen Eimer schmutzigen Wassers ausschüttet.

Ich erinnere mich, dass ich beschlossen hatte, von meinem Schmerz nie auch nur das Geringste durchscheinen zu lassen, kein Bedauern, keine Enttäuschung. Ich würde weder Trott anklagen noch mich selbst, ich würde meinem Zorn und meiner Trauer nicht erlauben, sich zu einer Mischung zu verknäulen, die meine Tage vergiftet hätte. Nein. Ich würde einfach warten, bis die Welle vorüberging, indem ich unter die Wasseroberfläche tauchte, wie man es im Meer bei den großen Brechern macht. Nein, Trotts Verschwinden sollte mich nicht in ein wehleidiges Nervenbündel verwandeln, weil ich erst verführt und liebkost und dann, schwanger, einfach sitzengelassen wurde.

Früher oder später würde mein Leben wieder den ruhigen Rhythmus annehmen, den es früher hatte. Ein dreihundert Hektar großes Gut in Betrieb zu halten ist eine mühsame Arbeit für jemanden, der sich nicht darauf versteht, der nicht dafür geboren wurde, und das war ich nicht. Im Gegenteil. Niemand von uns war dafür geboren. Mein Vater hatte es beim Spiel gewonnen, und mein Bruder wusste nicht, was er damit anfangen sollte, bis er es loswurde, weil er starb und es mir hinterließ.

Ich habe viel Arbeit. Ich lasse mich nicht gehen. Jeden Morgen erwartet mich Mario unten im Hof, eine ganze Reihe Weinstöcke droht zu vertrocknen, es ist die erste oben auf der Waldseite. Was sollen wir tun, verpflanzen wir sie oder lassen wir sie so bis nach dem Sommer? Wir haben einen französischen Önologen kommen lassen, einen gewissen De Gasquet, der uns geraten hat, die Trauben in einem anderen Verhältnis zu mischen. In ein paar Jahren werden wir einen großen Wein haben, sagt er, einen Wein mit einem vollen Körper, den man in Eichenfässern reifen lassen kann. Ich habe schon einen Namen, erzähle ich ihm, Rossovermiglio, wie die Farbe des Mondes an manchen Sommerabenden, wenn er am Hügel auftaucht und hinter den Wäldern so groß erscheint, dass man ihn für eine Täuschung halten könnte.

Wenn überall Stille herrscht und mich niemand braucht, stehle ich mir einen halben Nachmittag, sattle ein Pferd und reite bergab, in Richtung Poggio dei Genovesi, oder hinauf nach Monteti, um über das Tal zu blicken, dort unten, wo man die ganze Bandita sieht, den neuen Weinberg, der den Hang hinaufklettert, die großen Waldflächen, den Olivenhain und die langen Kurven der Schotterstraße, die zum Haus führt. Manchmal weine ich, doch ich könnte nicht sagen, ob es Tränen der Wut oder Traurigkeit, des Ekels vor mir selbst oder der Reue sind. Manchmal steige ich vom Pferd und setze mich auf einen Stein, und von dort betrachte ich diese Landschaft, die sich im Lauf der Zeit immer gleich bleibt, mit ihren Farben und Gerüchen, ihrer Stille und ihren weichen Linien, so wie ich sie kennengelernt habe.

Das alles hat funktioniert, bis ich angefangen habe, mich zu erinnern. Ich dachte, es könnte mir nicht schaden, wenn ich mir manche der nebensächlichen Episoden, die ich seit langem vergessen glaubte, ins Gedächtnis rief, doch sobald sie nur leicht angeregt wurden, sind sie so gegenwärtig, als wären sie eben erst geschehen.

Ich weiß, alten Menschen passiert es oft, dass sie keine oder wenig Erinnerungen an die jüngste Vergangenheit haben, während weit zurückliegende Zeiten mit unvermuteter Präzision zurückkehren. Das Hin-und-her-Schweifen des Gedächtnisses hat immer größere Zeiträume erfasst, bis ich nicht mehr in der Lage war, einen Strom von Worten einzudämmen, die alle nach draußen drängten, um sich an der Luft, in der Sonne zu entfalten wie unendlich viele Papierfetzen – aus Briefen, die nie angekommen sind oder wahrscheinlich nie geschrieben wurden –, Worte, die sich ausbreiten wie die Flügel der Zugvögel, wenn die Zeit zur Rückkehr kommt.

VII

Wenn ein Pferd lahm wird, muss man es töten.

Das ist schmerzhaft, aber eine andere Möglichkeit gibt es nicht: Von den Spätfolgen mancher Unfälle erholt man sich nicht wieder. Mit diesem Prinzip bin ich aufgewachsen. Es wird Zeit für seine Anwendung.

Ich gehe zu Villaforesta. Ich will Erklärungen von einem alten Mann, der im Bett dahinsiecht, fast besinnungslos durch das Fieber und die Beruhigungsmittel. Ein Mann, der glaubte, mich beschützen zu müssen, und mir stattdessen alles genommen hat. Doch die Entdeckung, dass Villaforesta Trott bezahlt hat, damit er ging, ist nichts im Vergleich zu der Vorstellung, dass Trott dieses Geld tatsächlich genommen hat.

Ich spüre, wie mir eine dumpfe, eiskalte Wut durch die Adern, ins Herz, bis hinauf in die Kehle steigt.

Dino sitzt auf einem unbequemen Stuhl, sein Kopf baumelt über einem Arm, er ist eingeschlafen. Es ist nach zehn Uhr. Ich streiche ihm sanft über den Rücken, sofort richtet er sich auf, die Augen noch voller Schlaf. Er sieht mich und möchte mir sagen, dass ich mir keine Sorgen machen soll, dass ich schlafen gehen soll, denn er ist da. Noch denkt Dino, ich käme aus Höflichkeit, gar aus Zuneigung bei Villaforesta vorbeischauen. Doch ihm genügt ein Blick, um zu verstummen, aufzuspringen und mich mit meinem Mann allein zu lassen.

Offenbar habe ich einen Blick, einen Gesichtsausdruck, der keinen Widerspruch duldet.

Villaforesta schläft nicht fest, er scheint eher zwischen einem halbbewussten Wachzustand und einem sehr leichten Schlaf zu schwanken. Sein Atem geht regelmäßig und ruhig.

Ich beuge mich über ihn, um ihn nach dem Warum zu fragen. Warum hast du Trott von mir entfernt? Warum hast du dich in mein Leben eingemischt, warum hast du mich nicht meinen Weg gehen lassen, warum hast du mich mit deiner Liebe und deinem Groll geschlagen, warum hast du Peak verkauft, mein eigenes Pferd, warum hast du das, was du anderen geschrieben hast, nie mir gesagt, warum bist du jetzt hierhergekommen, nach so langer Zeit, warum wolltest du mich wissen lassen, dass du der Urheber von allem warst, dass nichts so war, wie ich dachte, dass jeder von euch, du, Trott, sogar Ricorsi, dass ihr alle mich hinters Licht geführt und verspottet habt, und dass ich mich, naiv und dumm, wie ich war, in jedem von euch getäuscht habe? Warum, Francesco? Sag mir, warum. Ich beuge mich über ihn, um ihm diese und wer weiß wie viele andere Fragen zu stellen, stattdessen bleibe ich stumm, unfähig, ein einziges Wort herauszubringen. Nichts kommt aus meinem Mund, er ist zu Gips erstarrt, während ich diesen Mann betrachte, dessen Kopf mit den noch immer harten Gesichtszügen im Kissen versunken ist. Dieser Mann ist von einem zwar nicht geographisch, aber zeitlich weit entfernten Ort gekommen, um die intimste, ergreifendste Geste auszuführen, die ihm geblieben ist, um mir endlich seine Zerbrechlichkeit zu zeigen. Er kam, um mich wiederzusehen, doch ich müsste besser sagen, er kam, damit ich ihn wiedersehe, damit ich am Ende begreife, welcher Art unsere Verbindung war. Damit mir bewusst wird, dass das Mitleid, das ich empfinde, nicht frei von Reue, Verlegenheit und Zorn sein kann.

Ich glaube nicht, dass Villaforesta heute Nacht oder morgen früh sterben wird, vielleicht auch nicht in einer Woche oder einem Monat. Doch einstweilen ist er hier, in meinem Haus, neben mir – hier, wo ich ihn nicht haben wollte.

Also sage ich nichts, weil mir klar geworden ist, dass ich

gar keine Vorwürfe und Anschuldigungen habe. Ich bleibe so lange, wie ich meine Müdigkeit beherrschen kann, und betrachte ihn, während er schläft und zusammenzuckt wie ein Kind, das Albträume hat. Als ich aus dem Zimmer gehe, kommt Dino mir lächelnd entgegen, und ich sage ihm, dass ich schlafen gehe und er morgen die Fräulein nach Hause schicken soll, wir werden die Tische allein abdecken, die Tischtücher abnehmen, das Silber auf die Bank zurückbringen und die Schonbezüge wieder über die Möbel im Salon streifen. Ich habe es mir anders überlegt, das Fest findet nicht statt.

«Was soll das heißen, das Fest findet nicht statt?», fragt er verblüfft.

«Das heißt, es findet nicht statt, Dino.»

«Aber die Vorbereitungen … Seit einem Monat arbeiten wir … die Musiker und …»

«Dino.»

«Ja?»

«Dino, hör mir zu.»

Ich ziehe am Kragen seiner Jacke, damit er sich zu mir vorbeugt, und gebe ihm einen sanften Kuss auf die Wange. Mir liegen vier Worte auf den Lippen, die ich schon seit sehr langer Zeit aussprechen möchte, und ich flüstere sie ihm zu.

«Ich bin deine Mutter.»

Er lächelt, wie ein frecher kleiner Junge es tun würde.

«Es ist spät, Signora Contessa. Wir haben einen langen Tag gehabt. Um die Verwandtschaftsbeziehungen kümmern wir uns morgen. Gehen Sie schlafen, ich bleibe hier.»

Ich bin deine Mutter, will ich noch einmal sagen, doch meine Lippen fangen an zu zittern. Jetzt möchte ich mir diese vier Worte zurückholen, die mir wie Kleingeld aus der Tasche gefallen sind.

«Gute Nacht, Dino.»

«Auch Ihnen gute Nacht.»

Während ich die Tür zu meinem Schlafzimmer schließe, höre ich ein knirschendes Geräusch von Autoreifen auf dem Kies vor dem Haus. Es wird Doktor Scauri sein, der Villaforesta einen Besuch abstattet.

Ich lösche das Licht. Draußen ist es dunkel.

Nur ein paar Schritte, und ich könnte die Hand ausstrecken und die heiße Stirn des Mannes berühren, der mich mehr geliebt hat als jeder andere auf der Welt.

Hätte ich mich anders verhalten, wenn ich es gewusst hätte? Ich hielt mich für eine intelligente Frau, die die Menschen in ihrer Umgebung richtig einschätzen kann.

Ich hätte es schon vor langer Zeit wissen können. Ich hätte es 1928 in Turin und ein paar Tage später in Paris wissen können, wenn das Entsetzen und die Angst, in die mich diese von meinem Vater arrangierte Ehe gestürzt hatte, mich nicht blind und taub gemacht hätten. Dann kam Trott, und ich sah nichts anderes mehr.

Les broches mêmes qui étaient au feu toutes pleines de perdrix et de faisans s'endormirent, et le feu aussi.

Tout cela se fit en un moment: les fées n'etaient pas longues à leur besogne.

Ja, Feen erledigen ihre Arbeit mit großer Schnelligkeit, und eine Verzauberung braucht nur wenige Sekunden, doch um sie dann wiederaufzuheben, reichen manchmal hundert Jahre nicht aus.

Das letzte Geräusch, das ich höre, ist der Schrei eines Nachtvogels, dessen Namen ich, wie ich merke, endlich vergessen habe.

Danksagungen

Ich danke Alberto Rollo, der mich mit freundlicher Geduld und großer Kompetenz Schritt für Schritt begleitet hat. Mein Dank geht auch an Giovanna Salvia: Sie hat an *Rossovermiglio* geglaubt, hat das Manuskript immer wieder kritisch und aufmerksam, aber auch mit Begeisterung gelesen und ist in kurzer Zeit eine wertvolle Freundin geworden.

Von Herzen möchte ich außerdem Franca D'Agostini danken, die mir viele Nachmittage gewidmet hat. Sie hat mir geholfen, das ungeformte Material des ersten Entwurfs zu bearbeiten und mich an ihrer überragenden Intelligenz und Sensibilität teilhaben lassen.

Last but not least danke ich meiner großartigen, außergewöhnlichen Familie: solidarisch, teilnehmend, kritisch, großzügig und immer für mich da.

Sara Gruen

Das Affenhaus

ISBN 978-3-463-40602-2

Der neue «New York Times»-Bestseller von Sara Gruen

Isabel Duncan ist Wissenschaftlerin an einem Institut für Menschenaffen. Sie arbeitet mit Bonobos, einer Schimpansenart, die eine große Begabung für Sprache besitzt.
Menschen bleiben Isabel oft ein Rätsel.
Als eines Tages im Institut eine Bombe explodiert, wird Isabel schwer verletzt. Die Affen flüchten in Panik.
Eine dramatische Suche beginnt ...

David Mitchell

Der dreizehnte Monat

Roman

rororo 24876

Die tote Mitte Englands

1982: Es ist ein regennasser Januar in Black Swan Green, einem Dorf in der toten Mitte Englands. Jason Taylor – heimlicher Stammler und zögernder Poet – befürchtet ein Jahr der schlimmsten Langeweile. Doch er hat weder mit einem Haufen Schulschwänzer gerechnet, die ihm das Leben schwermachen, noch mit köchelndem Familienzwist, der exotischen (belgischen) Immigrantin, dem Falklandkrieg oder gar mit jenen rätselhaften Geschöpfen, die man Mädchen nennt.
David Mitchells ebenso bezaubernder wie turbulenter Roman kartographiert dreizehn Monate im schwarzen Loch zwischen Kindheit und Erwachsenwerden, das Ganze im Abendrot eines heruntergekommenen Ex-Weltreiches.

«David Mitchell ist atemberaubend gut, einer der besten Erzähler seiner Generation.» (Neue Zürcher Zeitung)

BE215-1

MIX
Papier aus verantwortungsvollen Quellen
FSC® C019821
www.fsc.org

Das für dieses Buch verwendete FSC®-zertifizierte Papier
Lux Cream liefert Stora Enso, Finnland.